dtv

»Der Tote saß an einen Grabstein gelehnt, und seine Augen starrten in den Regen, der stetig fiel und für die Ewigkeit gedacht schien. Der Mann, der fast noch ein Junge war, sah so aus, als habe er sich hier niedergelassen, um einen Augenblick der Ruhe, ja, der Weltabgeschiedenheit zu zelebrieren.«

Friedrichshafen am Bodensee. Auf dem Friedhof wird die Leiche eines jungen Mannes gefunden. Er wurde betäubt und erstickt. Kommissar Andreas Sommerkorn ermittelt. Zur gleichen Zeit wartet eine furchtbare Nachricht auf die Kunstmalerin Marie Glücklich. Erik, der Mann ihrer besten Freundin Paula, ist bei einem Fallschirmsprung ums Leben gekommen. Der Fall wird als Selbstmord zu den Akten gelegt. Um das Seelenheil ihrer Freundin wiederherzustellen, beschließt Marie, auf eigene Faust zu ermitteln. Noch ahnt niemand, dass die beiden rätselhaften Todesfälle eng miteinander verwoben sind. Und während der Ermittlungen kommen Marie und Sommerkorn sich näher ...

Anja Jonuleit, 1965 in Bonn geboren, ist Übersetzerin und Dolmetscherin. Sie lebte und arbeitete in New York, Bonn, Rom, Damaskus und München. 1994 kehrte sie mit ihrer Familie an den Bodensee zurück. Sie ist Mutter von vier Kindern. ›Novemberasche‹ ist ihr dritter Roman. Außerdem im dtv: ›Herbsvergessene‹, Roman (24788).

Anja Jonuleit

Novemberasche

Kriminalroman

Deutscher Taschenbuch Verlag

Von Anja Jonuleit
ist im Deutschen Taschenbuch Verlag erschienen:
Herbstvergessene (24788)

Ausführliche Informationen über
unsere Autoren und Bücher
finden Sie auf unserer Website
www.dtv.de

Originalausgabe 2010

Umschlagkonzept: Balk & Brumshagen
Umschlaggestaltung: Wildes Blut, Atelier für Gestaltung,
Stefanie Weischer unter Verwendung eines Fotos
von plainpicture/Arcangel
Die Gedichtzeile auf S. 40 stammt aus dem Gedicht
›The Sunlight on the Garden‹ von Louis MacNeice
Satz: Fotosatz Reinhard Amann, Aichstetten
Gesetzt aus der Sabon 9,75/12˙
Druck und Bindung: Druckerei C. H. Beck, Nördlingen
Gedruckt auf säurefreiem, chlorfrei gebleichtem Papier
Printed in Germany · ISBN 978-3-423-21246-5

Für meine Freundin Constanze Funke, Conny

Der stumme Reiter

Er ist wieder unterwegs
Ich höre ihn kommen
Wie Donnerschläge
die Hufe seines schwarzen Rosses

Der stumme Reiter
Schwarz ist sein Gewand
Und wenn er kommt bebt die Erde
und die Luft brüllt
Und wenn er geht
bleibt einzig
Stille

Er nimmt ihn mit sich
den Schmerz – die Fratzen – ihr Lachen
den Dornendraht
trägt sie fort
in eine gnädige Finsternis
ohne Echo
in der die Welt aufhört
sich zu drehen

Er bringt mich fort
in eine Welt ohne Menschen
12. September, am Tag danach,
Nur die Ruinen
Asche im Wind
die Wolken ziehen noch
als wäre nichts geschehen

Der stumme Reiter
breitet den schwarzen Mantel aus

und gnädig vergeht
was er berührt
löst sich auf
in nichts
Löse mich auf
in nichts

Novembertod

Fallschirmspringen gilt höchstrichterlich als nicht gefährliche Sportart.

(div. Urteile, z.B. LArbGer Berlin
vom 3.7.69, AZ 5 Sa 57/68)

Es regnete, als Marie um kurz nach acht die Straße entlang zu ihrem Haus ging. Sie schritt rasch aus und sog die frische Abendluft ein, um ihre Aufregung, die hoffnungsfrohe Erwartung, die das heutige Gespräch ausgelöst hatte, im Zaum zu halten. Noch nie war sie so nah dran gewesen! Wenn das mit der Ausstellung klappte, bedeutete das ihren Durchbruch. In ein paar Tagen würde sie sich noch einmal mit Marlene Kattus, der Galeristin, treffen, und die Entscheidung würde fallen. Weil Marie so sehr mit dem Gedanken an die Konstanzer Galerie und ihren eigenen kometenhaften Aufstieg am deutschen und – ja – vielleicht am internationalen Kunsthimmel beschäftigt war, bemerkte sie den Wagen gegenüber erst im allerletzten Moment.

Das alte Haus am See, in dem sie seit nunmehr gut einem halben Jahr wieder wohnte, lag am Stadtrand von Friedrichshafen, es war das letzte Haus vor dem Eriskircher Ried, das letzte Haus vor der Einsamkeit, und es hatte Nächte – und auch Tage – gegeben, an denen Marie einen belebteren Ort dieser Einsamkeit vorgezogen hätte. Gerade wenn sie an die *Ereignisse* – ein Wort, das einen gnadenlosen Euphemismus darstellte – im vergangenen Herbst dachte.

Sie erschrak zutiefst, als sie vor ihrer Gartenpforte den Wagen am anderen Straßenrand entdeckte: Jemand saß dort hinter dem Steuer und regte sich nicht. Marie hielt in ihrer Bewegung inne und starrte hinüber. Ja, der helle Fleck hinter der beschlagenen Windschutzscheibe war ein Gesicht. Da saß jemand in der Dunkelheit, reglos. Marie fühlte, wie eine eisige Angst in ihr hochstieg. Sie hatten ihn doch gefasst, er saß im Gefängnis! Das tat er doch – oder? Langsam, wie in jenen Träumen, in denen die Glieder zu Blei wurden und die sie während vieler Wochen gequält hatten, legte sie ihre Hand auf den Griff der Pforte, drückte ihn hinunter und das Tor schwang mit einem Quietschen auf, überlaut in der Stille des Abends. Aus dem Augenwinkel sah sie, dass die Person im Wagen sich immer noch nicht bewegte. Sie saß da, völlig still, das Gesicht ein Schemen hinter der Scheibe.

Marie schob die rechte Hand in die Manteltasche, und ihre Finger ertasteten neben dem Schlüsselbund das Pfefferspray. Seit jenem Tag, der noch nicht allzu lange der Vergangenheit angehörte, trug sie es bei sich, wo immer sie hinging. Auf der Schwelle vor ihrer Haustür wandte sie sich um und sah nun direkt zu dem Wagen hinüber. Dann holte sie tief Luft. Das wollen wir doch mal sehen, sagte sie zu sich und ging die Stufen wieder hinunter, zur Pforte hinaus. Sie umklammerte das Pfefferspray so fest sie konnte. Als sie die Straße überquerte, hatte sie den Blick unverwandt auf den weißen Fleck gerichtet. Ich werde mich nie wieder ins Bockshorn jagen lassen, nie wieder, murmelte sie mit zusammengebissenen Zähnen.

In den unzähligen Tropfen auf der Scheibe brach sich

das Licht und schillerte orangerot, so dass Marie das Gesicht immer noch nicht erkennen konnte. Sie zwang sich dazu, ruhig ein- und auszuatmen, ein und wieder aus ... Erst als sie direkt neben der Fahrertür stand, erkannte sie sie. Die Person hinter der Scheibe war Paula, ihre gute Freundin Paula, die blicklos, mit weit aufgerissenen Augen im Wagen saß und in den Regen starrte.

Marie klopfte an die Scheibe, und als Paula nicht reagierte, riss sie die Fahrertür auf. »Paula«, rief sie aus, doch diese starrte weiter reglos in die Nacht. Marie beugte sich hinunter und fasste sie an der Schulter. »Was ist passiert?«

Die Kinder, schoss es Marie in diesem Moment durch den Kopf, etwas ist mit den Kindern, ein Unfall. Als Paula immer noch keine Reaktion zeigte, schrie sie die Freundin an, schüttelte sie: »Ist was mit den Kindern, nun sag schon!« Sie sah Paula an, die fast unmerklich den Kopf schüttelte. In dem Moment fuhr Marie die Erkenntnis mit aller Wucht in die Glieder: Sommerkorn, es hatte mit Sommerkorn zu tun. Sie schwankte und musste sich am Wagendach festhalten. Mit tonloser Stimme flüsterte sie: »Dein Bruder.« Sie sah, wie Paula den Kopf zurücklehnte, gegen die Nackenstütze, wie sie plötzlich aufseufzte, ein zitternder Seufzer, wie nach einem Weinkrampf oder unmittelbar davor. Ihre Lippen bebten, als sie fast unhörbar flüsterte: »Erik ist tot.«

Marie sah sie an. Erik, Paulas Mann, an ihn hatte sie gar nicht gedacht.

*

Der Tote saß an einen Grabstein gelehnt, und seine Augen starrten in den Regen, der stetig fiel und für die Ewigkeit gedacht schien. Sommerkorn ging einmal um das Grab herum, den Blick beständig auf die reglose Gestalt geheftet. Der Mann, der fast noch ein Junge war, sah so aus, als habe er sich hier niedergelassen, um einen Augenblick der Ruhe, ja, der Weltabgeschiedenheit zu zelebrieren. Ein anachronistischer Byron, dachte Sommerkorn und korrigierte seinen Gedanken. Nein, kein Byron, dazu hat er die falsche Frisur. Wenn die Frau, die ihn gefunden hatte, etwas genauer hingesehen hätte, so wäre ihr aufgefallen, dass der junge Mann nicht, wie von ihr angenommen, unter Drogen stand, sondern dass der Regen in blicklose Augen fiel, über ein Gesicht rann, als wollte er es reinwaschen.

Die Spurensicherung hatte ihre Arbeit bereits getan. Der Erste Kriminalhauptkommissar Andreas Sommerkorn war spät erreicht worden, da er in einem anderen Fall, einer Serie von Bränden in diversen Dönerbuden, unterwegs gewesen war. Nun stand er hier auf dem Friedhof, in der Dunkelheit und bei Regen, und blickte auf das vom Scheinwerferlicht beleuchtete Bild, das an die Gemälde von Goya erinnern mochte. Die Grabsteine und Kreuze warfen bizarre Schatten, und der Tote schien für eine unheimliche Szene in einem Film ausgerichtet zu sein.

Sommerkorn betrachtete ihn. Er war noch jung, keine zwanzig, und sein Gesicht war makellos und wächsern, wie das einer Schaufensterpuppe. Sommerkorn war es, als steckte er in einem hartnäckigen Traum fest; die Situation war völlig surreal. Es war ein absonderlicher Anblick, der Regen, die Schatten, die Leiche waren wie für ein Kunstwerk arrangiert, für eine – wie nannte man dieses moderne Zeug noch gleich –, ja, für eine Installation.

Es war der Arzt, Dr. Bender, der in Sommerkorns Traum hineinsprach. Er hatte etwas abseits gestanden und mit Hasenberger von der Spurensicherung, seines Zeichens mürrischster Mitarbeiter der Polizeidirektion Friedrichshafen, und dem Fotografen gesprochen.

»Guten Abend, Hauptkommissar – auch wenn die

Umstände, unter denen wir uns wiedersehen, nicht die besten sind.« Dr. Bender, einer der Ärzte, die von der Polizei bei Todesfällen ohne Fremdverschulden gerufen wurden, lächelte zurückhaltend, wie es seine Art war. Wenn Hasenberger der Mürrischste von allen war, dann war Bender der Feinsinnigste.

»Guten Abend, Dr. Bender«, entgegnete Sommerkorn und deutete mit dem Kinn auf den Toten. »Drogen?«

»Sieht ganz so aus. Zumindest stand er vor seinem Tod unter dem Einfluss von Drogen. Man braucht sich nur die Pupillen anzuschauen. Allerdings ...« Bender bewegte sich ein paar Schritte auf den Leichnam zu, beugte sich hinunter und schob die Hemdsärmel des Jungen ein Stück hoch.

Sommerkorn betrachtete die nackten Handgelenke, die eigenartige Schnitte und Kratzer aufwiesen. »Machen so was auch Jungen?«

»Wenn Sie damit meinen, ob auch Jungen sich selbst Verletzungen beibringen bzw. sich ritzen, wie das im Jargon heißt, dann kann ich Ihnen sagen, dass diese Domäne weitgehend weibliche Anhänger hat. Allerdings sehen diese Verletzungen hier nicht danach aus. Zu gleichmäßig. Sehen Sie.« Er nahm die Handgelenke des Toten und hielt sie nebeneinander hoch.

»Das ist merkwürdig. Sieht fast aus wie ein ...«

»Muster?«

Die beiden Männer sahen einander an. Der Arzt zuckte die Achseln.

»Was glauben Sie, wie alt er ist?«, fragte Sommerkorn.

»Noch keine zwanzig. Aber ein paar Jahre auf oder ab ... Das ist bei manchen schwer zu sagen.«

»Und wie lange ist er schon tot?«

»Eine vorläufige Schätzung? Mindestens vierundzwanzig Stunden, der Rigor Mortis löst sich bereits.«

»Also ist er möglicherweise in der letzten Nacht gestorben?«

»Möglicherweise.«

In dem Moment trat Hasenberger zu ihnen. Sommerkorn nickte ihm knapp zu, der Techniker nickte knapp zurück.

»Irgendwelche Ausweispapiere?«, fragte Sommerkorn ihn.

»Nein. Dieser hier hat zur Abwechslung mal keine um den Hals hängen.«

Auf diese bissige Bemerkung sagte Bender nur: »Ich werde dann mal«, und verschwand im Regen.

»Ja, bis dann«, sagte Sommerkorn über die Schulter hinweg und wandte sich wieder dem missmutigen Kollegen zu.

»Das hier steckte in seiner Jackentasche.« Hasenberger hielt Sommerkorn die eingetüteten Fundstücke hin. Sommerkorn nahm die beiden Tüten; in der einen steckten ein paar Geldscheine, in der anderen ein Messer mit einem schwarzen Griff – ein Springmesser.

»Habt ihr sonst noch was?« Sommerkorn gab Hasenberger die Tüten zurück.

»Nichts. Außer einer durchweichten Zigarettenkippe, die wir auf dem Nachbargrab gefunden haben.« Hasenberger brummte noch etwas Unverständliches und sagte dann: »Wir sind hier fertig. Ist ja nicht viel zu holen, bei diesem Sauwetter.« Dann ging er zu den beiden Männern, die neben einer Zinkwanne darauf warteten, den Toten abzutransportieren.

Sommerkorn nickte geistesabwesend und wandte sich noch einmal dem jungen Mann zu. Er stand da und ließ seinen Blick langsam über den Toten wandern. Ja, die ganze Szene hatte etwas Künstliches, etwas Arrangiertes. Sein erster Eindruck, dass der Junge etwas Statuenhaftes an sich hatte, vertiefte sich noch. Doch das lag nicht allein an der Reglosigkeit der Gestalt. Der Junge hatte hellbraunes, vielleicht auch blondes Haar, das ihm in Strähnen am Kopf klebte. Seine Wangenknochen und sein Kinn waren ausgeprägt, die Nase schmal und gerade. Das Bemerkenswerte an ihm aber waren die Augen, die von heller, ja fast leuchtender Farbe waren, Grün oder Braun, er konnte es nicht genau bestimmen.

Ich werde das nie verstehen, dass man sich so mit Drogen vollpumpt. Dass man sein Leben einfach so wegwirft, dachte Sommerkorn. Ob vorsätzlich oder nicht. Die seltsame sitzende Haltung deutete jedenfalls darauf hin, dass es sich um einen dramatischen Akt des Abschiednehmens handelte. Ein als Stillleben inszenierter Selbstmord?, fragte sich Sommerkorn. Vielleicht waren die Verletzungen an den Handgelenken der diesem Akt vorauseilende Hilferuf. Jedenfalls war das bereits der vierte Drogentote im Bodenseekreis in diesem Jahr. Was per se und verglichen mit anderen Regionen Deutschlands eine geringe Zahl war. Wenngleich das für die Angehörigen auch kein Trost war.

Sommerkorn schlug seinen Mantelkragen hoch, nickte den beiden Trägern zu und wandte sich ab. Irgendetwas war an dem Jungen, das Sommerkorn seltsam berührte. Das ihn an etwas oder jemanden erinnerte. Und während er durch die Dunkelheit zu seinem Wagen zurückging und der Kies unter seinen Schritten knirschte, grübelte er darüber nach, was das sein konnte.

☺

Wieder hat Walser mich zum Vorrechnen an die Tafel geholt und mich dabei feixend angesehen. Ich glaube, der Typ hasst mich. Es kann doch nicht sein, dass der immer noch daran denkt, dass ich ihm mal einen Fehler nachgewiesen habe. Na ja, genauer gesagt, war's ja nicht nur ein, sondern drei Mal. Auf jeden Fall hat er mich bei der schwierigsten Aufgabe vorgeholt, einer Integralrechnung, die es in sich hatte. Natürlich hat er gehofft, dass er mich diesmal kleinkriegt, dieser Sack. Aber wie immer hat er sich getäuscht. Ich hab sie gelöst, und dann musste er mich wohl oder übel loben. Als ich zum Platz zurückging, hab ich gesehen, dass sie enttäuscht waren, dass sie mich gerne stotternd und mit roter Birne da vorne gesehen hätten. Die übliche Verarsche konnten sie sich trotzdem nicht verkneifen. Nur der Neue hat mich angesehen und mir zugenickt.

*

Später wusste Marie nicht mehr, wie sie es geschafft hatte, die Freundin aus dem Wagen zu befördern, sie über die Straße zu führen, durch den Regen, der inzwischen bis auf ihre Kopfhaut und unter ihren Schal gedrungen war.

Im Wohnzimmer war es kalt, also führte sie Paula in die Küche, setzte sie an den Tisch und begann mit wenigen geübten Handgriffen den alten Holzherd anzufeuern. Bald knisterte und zischte das Feuer im Herd. Sie füllte Wasser in den Kessel, sie stellte ihn auf die Metallringe und setzte sich Paula gegenüber. Sie ergriff ihre Hände – sie waren eiskalt – und fragte: »Was ist passiert?«

»Er ist ... gesprungen. Heute ... Es sollte sein letzter Sprung in dieser Saison sein ...« Sie bedeckte ihr Gesicht mit beiden Händen.

»Gesprungen? Du meinst, mit dem Fallschirm?«

Paula nickte. Sie hatte die Hände immer noch vor dem Gesicht. Dann ließ sie sie langsam sinken und blickte an Marie vorbei auf etwas, das nur sie sehen konnte. Der Regen klopfte an die Scheibe, das Holzfeuer knackte im Herd, und hin und wieder rüttelte der Wind an den alten Fenstern.

»Und wenn er es überhaupt nicht ist? Ich meine, wer hat ihn identifiziert, Paula? Eine Verwechslung vielleicht …«

Paula schüttelte den Kopf. »Nein, keine Verwechslung«, flüsterte sie.

»Oh Gott, oh Gott«, war alles, was Marie sagen konnte, und dann noch einmal »oh Gott«. Nach einer Weile, als das Unfassbare in ihrem Kopf langsam begann Gestalt anzunehmen, sagte sie: »Wie kann denn so etwas passieren? Ich meine, ich erinnere mich, wie Erik sagte …«

»… dass Fallschirmspringen sicherer ist als Reiten.« Paulas Stimme war kaum noch zu hören.

Marie kehrte in Gedanken zurück zu einem Tag im Oktober. Sie sah Erik vor sich, groß und schlaksig, wie er in seinem Haus an der Dielentür stand, den Springeroverall unter dem Arm, zum Aufbruch bereit. Um seine Lippen spielte sein typisches Lächeln – ein Ausdruck von Ironie und Verschmitztheit. Auch Sommerkorn war an jenem Tag dabei gewesen, und sie erinnerte sich, dass die beiden Männer noch eine Weile übers Fallschirmspringen gesprochen hatten. Es war auch die Rede von einem Reserveschirm gewesen, das fiel ihr nun wieder ein. Mit gerunzelter Stirn sah sie Paula an, die blicklos und blass auf ihrem Stuhl kauerte. Schon hörte sie sich selbst reden, und noch während sie ihre Frage formulierte, kam sie sich töricht und hilflos vor.

»Aber … was war mit dem Reserveschirm?«

Und da begann Paula zu weinen, lautlos zuerst, die Tränen rannen über das Gesicht in einem steten Strom, und aus ihrer Kehle drang bald ein seltsamer Laut, den Marie im ersten Moment gar nicht mit Paula in Verbindung brachte, denn es klang wie das Wimmern eines verendenden Tieres. Sie schluchzte auf, und das Schluchzen steigerte sich zu einem Ringen nach Luft. Marie legte die Arme um Paula, und so blieben sie eine Weile: Marie, die von Krämpfen geschüttelte Paula haltend. Als das Schluchzen ein wenig abebbte, führte sie Paula ins Wohnzimmer, wo sie sie aufs Sofa bettete und zwei Decken über sie breitete. Einen Moment lang stand Marie da und betrachtete Paula. Sie fühlte sich unglaublich hilflos. Was sollte sie tun, was konnte sie tun? Wärme, dachte sie, zunächst braucht sie Wärme, und so lief Marie in die Küche und brühte Tee auf und holte die rote Wärmflasche. Als sie zurück ins Wohnzimmer kam, klapperte Paula mit den Zähnen und atmete schwer. Hyperventilierte sie etwa? Marie fühlte Panik in sich aufsteigen. Konnte man an einem Schock sterben? Eines nach dem anderen, eines nach dem anderen, betete sie sich selbst vor. Zuerst die Wärmflasche. Sie legte sie Paula an die Füße und setzte sich neben die Freundin, nahm sie in den Arm und hielt den bebenden Körper, der immer dramatischer nach Luft schnappte. Konnte man auf diese Weise ersticken? Marie wurde immer deutlicher, wie hilflos sie war, und nur mit größter Mühe gelang es ihr, ihre Angst zu unterdrücken. Da fielen ihr die Tropfen ein, die sie vor kurzem, als sie selbst knapp dem Tod entronnen war, von einer Polizistin verabreicht bekommen hatte. Irgendwann hatte sie das braune Fläschchen doch in ihren Rucksack gesteckt; es musste noch dort sein. Sie lief in die Diele, holte den Rucksack hervor, kramte darin herum, und tatsächlich, da war es. Sie ließ Wasser in ein Glas laufen, tat einige Tropfen hinein und setzte sich wieder zu Paula.

»So, das trinkst du jetzt.« Mit einer Hand stützte sie die Freundin, mit der anderen Hand hielt sie das Glas an ihre Lippen. Das Wasser schwappte über, doch schließlich gelang es Marie, Paula dazu zu bewegen, einen Schluck zu trinken. Dann noch einen. Und langsam, ganz langsam – es war fast ein Wunder – ließ das Beben und Zähneklappern nach, und Paula wurde ganz schlaff und sackte aufs

Kissen. Marie stellte das Glas ab und zog die Decke enger um Paula. Sie musste jetzt einen klaren Gedanken fassen, tun, was in so einem Fall zu tun war. Die Kinder, richtig, was war mit ihnen?

»Wo sind Anna und Leni?«

»Bei einer Freundin. Ich bin sofort hierhergefahren. In Frau Traubingers Wagen ... Meiner ist in der Werkstatt.« Die Stimme versagte ihr.

»Das heißt, sie wissen es noch nicht.« Oh Gott, dachte Marie, was war das alles entsetzlich, und sie fühlte wieder Panik in sich aufsteigen. Sie durfte gar nicht daran denken, wie die Kinder reagieren würden, wenn sie erführen, dass ihr Papa ... Marie schluckte. Sie betrachtete Paula, die mit weit aufgerissenen Augen ins Leere starrte.

»Wann hast du es erfahren?«

»Ich ... Als ich nach Hause kam. Ein Zettel klebte an der Tür. Von der Kripo. Ich sollte anrufen. Zuerst dachte ich, es sei was mit den Kindern. Aber die Nummer ... Es war die der Polizei Ravensburg ...« Paula drehte den Kopf ein wenig zur Seite, ihre Lider flatterten. Sie sieht so müde aus, dachte Marie, so müde und so schutzlos.

»Weiß es Andreas schon?«

Paula schüttelte fast unmerklich den Kopf, ihre Augen waren geschlossen. Ihre Atemzüge wurden langsamer, ruhiger. Marie erhob sich vorsichtig und sagte leise: »Ich ruf ihn an.«

Aber Paula reagierte nicht, und Marie wusste nicht, ob sie ihre Worte überhaupt gehört hatte.

☺

Seit ER da ist, ist alles besser. Wenn ich früher eine richtige Antwort auf eine schwierige Frage gab, haben alle gestöhnt, fick dich, Klugscheißer, der schon wieder, kann der nicht einmal seine verdammte Schnauze halten! Sie haben gefeixt und dumme Geräusche gemacht. So dass ich mich irgendwann nicht mehr gemeldet habe. Selbst wenn die Lehrer mich aufrufen und die Antwort richtig ist – und das ist sie immer –, grunzen sie oder machen sonst was Dämliches. Doch seit ER da ist, ist alles anders. Denn ER ist selbst klug. Und ER sagt, die Besten müssen sich zusammentun und diesen Augiasstall ausmisten, in den die Welt sich verwandelt hat. ER liebt die griechische Mythologie. Da herrschte noch Klarheit, sagt ER. Und wenn nicht, dann hat man sie kurzerhand wiederhergestellt.

*

Es war kurz nach halb elf, als sie Sommerkorns Wagen vor dem Haus vorfahren hörte. Er war blass, und an Wangen und Kinn hatten sich dunkle Schatten gebildet. Wie anziehend er ist, dachte Marie wie immer, wenn sie ihn sah, ein wahrer Heathcliff, es stand ihm, sich nicht zu rasieren. Gleich darauf schämte sie sich für diesen Gedanken, der in diesem Moment so unpassend war.

Paula war inzwischen eingeschlafen, und so gingen sie in die Küche, schlossen die Tür und setzten sich einander gegenüber, gerade so, wie Marie und Paula einander zuvor gegenübergesessen hatten. Sommerkorns Blick lag auf seinen Händen, die vor ihm auf der Tischplatte ruhten.

»Ich konnte nicht früher, ich komme direkt vom Friedhof. Sie haben dort einen toten Jungen gefunden.«

Er sah sie an, mit dem Blick, der sie schon auf dem Schulhof gefesselt hatte. All die Jahre, schoss es ihr durch den Kopf, all diese Jahre, die ich fort war. Und nun bin ich wieder da. Sie atmete tief durch und hörte ihn weitersprechen.

»Ich habe mit dem Kollegen aus Ravensburg gesprochen. Erik ist gegen sechzehn Uhr mit ein paar anderen Springern ins Flugzeug gestiegen und wie immer als Letzter gesprungen. Aus irgendeinem Grund ist weder der Haupt- noch der Reserveschirm aufgegangen. Er ist praktisch ungebremst nach unten gerast.«

Sommerkorn verstummte abrupt und rieb sich das Gesicht mit den Händen. Stille machte sich breit, die Küchenuhr tickte überlaut, das Feuer knackte. Und wie schon zuvor rüttelte der Wind an den Fenstern, als forderte er Einlass.

Marie starrte ins Leere. Plötzlich erschien ihr alles unwirklich. Sie hier in der Küche mit Sommerkorn, Paula im Wohnzimmer. Und Erik tot. Zerschmettert. Erik, der in den Tod gerast war. Es war wie in einem fürchterlichen Film, einem Actionthriller, einem von der Sorte, die von Effekten lebten. So etwas geschah doch nicht wirklich! Bald würden sie aufwachen, ein Regisseur käme herein und würde »Schnitt« sagen.

»Ich kann es nicht fassen«, sagte Sommerkorn und riss Marie aus ihren Gedanken. Er schüttelte stumm den Kopf und blickte ausdruckslos auf die Tischplatte.

»Möchtest du etwas trinken?«, fragte Marie. »Tee?«

Sie betrachtete ihn, und für einen flüchtigen Moment schauten sie einander direkt an. Marie dachte daran, welcher Albtraum für sie gerade erst zu Ende gegangen war. Ein Psychopath hatte sie in seine Gewalt gebracht, und es war ihr wie durch ein Wunder gelungen, ihn zu überwältigen. Paula und deren Bruder Andreas Sommerkorn, den sie bei sich nur Sommerkorn nannte, hatten ihr unermüdlich beigestanden in den schlimmsten Wochen ihres Lebens. War das wirklich erst kürzlich geschehen? Ihr kam es vor, als begleite dieser Albtraum sie schon ein halbes Leben. Und jetzt das. Paulas Welt in Scherben. An die beiden kleinen Mädchen, die nun ohne Vater aufwachsen würden, durfte sie gar nicht denken! Ganz egal, wie viel Zeit vergehen würde, es würde nie wieder gut werden. Nie wieder.

»… nicht ausgelöst hat, aber das werden die Untersuchungen klären.«

Marie sah auf. »Wie bitte? Entschuldige, ich habe gerade … Was sagtest du?«

»Jeder Fallschirm ist mit einem Öffnungsautomaten ausgestattet, der in Notfällen in einer bestimmten Höhe, gewöhnlich bei 225 Metern, automatisch den Reserveschirm öffnet.«

»Du meinst, wenn etwas mit dem Hauptschirm nicht stimmt, gibt es immer noch einen Reserveschirm, und der öffnet sich automatisch, wenn der Springer ihn nicht manuell öffnet?«

»Ja. Aber bei Erik hat dieser Sicherungsautomat aus irgendeinem Grund versagt.«

*

Sommerkorns Frühstück bestand aus einem Becher Kaffee, der nicht besonders gut schmeckte und den er auf der Autobahn nach Leutkirch trank. Er hatte eine kurze und unruhige Nacht hinter sich und würde heute etwas später zur Direktion fahren, denn zunächst war er mit einem von Eriks Fallschirmspringerkollegen auf dem Flugplatz verabredet. Der Mann würde ihm hoffentlich ein paar Fragen beantworten können.

Das monotone Geräusch der Scheibenwischer, die alle paar Sekunden den Nieselregen von der Windschutzscheibe wischten, wirkte beruhigend, beinahe einschläfernd. Während die Reifen über den Asphalt zischten und die spätherbstliche Landschaft wie hinter einem Schleier an ihm vorüberzog, wanderten Sommerkorns Gedanken wieder zu Paula. Seine Schwester. Nie zuvor hatte er sie so gesehen. So matt und – apathisch. Selbst im schwachen Schimmer, den der Lichtschein aus der Küche auf ihr schlafendes Gesicht geworfen hatte, war Sommerkorn die wächserne Blässe aufgefallen. Als sei sie selbst schon tot. Wie gut, dass Marie jetzt da war, dass jemand außer ihm da war, der sich um sie und die Kinder kümmern konnte.

Über die Ausfahrt Leutkirch verließ Sommerkorn die Autobahn. Der Parkplatz des nahen Flugplatzgeländes war leer. Nur der Regen war zu hören, der auf den Asphalt prasselte, stetig und traurig, wie auch das ganze Gelände einen traurigen Eindruck machte. Sommerkorn stellte den Motor ab und stieg aus. Er tat ein paar Schritte um die Halle herum. Das Tor war geschlossen, kein Mensch war zu sehen. Wie ein verlassener Jahrmarkt, dachte er und setzte sich wieder in den Landrover. Nach wenigen Minuten war die Scheibe komplett beschlagen, und so hörte er den anderen Wagen, bevor er ihn sah. Sommerkorn kurbelte das Fenster hinunter und entdeckte einen Jeep, aus dem ein Mann ausstieg. Das musste er sein – Jojo.

Die beiden Männer gaben sich schweigend die Hand, Jojo bedeutete Sommerkorn mit einer Geste, ihm zu folgen. Er sperrte die Halle auf und steuerte auf einen separaten Raum zu.

»Kaffee?«

Sommerkorn nickte. »Gern.«

Der Mann stellte zwei Tassen in einen Automaten, ein Sirren war zu hören und kurz darauf reichte er Sommerkorn eine Brühe, die kaum besser schmecken würde als der Coffee-to-go von heute Morgen. Jojo tat zwei Stück Zucker in seine Tasse und lehnte sich an die Wand. Er blickte ausdruckslos zu Boden.

»Wir können das alle nicht fassen. Erik war ein Profi, er hatte mehr als zweitausend Sprünge.«

Sommerkorn nickte.

»Ich habe keine Ahnung vom Fallschirmspringen. Über eine Sache habe ich allerdings nachgedacht: Ich weiß, dass jeder Springer einen Haupt- und einen Reserveschirm hat, und dass der Reserveschirm, wenn der Hauptschirm nicht gezogen wird, in einer bestimmten Höhe automatisch geöffnet wird.«

»Korrekt. Das Cypres hat nicht ausgelöst.« Der Mann verzog keine Miene.

»Das Cypres?«

»Der Sicherungsautomat.«

»Und wie kommt das?«

»Das ist eine gute Frage, die einerseits leicht, andererseits schwer zu beantworten ist. Passen Sie auf: Jeder erfahrene Springer ist für seinen Sicherungsautomaten selbst verantwortlich. Bevor man springt, muss man a) kontrollieren, ob er aktiviert ist, und b), auf welche Höhe er eingestellt ist.«

»Das Cypres richtet sich also nach der geografischen Höhe der Landschaft, in der gesprungen wird?«

»Jep. – Ich kann es mir nur so erklären, dass Erik vergessen hat, das Cypres umzustellen. Denn sehen Sie: Zwei Wochen vor dem Sprung waren wir in Cagliari, das liegt auf nur vier Metern über dem Meeresspiegel. Wenn Erik dort gesprungen wäre, hätte das Cypres sicher korrekt ausgelöst.«

»Sie glauben also, dass Erik vergessen hat, diesen Öffnungsautomaten auf die aktuelle Höhe hier in Leutkirch einzustellen?«

Jojo nahm einen Schluck von seinem Kaffee, sah Sommerkorn kurz an und senkte wieder den Blick.

»Kann's mir nur so erklären. Allerdings ...«

»Allerdings?«

»Das ist bei einem so erfahrenen Springer etwas seltsam.«

»So seltsam, dass es nie vorkommt?«

»Nein, nein, solche Sachen passieren. Routine kann ja auch zu Schlamperei führen. Und wenn einer beim Fallschirmspringen etwas falsch macht, dann sind die Folgen eben gravierend. Insgesamt gesehen passiert dennoch ziemlich wenig.«

»Also kommt es sozusagen fast nie vor, dass ein erfahrener Springer vergisst, den Sicherungsautomaten auf die richtige Höhe einzustellen?«

»Doch, doch. Vor ein paar Jahren in Höxter zum Beispiel. Dann dieser Politiker, Möllemann, der ist beim Cypres-Check nochmal rausgegangen – angeblich, um ein Glas Wasser zu holen. Er wollte wohl die gegenseitige Kontrolle umgehen.«

»Wollen Sie damit sagen ...«

»... irgendwie erinnert sich niemand richtig. Aber alle, die mitgeflogen sind, sind sich ganz sicher, dass sie Eriks Cypres nicht kontrolliert haben. Wissen Sie, ich habe die ganze Nacht darüber nachgedacht ...«

»Ja?«

»Es ist schon möglich, dass Erik das Cypres absichtlich nicht umgestellt hat.«

»Aber warum hätte er denn so etwas tun sollen?«

Jojo zuckte die Achseln, schüttelte stumm den Kopf und trank den letzten Schluck aus seiner Tasse. Sommerkorn betrachtete den Mann. Aus ihm würde er nicht mehr herausbekommen. Warum hätte Erik so etwas tun sollen? Er hatte doch keinen Grund. Oder etwa doch?

☺

Ich war bei IHM zuhause! ER hat ein echt cooles Zimmer, so eines habe ich noch nie gesehen. Keine Rockbands oder Sportler an den Wänden, kein Chaos, keine leeren Büchsen, kein Müll. ER sagt: Die Ordnung der Welt fängt bei jedem Einzelnen an. Das ganze Haus ist super und riesig. Die haben einen Riesenpool, einen Riesengarten. ER sagt, so etwas kann jeder haben. Man

muss es nur zulassen. Wir müssen daran arbeiten, die Welt zu dem Ort zu machen, den wir haben wollen.
Und ER hat Mut. Neulich am Bahnhof hat er so einem Typen, der doppelt so breit war wie ER – aber alles Muskeln –, seine weggeworfene Kippe wiedergegeben. »Du hast was verloren!« Ihn kotzen die ganzen Chaoten an, hat er gesagt. Und die Erde wäre ohne sie besser dran.

*

Am späten Vormittag ging bei der Polizeidirektion Friedrichshafen eine Vermisstenanzeige ein, die ein wenig Licht ins Dunkel bringen und die Identität des Toten vom Friedhof klären sollte. Seltsamerweise wurde die Anzeige nicht von Angehörigen des Verschwundenen aufgegeben, sondern von einer Lehrerin des Karl-Maybach-Gymnasiums in Friedrichshafen. Tatsächlich stellte sich wenig später heraus, dass es sich bei dem Toten um den siebzehnjährigen Leander Martìn handelte, der die zwölfte Klasse des Karl-Maybach-Gymnasiums besucht und der mit seinen Eltern in Kressbronn-Berg gewohnt hatte. Die Klassenlehrerin, Studienrätin Rosemarie Bärlach, die Leander Martìn in Deutsch und Geschichte unterrichtet hatte, war verwundert gewesen über die unentschuldigte Abwesenheit des Schülers. Sie hatte Leanders Freunde befragt, die allesamt keine Auskunft geben konnten und ebenso verwundert waren wie Bärlach selbst. Nach Rücksprache mit zwei weiteren Lehrern und dem erfolglosen Versuch, die Eltern zu kontaktieren, entschied sie, die Angelegenheit der Polizei zu melden.

Als die Identifizierung des Toten durch die Lehrerin seine Identität bestätigte, gelang es der Polizei auch, die Eltern ausfindig zu machen. Der Vater, der einen Posten in einer der oberen Etagen bei *Tognum* innehatte, befand sich gerade auf einer Geschäftsreise in den USA, die Mutter auf einem dreiwöchigen Wellnessurlaub auf Gran Canaria. Die darauffolgende Inaugenscheinnahme des Leichnams durch den Vater, der mit dem nächsten Flug nach Hause kam, brachte die endgültige Bestätigung. Was bei der Rückkehr des Vaters für einige Verwirrung sorgte, war die Tatsache, dass sich eines der Fahrzeuge der Martìns nicht wie erwartet in der Garage des Anwesens in Kressbronn-Berg befand. Der schwarze Porsche Cayenne wurde daraufhin zur Fahndung ausgeschrieben und noch in derselben Nacht auf dem Betriebsparkplatz der *ZF* in der Nähe des *Bodenseecenters* sichergestellt.

Der Anruf des Gerichtsmediziners erreichte Sommerkorn kurz nach der Morgenbesprechung, als er – den Kopf voll mit imaginären Stichpunkten einer To-do-Liste in Sachen Dönerbudenbrände – auf dem Weg in sein Büro war. Dr. Fassbinder war ein Mann, den Sommerkorn noch während des Studiums an der Polizeihochschule in Villingen-Schwennigen fürchten gelernt hatte und den er inzwischen, nach vielen Jahren, mit einem Gefühl der Belustigung, aber auch des Befremdens betrachtete. Unbestritten war, dass Dr. Fassbinder nicht nur als kleiner König in seinem Reich regierte, sondern auch eine Koryphäe auf seinem Gebiet war. Dass seine Scherze oftmals auf Kosten anderer gingen und er Schwierigkeiten hatte, andere Meinungen neben seiner eigenen gelten zu lassen, war eine Begleiterscheinung, die man in Kauf nehmen musste und die ihm bei Sommerkorn den Beinamen »Richter über Gott und das Universum« eingebracht hatte. So war Sommerkorns Stimme gedämpft, als er Fassbinders Nummer auf seinem Display aufleuchten sah.

»Sommerkorn.«

»Warum hat man mich nicht gerufen?«

»Auch Ihnen einen schönen guten Morgen!«

Statt den Gruß zu erwidern, bellte der Professor in die Leitung: »Vielleicht hätte der Herr Kommissar die Güte, mir zu erklären, was ihn bewogen hat, einen gewöhnlichen praktischen Arzt die Leichenschau vornehmen zu lassen!«

Sommerkorn unterdrückte ein Seufzen.

»Wir sind davon ausgegangen, dass es sich um ein Drogenopfer handelt. Aus Ihren Worten schließe ich, dass dem nicht so ist?«

»Da haben Sie ja diesmal ins Schwarze getroffen!«

»Was haben Sie mir also mitzuteilen?«, fragte Sommerkorn betont förmlich, obwohl er atemlos auf Fassbinders Antwort wartete. Wenn der Professor persönlich sich herabließ, ihn anzurufen, dann konnte das nur eines heißen…

»Leander Martìn. Die Obduktion hat ein paar bemerkenswerte Details ergeben.« Es folgte eine Kunstpause, dann fügte er hinzu: »Die Arbeit für Sie bedeuten.«

Sommerkorn blies Luft aus. Er wusste, dass er jetzt nachfragen musste, sonst würde sich das Schweigen ewig hinziehen. Fassbinder konnte wie eine eigenwillige Primadonna sein, die jede Gelegenheit wahrnahm, die Spannung zu erhöhen.

»Na, dann lassen Sie mal hören«, sagte Sommerkorn und fühlte sich wie ein Schaf. Er hasste es, den Erwartungen anderer zu entsprechen. Gab es nicht anderswo eine Oper, in der Fassbinder auftreten konnte? Warum konnte der Mann nicht einfach seine Arbeit machen und ihnen dann das Ergebnis mitteilen!

»Wir haben es hier, wie gesagt, mit mehreren bemerkenswerten Details zu tun. Erstens: Der Junge war bis zum Rand abgefüllt mit Gamma-Hydroxy-Buttersäure.«

»K.-o.-Tropfen.«

»Richtig, junger Freund. Da wird man doch gleich wieder wach, nicht wahr?«

»Niemand bringt sich K.-o.-Tropfen selber bei. Also können wir davon ausgehen ...«

»... dass es ein anderer war, der ihm das Mittel verabreicht hat.«

»Aber das ist noch nicht alles, nehme ich an?«

»Er ist nicht daran gestorben. In seinen Atemwegen haben wir Fasern gefunden, und nach eingehender Analyse kann ich sagen, dass der junge Mann mit einem Kissen erstickt wurde.«

Sommerkorn brauchte einige Sekunden, bis die Nachricht bei ihm angekommen war. Also hatten sie es nicht mit einem Drogentoten zu tun. Er hatte es geahnt. »Als wollte jemand ganz sichergehen«, murmelte er ins Telefon.

»Zweitens: Die Verletzungen an den Handgelenken haben wir genau untersucht, wenngleich mir ziemlich bald klar war, worum es sich handelt.«

Es folgte eine Definition, die gespickt war mit lateinischen Begriffen und die Sommerkorn wie eine lauwarme Brise an sich vorüberziehen ließ. Endlich hörte er den Mediziner das aussprechen, was relevant war.

»Stacheldraht. Seine Handgelenke wurden mit Stacheldraht gefesselt. Und das ist vor seinem Tod geschehen.«

Sommerkorn dachte nach. Der Junge war also vor seinem Tod gefoltert worden.

»Tja, der Fachmann staunt. Und der Laie wundert sich«, sagte Fassbinder.

Sommerkorn, der ahnte, wen Fassbinder in diesem Kontext für den Fachmann und wen für den Laien hielt, verzog gelangweilt das Gesicht.

»Eine Sache allerdings konnten wir nicht zu unserer Zufriedenheit lösen.« Bei wichtigen Entdeckungen verwendete Fassbinder stets den Singular, bei sich abzeichnenden Schwierigkeiten oder gar Problemen kannte er nur den Plural.

»Ja?«

»Im Mund des jungen Mannes fanden wir einen Zettel, ein Stück Papier. Es ist noch erkennbar, dass etwas von Hand darauf geschrieben wurde. Den Text konnten wir jedoch nicht mehr rekonstruieren. Wir haben ihn ans LKA weitergegeben. Vielleicht haben die mehr Erfolg. Im Moment wissen wir lediglich, dass es drei Wörter gewesen sein müssen.«

Ein toter Junge, der misshandelt worden war und in dessen Mund ein Zettel steckte. Mit was für einer Geschichte hatten sie es hier zu tun?

☺

ER sagt, wir müssen etwas tun, wir dürfen nicht zulassen, dass alles untergeht, dass unsere schöne Heimat im Dreck versinkt. Und irgendwie hat ER recht.

In Marmorsälen

Die Jugendlichen richten sich weder nach den sogenannten »traditionellen« Werten, wie Treue, Pflichtgefühl etc.; noch haben sie »modernere« Werte umfassend an deren Stelle gesetzt (...). Vielmehr mixen sich die Jugendlichen einen »Wertecocktail« aus unterschiedlichen Werten, welche am besten zu ihren individuellen Plänen zur Lebensgestaltung zu passen scheinen.

(Prof. Dr. Mathias Albert: Jugend ohne Perspektive? –
»Alte« Werte und »neuer« Generationenkonflikt.
Das Familienhandbuch des
Staatsinstituts für Frühpädagogik (IFP),
www.familienhandbuch.de, 4. 9. 2007)

Später konnte Paula sich nicht erinnern, wie sie die Zeit danach durchgestanden hatte. Die Tage nach dem Sprung. Irgendwie war sie nach Ulm gekommen, ach ja, Andreas hatte sie gefahren, um dort mit den Polizisten zu sprechen. Sie hatte Erik identifiziert. Nein, nicht daran denken, fort mit diesen Gedanken! Sie hatte es den Kindern gesagt, mit Hilfe von Andreas und Marie. Sie wusste nicht, was sie erwartet hatte, Schreien und Toben, Weinen, Schluchzen. Aber nichts von alledem hatte sich ereignet. Die Kinder hatten seltsam gefasst reagiert. Zwei blasse schmale Kindersoldaten, war es ihr durch den Kopf geschossen. Anna hatte sie angeschaut, aus großen kugelrunden Augen, aus denen keine Träne fiel, nur die Kleine, Leni, hatte ein wenig geweint, Marie hatte sie in den Arm genommen, sie gehalten und auf sie eingeredet, beruhigende Worte gemurmelt, sinnlose beruhigende Worte, die für sie, Paula, ohne Bedeutung geblieben waren. Etwas später hatten die Mädchen sich im Wohnzimmer vor dem Kamin niedergelassen, in ihren Kisten mit den Barbiesachen gewühlt, ein Haus für die Puppen eingerichtet und mit dem rosa Barbiemobil eine Runde durchs Zimmer gedreht. Paula hatte einfach nur dagesessen, auf dem geschmackvollen beigen Sofa in dem geschmackvoll eingerichteten Wohnzimmer mit dem Boden aus Carrara-Marmor und hatte abwechselnd von einem Kindergesicht zum anderen und durch die großen Fenstertüren in den parkähnlichen Garten geschaut, auf die sorgfältig zurechtgestutzten Besenbäumchen, an denen unzählige Lichtchen funkelten. Sie hatte den Totensonntag nicht abgewartet. Mit ihrer Adventsdekoration. Hatte es nicht erwarten können, die kleinen Lichter im Garten zu sehen. Und nun war Erik tot.

Sie erinnerte sich nicht mehr, wie sie an jenem Abend ins Bett gelangt war, was mit den Kindern geschehen war. Das Einzige, woran sie sich wirklich erinnerte, war das Nichts. Wie sie am nächsten Tag aufgewacht war und das dicke graue Licht durch den Spalt zwischen den Vorhängen in Maries Wohnzimmer gesickert war. Wo sie auf dem Sofa in einen von albtraumhaften Bildern zerrissenen Schlaf gesunken war. Sie hatte zugesehen, wie dieser Spalt heller geworden war, wie er angefangen hatte zu leuchten. Wie der Spalt zwischen den beiden Flügeln einer Tür, die in den Himmel führt, hatte sie gedacht, sich aber nicht mehr erinnern können, warum sie das so traurig machte, so unendlich traurig und müde. Irgendwann hatten sie und Marie die Kinder von der Freundin abgeholt, bei der sie übernachtet hatten. Die Mutter der Freundin hatte etwas zu ihr und zu den Kindern gesagt, das sie nicht verstanden hatte, weil es keine Bedeutung für sie gehabt hatte. Dann waren sie nach Hause gefahren, in ihr Haus, Marie und die Kinder und sie. In dieses Haus, in dem jetzt nur noch drei Menschen lebten. Da waren's nur noch drei, hatte sie gedacht und nichts anderes mehr denken können. Frau Traubinger, ihre Perle seit nunmehr sechs Jahren, war gekommen und hatte versucht, sie aus ihrem Kokon herauszuholen, aber Paula hatte die Haushälterin nur stumm und ausdruckslos angesehen. Warum wollte diese Frau, dass sie aufstand? An der Schlafzimmertür hatten die Kinder gestanden, schmal und sehr gerade, und wieder hatten sie ihre kleinen Soldatengesichter aufgehabt. Aber gesprochen hatten sie nicht.

*

Das Haus der Martìns war ein Palast aus Eis. Wo er hinsah Stein, Stahl und Glas. Während Sommerkorn im Wohnzimmer auf die Eltern des Jungen wartete, fror er, obgleich es in dem Raum warm war. Er trat an die Fensterfront und sah hinaus. Von hier aus konnte man den halben See überblicken, so weit, bis sich der Blick in der Ferne verlor. Ganz links sah man den Pfänder, darunter Lindau, das im Nebel steckte wie eine Geisterstadt, und direkt unter ihm verschmolzen die Silhouette der alten Bäume und Häuser, die das Ufer wie eine Borte säumten, mit dem blaugrauen Dunst. Dort unten in Nonnenhorn wohnte Pfefferberg, ein wohlhabender Mann, der im Besitz diverser Häuser war. Er hatte ihn unlängst bei den Ermittlungen in Maries Fall kennengelernt und der Mann hatte Sommerkorn angeboten, ihm bei der Suche nach einer neuen Bleibe behilflich zu sein. Pfefferberg selbst bewohnte die altehrwürdige Villa neben dem Nonnenstein, und Sommerkorn hatte ihn einmal dort besucht. Was für ein friedlicher Anblick, die Welt eingesponnen in einen Dornröschenschlaf, ging es Sommerkorn durch den Kopf. Die Stille hier oben, hinter der überdimensionalen Glasfront schien grenzenlos.

Sommerkorn hörte ein Geräusch, die Tür wurde geöffnet, und Irene Martìn betrat den Raum. Es war auf den ersten Blick zu erkennen, dass sie es sein musste; die Ähnlichkeit zwischen dem Jungen und ihr war verblüffend. Das gleiche makellose Gesicht, die gleichen fein geschwungenen Lippen, die hellleuchtenden Augen. Und die Blässe. Sie ist fast so blass wie ihr toter Sohn, dachte Sommerkorn. Aber irgendetwas an ihr passte nicht ins Bild, ohne dass Sommerkorn wusste, was es war. Wortlos ging sie auf ihn zu und wortlos streckte sie ihm die Hand entgegen.

»Ich möchte Ihnen mein tiefes Beileid aussprechen«, sagte Sommerkorn und empfand seine Worte hilflos und hölzern, in der Gewissheit, dass nichts, was er hier sagte, in irgendeiner Form etwas ändern würde.

Irene Martìn nickte stumm. Einen Augenblick lang standen sie sich gegenüber, bis von der Tür her erneut ein Geräusch zu hören war und Roberto Martìn den Raum betrat. Auch er reichte Sommerkorn die Hand und stellte sich ans Fenster. Wie Darsteller in einem Bühnenstück, schoss es Sommerkorn durch den Kopf. Sie betreten die Bühne und jeder stellt sich an den für ihn vorgesehenen Platz.

»Haben Sie Neuigkeiten, Herr Kommissar?«

Sommerkorn und Roberto Martìn waren sich zum ersten Mal begegnet, als er und Barbara den Mann zur Identifizierung des Jungen begleitet hatten. Bereits bei dieser Gelegenheit war Sommerkorn die absolute Beherrschtheit des Mannes aufgefallen. Martìn war um die fünfzig. Der perfekte Senior Manager im maßgefertigten Anzug in Arbeitgeberblau, und mit einem Gesicht, das auch jetzt so neutral wirkte, dass Sommerkorn wirklich nichts von ihm ablesen konnte. Wenn er diesen Mann bei einer Geschäftsbesprechung getroffen hätte, wäre der Ausdruck kein anderer gewesen.

»Ja.« Sommerkorn nickte und beschloss, nicht lange drumherum zu reden. »Es gibt Erkenntnisse, über die ich mit Ihnen reden möchte.« *Muss*, dachte Sommerkorn. Ich möchte es eigentlich nicht.

»Ihr Sohn ist nicht, wie zunächst angenommen, an der Überdosis eines Rauschmittels gestorben. Bei der Obduktion wurde festgestellt, dass er K.-o.-Tropfen im Blut hatte, und zwar eine erhebliche Dosis. Allein diese Dosis hätte vielleicht ausgereicht, ihn zu töten. Dazu ist es jedoch nicht gekommen: In den Atemwegen Ihres Sohnes haben wir Fasern gefunden, die leider keinen anderen Schluss zulassen, als dass er erstickt wurde.«

Sommerkorn sah von Martìn zu dessen Frau, die beide regungslos verharrten. Wie von einem Zauber zu Stein verwandelt, dachte Sommerkorn. Dann sah er, wie Frau Martìn die Hände auf den Mund presste. Eine Weile lang sagte keiner ein Wort. Martìn schluckte hörbar, die Frau stand mit beiden Händen vor dem Mund da, als hätte ein grausamer Gott die Zeit angehalten. Die Stille wurde unwirklich.

Irene Martìn brach schließlich das Schweigen: »Jemand hat ihn getötet?« Ihre Stimme war kaum vernehmbar, nur ein Flüstern.

»Ja.«

»Wer?«

»Das versuchen wir herauszufinden.« Sommerkorn ließ einige Sekunden verstreichen, sah sich um. Die Villa der Martìns war, so konnte man wohl sagen, aus einem Guss und, wie Sommerkorn fand, übertrieben modern und ziemlich kahl eingerichtet. In dem großen luftigen Raum standen zwei ausladende graue Sofas im rechten Winkel zueinander, ein mit demselben Stoff bezogener Hocker brach die Symmetrie auf und stand schräg dazu vor einem Tisch aus Plexiglas. An einer Wand war ein Flachbildschirm von der Größe einer bescheideneren Kinoleinwand befestigt. An einer anderen Wand hing ein etwa zwei mal drei Meter großes Bild, das Paula sicher als avantgardistisch oder sonstwie bezeichnet hätte, bei dem Sommerkorn jedoch nur der Begriff »grau« einfiel. Das Auffälligste war, dass weit und breit kein persönlicher Gegenstand zu entdecken war. Keine Vase, kein Nippes, kein Buch. Nichts. Sommerkorn räusperte sich.

»Ich muss Ihnen einige Fragen stellen und würde mir auch gerne Leanders Zimmer ansehen.«

Die Frau nickte abwesend, Martìn erwiderte Sommerkorns Blick mit der ihm eigenen Undurchdringlichkeit.

»Hatte Ihr Sohn mit jemandem Schwierigkeiten, vielleicht Streit?«

Martìn zögerte. »Nein.«

»Vielleicht wäre es sinnvoll, wenn ich mir zuerst das Zimmer ansehe.«

Sommerkorn folgte Martìn auf eine verglaste, lichtdurchflutete Galerie, die zu einer Treppe nach unten führte. Vor einer Tür im unteren Stock blieb Martìn stehen. Offenbar wollte er etwas sagen, überlegte es sich jedoch anders und öffnete die Tür.

Sommerkorn wusste nicht, was er erwartet hatte, ob er überhaupt etwas erwartet hatte, und falls ja, dann am ehesten wahrscheinlich das übliche Chaos aus Postern, Verstärkern, elektronischem Schnickschnack und CDs, das männliche Pubertierende gewöhnlich um sich herumdrapierten. Auf jeden Fall nicht ein solches Zimmer. Nicht diese mustergültige Ordnung.

»Haben Sie das Zimmer in letzter Zeit verändert?«

Martìn zuckte mit den Achseln und sagte: »So sieht es … sah es immer aus.«

»Es ist ungewöhnlich ordentlich für das Zimmer eines Siebzehnjährigen.«

»Das mag sein.«

Sommerkorn ließ den Blick über die Möbel streifen. An der Fensterfront stand ein massiver Schreibtisch aus dunklem Holz, wie er vor fünfzig Jahren im Arbeitszimmer eines wohlhabenden Schuhfabrikanten gestanden haben mochte, darauf lagen ein Füller und ein Stapel weißes Papier. Irgendetwas fehlt hier, dachte Sommerkorn. Noch einmal ließ er den Blick schweifen.

»Hatte Ihr Sohn keinen Computer?«

»Doch, einen Laptop.« Martìn tat ein paar Schritte auf den Schreibtisch zu und zog die Schubladen eine nach der anderen auf.

»Eigentlich müsste das Notebook hier sein …«

»Wie sieht es aus, dieses Notebook?«

»Es ist ein Apple MacBook, ziemlich neu. Silbergrau, eines von diesen flachen Dingern, die kennen Sie sicher …«

Sommerkorn machte sich Notizen.

»Wissen Sie, ob sonst noch etwas fehlt?«, fragte er.

Martìn warf einen Blick in den Raum. Zum ersten Mal wirkte er ratlos, beinahe verloren.

»Nein. Sonst fehlt nichts.«

Gegenüber dem Bett befand sich eine Schrankwand mit Schiebetüren, die Sommerkorn aufschob; auch hier eine soldatische Ordnung. Das Einzige, was ein wenig Aufschluss über die Vorlieben des Bewohners geben konnte, waren die über dem Bett angebrachten, säuberlich gerahmten Fotos, viele von Panzern und Jagdflugzeugen aus dem Zweiten Weltkrieg. Auf einigen erkannte Sommerkorn Leander.

Das Zimmer war riesig für ein Jugendzimmer, es hatte

etwa vierzig Quadratmeter. So hatte links des Eingangs eine altmodische Sitzgruppe aus dunklem Leder Platz. An der Wand über dem Sofa hing eine historische Deutschlandkarte.

In die Stille hinein sagte Martìn: »Leander hat sich sehr für Geschichte interessiert. Speziell für den Zweiten Weltkrieg.«

»War er ein guter Schüler?«

»Er war ...«, Martìn hielt inne, und Sommerkorn hatte den Eindruck, dass ihm die Stimme versagte. Der Mann holte tief Luft. »Leander war ein *ausgezeichneter* Schüler. Aber er war nicht nur Klassenbester. Er war durch und durch diszipliniert. Er war etwas ganz Besonderes.«

Sommerkorn ließ ein paar Sekunden verstreichen, bevor er fragte: »Und Drogen? Hatte er irgendwelche Kontakte zu Leuten, die Drogen nahmen?«

»Drogen waren überhaupt kein Thema für ihn. Er hat niemals mit Drogen herumexperimentiert.«

»Sie sind sich sehr sicher. Aber manchmal bekommt man als Vater nicht alles mit, was die Kinder so treiben.«

»Leander hat dieses Zeug niemals selbst genommen und hatte auch nichts mit Leuten zu tun, die damit herumhantiert haben. Leander hat Leute verachtet, die Drogen nehmen. Oder damit handeln.«

»Verachtet?« Ein sonderbarer Ausdruck, dachte Sommerkorn und meinte wieder, irgendetwas zu übersehen, irgendetwas nicht scharf stellen zu können mit seiner Linse.

»Leander sah diese Menschen als das an, was sie letztendlich auch sind. Sicher bedauerliche Kreaturen, aber man kann sich nicht zu jedem, der sich in der Gosse wälzt, dazulegen.«

Sommerkorn betrachtete Martìn aufmerksam. Der Mann sah so vernünftig aus, die Art, wie er sprach, war kühl und bedacht, und doch schien hinter seiner Stirn, hinter der unbeweglichen Maske, die sein Gesicht war, eine gewisse Leidenschaft verborgen.

»So einfach ist es leider nicht immer.«

»Was haben diese Menschen schon für einen Grund? In dieser vom Wohlstand und Wohlsein zersetzten Gesellschaft, in der wir leben, ist das grundlegende Problem der Überfluss – und der Überdruss.« Martìn sah Sommerkorn gerade in die Augen.

»Schauen Sie sich die Jugendlichen in diesem Land an. Oder viele von ihnen. Sie haben keine Ideale mehr. Keine richtigen Ziele. Sie wollen Spaß haben. Durch die pädagogische Verweichlichung, die an unseren Schulen praktiziert wird, wird den Kindern etwas vorgegaukelt. Sie glauben an die Schimäre, dass das Leben sie in Watte packt. Doch das Fatale an diesem Übermaß an Verständnis ist doch, dass die Jungen es überdrüssig werden. Glauben Sie allen Ernstes, dass die Freiheit, die Option, alles tun zu können, glücklich macht?«

Sommerkorn, der noch dabei war, diesen plötzlichen Redeschwall und die dahinter offensichtlich verborgenen Emotionen einzuordnen, reagierte nicht gleich. Sein Blick glitt über die Einrichtung und blieb erneut an den Fotos hängen. Alle steckten in schwarzen Holzrahmen von derselben Größe und alle waren Schwarz-Weiß-Aufnahmen. Einige davon zeigten Leander in weißem Kampfdress.

»Leander war im Karate?«

»Er war Kreismeister.«

»Wo hat er trainiert?«

»In Friedrichshafen. In einem privaten Karateclub.« Als hätte er bereits zu viel gesagt, wandte er sich abrupt ab und ging zur Tür. »Ich lasse Sie jetzt Ihre Arbeit tun. Deshalb sind Sie schließlich gekommen.«

Mit diesen Worten ging Martìn hinaus, und Sommerkorn stand allein in diesem seltsam anachronistischen Raum. Durch die Glastüren, die zu ebener Erde auf eine Terrasse führten, fielen schräg die Strahlen der Nachmittagssonne und tauchten den Schreibtisch des toten Jungen und die Deutschlandkarte in ein goldenes Licht. Unwillkürlich fielen Sommerkorn die Zeilen eines Gedichts ein, das er einmal gehört hatte: *Wir können die Minute/In ihrem Netz aus Gold/Nicht einsperren.* Er schluckte. Wie zerbrechlich das Leben doch war. Er dachte an Paula. Auch ihr Leben war von einem Tag auf den anderen zerbrochen. Und dort oben warten zwei Menschen auf mich, ein Mann und eine Frau, deren Sohn tot ist. Er trat zum Schreibtisch, setzte sich und sah sich um.

Ein Junge, der Junge, dem dieses Zimmer gehört hat und der nach Aussage seines Vaters nichts weniger im Sinn gehabt hat als Drogen, stirbt, nachdem er eine Überdosis K.-o.-Tropfen verabreicht bekommen hat, indem ihm jemand ein Kissen oder irgendetwas anderes auf das Gesicht drückt. Er sitzt auf einem Friedhof, mit dem Rücken an ein Grab gelehnt. Seine Handgelenke sind verletzt, und alles deutet darauf hin, dass jemand ihn mit Stacheldraht gefesselt hat. In seinem Mund steckt ein Zettel.

Sommerkorn zog die Schreibtischschubladen auf und inspizierte den Inhalt. Auch hier dieselbe mustergültige Ordnung: Schreibutensilien, Blöcke, Hefte, eine Unmenge handbeschrifteter CDs, allesamt Gruppen, die Sommerkorn nicht kannte, ein iPod. In einem Bücherschrank hauptsächlich Literatur über den Zweiten Weltkrieg, Afrikafeldzug, Fliegergeschichten ... Dann wandte er sich dem Wandschrank zu, schob die Schiebetür auf und warf einen Blick in Leanders Schulunterlagen, Hefte, Ordner, die allesamt durch eine Perfektion bestachen, die beinahe unwirklich war. Sommerkorn dachte an seine eigenen Kritzeleien, die er damals als Schüler angefertigt hatte, angefangen beim Schriftbild bis hin zu den Durchstreichungen und Kugelschreiberklecksen. Leander Martìn hatte ausschließlich mit Füller geschrieben, die Überschriften hatte er unterstrichen, und Sommerkorn entdeckte weder Kaffee- noch Schokoladen- oder Fettflecke.

Zum Schluss ging er noch einmal sämtliche Schubladen und Fächer durch, in der Absicht, Leanders Laptop und auch sein Handy zu finden. Aber seine Bemühungen blieben ohne Erfolg. Er ging zur Tür, blieb dort stehen und sah sich noch einmal um. Sein Blick streifte die Fotos und blieb am zweiten Bild in der mittleren Reihe haften. Er trat näher und erkannte Leander mit ein paar Freunden, allesamt Jungen in seinem Alter, die sich gegenseitig die Arme über die Schultern legten. Kameradschaftlich. Er nahm das Foto von der Wand, und plötzlich wusste er, was ihm an Leander an jenem Abend auf dem Friedhof aufgefallen war. Die Art und Weise, wie er gekleidet war, sein Haar. Noch einmal ließ Sommerkorn den Blick von einem Jungen zum anderen wandern. Nein, es gab keinen Zweifel. Diese fünf Personen auf dem Foto sahen aus wie … Er würde das Bild Barbara zeigen. Sie hatte ein Gespür für solche Dinge. Und sie würde ihm sagen, wenn sie den Gedanken für ein Hirngespinst hielt.

☺

Vor allen Dingen ist es wichtig, nicht doof zu sein, sagt ER. Denn mit den Doofen kann man die Straßen pflastern. Man kann doch nicht hingehen und bei einer Parteiversammlung den Holocaust leugnen. Wo doch unser ganzer Staat und die Presse dermaßen verfilzt sind. Man muss clever sein. Und langsam anfangen. Und das Allerletzte wäre es, sich mit den Glatzköpfen zu verbrüdern. Man hat ja gesehen, wie weit sie mit ihrer Haudrauf-Methode gekommen sind. Im Grunde wollen sie ja das Richtige. Aber die

Methoden sind die falschen. Clever und effizient müsse man vorgehen. Die Sache einfach durchziehen, den Weg gehen, Stück für Stück, in kleinen Schritten. Dann kommt man irgendwann ans Ziel.
Gestern Nacht haben wir die Plakate verteilt und Faltblätter in Briefkästen geworfen. Sicher ist es richtig, so vorzugehen. Man muss den Leuten mal sagen, wie es WIRKLICH ist. In der Zeitung wird man das nie lesen. Die sind doch alle korrumpiert.

*

Von ihrem Platz aus hatte Marie den ganzen *Marmorsaal* im Blick. Die hohe Kassettendecke, den mächtigen Kristallleuchter, die Säulen mit den schmalen Spiegeln, die rings um das Lokal verlaufenden braunen Lederbänke sowie das skurrile Bild mit der Christusdarstellung über der Theke. Marie rührte Zucker in ihren Roibuschtee. Lieber hätte sie einen Latte macchiato getrunken, aber der hätte ihr randvoll mit Koffein gefülltes Fass zum Überlaufen gebracht. Sie hatte den Überblick verloren, wie viel Espresso sie in den letzten achtundvierzig Stunden gekocht hatte. Nach nur drei Stunden Schlaf in der vergangenen Nacht brannten ihre Augäpfel, als säßen kleine Sandkörnchen unter ihren Lidern, sie war blass, und dunkle Schatten lagen unter ihren Augen.

Sie hatte sich nicht getraut, Paula und die Kinder allein zu lassen, war zu sich nach Hause gerast, während Sommerkorn Paula Gesellschaft leistete und mit den Kindern Mensch-ärgere-dich-nicht spielte. In fieberhafter Eile hatte sie ihre Arbeiten zusammengesammelt, damit sie am nächsten Tag alles dahatte, was sie beim Termin mit der Galeristin brauchen würde. Am Abend war sie nicht mehr dazu gekommen, die Arbeiten durchzusehen. Sie hatte damit warten müssen, bis die Kinder im Bett waren, was gedauert hatte, weil Marie ihnen bis halb elf zuerst *Pinocchio* und dann *Das Mädchen mit den Schwefelhölzern* vorgelesen hatte. Die beiden Geschichten hatten zu einem langen Gespräch über den Tod und den Himmel geführt.

Das Leben der Mädchen war schmerzhaft durchgerüttelt worden, und sie, Marie, mühte sich in dem kläglichen Versuch ab, die herumliegenden Einzelteile, allesamt Trümmer, zusammenzusammeln, während Paula dabei war, vollkommen in der Trauer um ihren Mann zu versinken.

Als die Mädchen schließlich eingeschlafen waren, hatte Marie sich an ihren Zeichentisch gesetzt und ihre Mappe für den nächsten Tag sortiert. Natürlich waren ihr dabei einige Unvollkommenheiten an ihren Werken aufgefallen, und so hatte sie fast die ganze Nacht mit Ausbesserungen zugebracht.

Sie nahm einen Schluck. Heiß und süß lief der Tee ihre Kehle hinunter und löste ein wenig die Anspannung, die sie seit heute Morgen in ihren Klauen hielt. Was machst du dich so verrückt, schalt sie sich selbst. Das ist nicht der erste Galerist, dem du deine Arbeiten zeigst. Du hast doch schon mit viel unangenehmeren Leuten zu tun gehabt, und zudem bist du zu lange im Geschäft. Eine andere, giftige Stimme schaltete sich ein und raunte ihr zu: Ja, das war aber auch *davor*. Da hast du noch in München gelebt, mit deinem Partner, mit dem du nicht nur die Wohnung, sondern auch deine Einkünfte geteilt hast. Damals hattest du kein heruntergekommenes Haus am See, das du unbedingt halten wolltest. Und dessen Dach dringend neu gedeckt werden muss, weil es hineinregnet!

Sie nahm noch einen Schluck und blickte in das Lächeln der Mona Lisa am anderen Saalende. Aus einem Lautsprecher dudelte Musik, eine Mischung aus lateinamerikanischem Jazz mit fernöstlichen Klängen. In dem Lokal wurde geraucht, die Stimmung war locker und gelöst.

Marie atmete ein. Sie verspürte auf einmal das brennende Bedürfnis nach einer Zigarette. Obwohl sie nicht rauchte, hatte sie manchmal einen ganz plötzlich auftretenden Drang, eine Zigarette zwischen den Fingern zu halten, den Rauch einzusaugen und das Brennen in jeder Faser ihres Körpers zu spüren. Marie nahm sich vor, wiederzukommen, hier ein paar Stunden zu sitzen, in dieser groovigen, rauchgeschwängerten Atmosphäre. Sie würde hierherkommen, wenn sie nichts vorhatte, die Zeit vergammeln, in den Regen schauen, vielleicht ein Buch lesen oder mit Paula bei einem Milchkaffee den Nachmittag verquatschen. Paula. Sie schluckte. Da drängte sich ein anderer, befremdlicher Gedanke auf. Wie es wohl wäre, mit Sommerkorn hier zu sitzen? Die Stimmung gäbe den perfekten Hintergrund für einen Abend zu zweit, einen vielversprechenden Abend. Besonders jetzt, im beginnenden Advent, wo das Lokal so stimmungsvoll dekoriert war. In den drei Fenstern hing je ein roter, mit Ornamenten verzierter Leuchtstern aus Papier, auf einem halbhohen gemauerten Raumteiler, der den Saal in der Mitte trennte, standen drei ausladende Glasvasen, gefüllt mit roten Weihnachtskugeln und goldenen Tannenzapfen.

Warum ihr der *Marmorsaal* wie ein Ozeandampfer vorkam, konnte Marie nicht sagen. Sie war noch nie auf einem gewesen. Und *Titanic* hatte sie auch nicht gesehen. Vielleicht lag es am Blick aus dem Fenster, daran, dass sie von ihrem Platz aus den See und den Lindauer Leuchtturm sehen konnte, der so etwas wie eine seemännische Botschaft in den Spätnachmittag blinkte. Oder an der Hafenmauer, die wie mit Glitzersteinen besetzt schien. In diesen Tagen des zur Neige gehenden Jahres war Licht eine Kostbarkeit, die man genießen musste. Das hatte Marie heute Morgen, als der Tag mit einem Lächeln begann und sie einen langen Spaziergang im Sonnenschein gemacht hatte, auch getan. Zu ihrer Überraschung waren am Mittag Wolken aufgezogen, die sich aber rasch wieder verflüchtigt hatten, und so hatte sie auf ihrem Weg vom Parkplatz noch die letzten schrägen Strahlen erwischt, bevor sie in den behaglichen Schatten des *Marmorsaals* getaucht war.

Die Tür wurde von einer Hand aufgedrückt, eine ältere Dame erschien auf der Schwelle. Es war nicht die, auf die Marie wartete. Sie schob ihren Ärmel hoch und sah auf die Uhr. Kurz vor halb fünf, um vier war sie mit Marlene Kattus verabredet gewesen. Vielleicht war ihr etwas dazwischengekommen, und Marie wartete ganz umsonst? Sie nahm den letzten Schluck Tee und blickte zuerst in Richtung Tür und dann durchs Fenster ins Freie. In der heraufziehenden Dämmerung sah Marie Mützen vorbeiwandern, eine rote und eine weiße. Durchs linke Fenster schaute der Löwe, der über der Hafeneinfahrt thronte.

Die Kellnerin trat an Maries Tisch, und sie bestellte nun doch einen Latte macchiato. Bis fünf warte ich noch, dann fahr ich wieder. Zu dumm aber auch, dass sie zwar ihr neu erworbenes Mobiltelefon dabeihatte, aber nicht Marlene Kattus' Nummer. Sie warf einen Blick auf die beiden Schachspieler am Nebentisch, zwei junge Männer, die besser in eine Disko gepasst hätten. Die beiden waren ganz in ihr Spiel versunken, der eine, ein südländischer Typ, saß regungslos da, der andere, ein großer Dunkelblonder, wippte mit dem Fuß. Der ist so nervös wie ich, dachte Marie und griff hinüber zu der Mappe mit den Kreidezeichnungen, die neben ihr ans Sofa gelehnt stand.

Wochenlang hatte Marie an den Seebildern gearbeitet, hatte jeden Tag eines gezeichnet. Es war ihr gelungen, die verschiedenen Stimmungen des Sees einzufangen. Gestern Nacht, als sie die Bilder nebeneinander aufgereiht hatte, hatte sie den See, den sie so gut kannte, in allen seinen

Facetten wiedererkannt: mal milde und gütig im milchigen Licht des Herbstes, mal zauberhaft und unwirklich im pudrigen Sonnenschein, in dem einzelne Mücken über die Oberfläche taumelten, zu einem letzten Tanz. Auf einigen wirkte die Luft klar und der See lebendig, ja, hellwach, wenn ein See so sein konnte, wie von Atem beseelt, von einer großen Reinheit, die auch sie beim Zeichnen erfasst hatte. Am besten aber gefiel Marie das wütende Gesicht des Sees, wenn er dunkelblau und brodelnd glauben machte, dass auf seinem Grund ein erzürnter Wassermann hauste. Einer, der den Menschen grollte, wie auch Marie an manchen Tagen der Welt grollte.

Die Tür ging ein weiteres Mal auf und herein kam eine Frau ungefähr in Maries Alter. Sie tat ein paar Schritte in den Raum hinein, ihr Gang war wiegend, aus der Hüfte heraus. Wie auf einem Laufsteg, dachte Marie unwillkürlich. Die Frau sah sich um, sie schien jemanden zu suchen. Ihre Augen blieben an Marie hängen. Sie taxierte sie kurz und kam dann langsam auf sie zu. Ihr Blick war durchdringend, ihr Haar dunkel und gelockt, es glänzte und bildete einen dramatischen Gegensatz zu ihrem Teint, der so auffallend hell war, dass die Frau an die Ufa-Stars der zwanziger Jahre erinnerte. Warum schaut sie mich so an, dachte Marie und strich sich übers Haar. Der Regen hatte ihre Locken ganz wirr gemacht, und ihr Haar stand in alle Himmelsrichtungen ab. Die Frau kam näher und blieb vor dem Tisch stehen.

»Marie Glücklich?«, fragte sie mit einer Stimme wie Kristall.

»Ja, das bin ich.« Marie sah zu der Frau auf, die ihr eine Hand entgegenstreckte, die sich kalt anfühlte und einen vagen Händedruck spüren ließ.

»Helen Kattus. Meine Mutter ist leider verhindert.« Ein nochmaliger prüfender Blick, dann legte die Frau ihre

Tasche auf den Tisch und begann, ihren Mantel aufzuknöpfen.

»Das sind ja zwei ganz süße«, sagte die Frau mit ihrer seltsam klaren Stimme und deutete auf zwei dicke goldene Putten aus Pappmaché, die von der Decke herunterhingen. Sie ließ sich Marie gegenüber nieder. Die Kellnerin kam und wurde von Helen Kattus mit einem knappen Kopfschütteln wieder weggeschickt. Sie schenkte Marie ein kurzes Lächeln und vertiefte sich in die Karte. Ihre schlanken Hände lagen auf der Getränkekarte, die Ärmel ihrer Samtjacke waren eng anliegend und zum Ende hin leicht ausgestellt, so dass sie ihre Hände wie eine Glockenblume umschlossen. Der Anblick dieser Frau hatte etwas Ätherisches, das perfekt in dieses kultige Lokal passte. Oder war es andersherum? War der *Marmorsaal* die perfekte Bühne für die Frau, die Marie gegenübersaß?

Helen Kattus klappte die Karte zu und winkte der Kellnerin. Ihre Gesichtszüge sind wie gemeißelt, dachte Marie. Perfekt geschwungene Augenbrauen, lange schwarze Wimpern, der Mund war zart, ein kleines Herz. Wie Marie bestellte auch Helen einen Roibuschtee mit Vanillearoma.

»Meine Mutter hat mir von Ihren Arbeiten erzählt. Die Idee, eine Ausstellung zu machen, bei der ein und dasselbe Motiv sich in Variationen wiederholt, ist ein Konzept, das wir bisher noch nicht hatten. Meine Mutter hat sich ja schon ein paar Ihrer Arbeiten angesehen. Ich bin gespannt«, sagte Helen und lächelte Marie an. »Aber vielleicht möchten Sie mir vorher noch etwas von sich erzählen, ich weiß ja gar nichts über Sie.«

»Ja, natürlich. Ich habe an der Akademie der Bildenden Künste in München studiert, Malerei und Grafik und später noch Bühnenbild. Ich war einige Zeit in Italien und habe dort bei Mario Gigi gelernt. Irgendwann habe ich mich auf Illusionsmalerei spezialisiert und begonnen, mit verschiedenen Materialien und Techniken zu experimentieren. Seit zehn Jahren arbeite ich als freischaffende Künstlerin – bisher allerdings hauptsächlich im Münchner Raum. Ich bin noch nicht lange hier.«

»So? Was hat Sie denn in die Provinz verschlagen?«, fragte Helen, stützte ihr Kinn in die Hand und musterte Marie aufmerksam.

»Der Wunsch nach Veränderung«, entgegnete Marie. Sie verspürte nicht die geringste Lust, dieser Frau, die aussah, als sei sie einem Hochglanzmagazin entstiegen, von ihren großen und kleinen Niederlagen zu berichten. Helen machte nicht den Eindruck, als habe sie große Erfahrung darin, betrogen und verlassen zu werden. Der Kleidung nach zu urteilen, auch nicht gerade so wie eine, die es – wie Marie – nötig hatte, für ein besseres Taschengeld in einer drittklassigen Galerie zu stehen und zu warten, bis irgendjemand sie betrat, um ein Werk des »Wildest Boy Alive« zu erwerben. Dann musste man Sätze ertragen wie »Die Bilder sind pure Malerei und wollen nichts anderes sein«. Ja verdammt nochmal, was könnten sie denn sonst wollen?

Die Kellnerin brachte den Tee. Helen schenkte der Frau ein kühles Lächeln und wandte sich wieder Marie zu. »Aber nun zeigen Sie mir doch Ihre Arbeiten. Sie haben mich neugierig gemacht.«

Marie rückte Gläser, Kerze und Speisekarte ans Tischende, griff nach der Mappe neben ihr, klappte sie auf und holte die Kreidebilder vorsichtig heraus. Während sie das Seidenpapier, das sie darübergebreitet hatte, anhob, warf sie Helen einen prüfenden Blick zu. Diese blickte auf das erste Bild, und ein leises Lächeln umspielte ihre Lippen. Sie griff nach ihrem Tee und nippte. Als sie weder etwas sagte noch fragte, legte Marie das Bild beiseite und holte die nächsten Zeichnungen eine nach der anderen heraus und legte einige von ihnen auf den Tisch. Marie machte eine kreisende Bewegung mit dem Finger. »Die Perspektive, von der aus die Zeichnungen entstanden sind, ist immer dieselbe. So lassen sich auch die Unterschiede in den Stimmungen genau erkennen, wenn man die Bilder nebeneinander anordnet.«

Helen begann mit ihren manikürten Fingernägeln auf die Tischplatte zu trommeln. Marie sah von den Bildern auf die hell lackierten Nägel, dann in Helens Gesicht, das völlig neutral wirkte. Etwas verunsichert fuhr Marie fort: »Also, die vielfältigen Nuancen, ja, ich finde, man kann von einem Kaleidoskop der Stimmungen sprechen.« Selbst in Maries Ohren klangen die Worte hölzern, gewollt.

»Tja ...«, sagte Helen und blätterte weiter mit – wie Marie fand – spitzen Fingern. »Da haben Sie ja wirklich Geduld gehabt. Jeden Tag dasselbe Motiv zu malen – ist das nicht etwas eintönig?«

»N... nein, ganz und gar nicht.« Es war meine Therapie, dachte Marie. Wenn ich das nicht getan hätte, wäre ich durchgedreht. Vor Angst. Vor Frustration. Vor Selbstmitleid.

»Ehrlich gesagt habe ich mir doch etwas anderes vorgestellt«, sagte Helen tonlos. Dann sagte sie gar nichts mehr. An einem Tisch gegenüber blickte Marie in die verwaschenen Augen eines älteren Mannes mit einem Fallschirmjäger-Barett, unter dem ein ungepflegter langer Zopf hervorsah. Durchs Fenster konnte man sehen, wie ein Schiff in den Hafen einfuhr, dessen bunte Wimpel im Fahrtwind flatterten und Lichter in der Abenddämmerung schimmerten.

»Wie soll ich es sagen?«, hob Helen zu sprechen an. »Ihre Arbeiten sind ja ästhetisch und zeugen auch von einer gewissen Technik, aber sie sind leider nicht das, was ich erwartet hatte. Ich fürchte, für eine Galerie wie unsere sind sie ein wenig zu ...«

Während Helen noch nach den richtigen Worten suchte,

war Marie bereits dabei, das Seidenpapier zwischen die Zeichnungen zu legen. Sie konzentrierte sich darauf, das Papier sorgfältig darüberzubreiten, damit die Kreide nicht verwischte. Ihre Bewegungen waren langsam. Sag es nicht, dachte sie. Man muss nicht immer sagen, was man denkt.

»... provinziell, um ehrlich zu sein. Es tut mir leid.«

Marie würde diese Worte, dieses Urteil nicht wieder vergessen, das wusste sie.

Sie sah in Helens Gesicht. Um ihre Lippen spielte ein Lächeln, das Marie nicht deuten konnte.

*

Die Eltern des Jungen warteten schweigend im Wohnzimmer, die Mutter noch an derselben Stelle, in derselben Haltung wie zuvor. Die Sonne war inzwischen untergegangen und der Raum lag im grauen Dämmerlicht des Herbstabends da, versunken in einer Stille, die gespenstisch wirkte. Sie bemerkten ihn nicht. Einen Moment lang hielt Sommerkorn den Atem an. Was gab es Schlimmeres als das, was diesen beiden Menschen widerfahren war?

Er räusperte sich und nahm dann auf dem Sofa, Irene Martìn gegenüber, Platz. Roberto Martìn wandte sich vom Fenster ab und tat ein paar Schritte auf Sommerkorn zu. Die Frau saß ganz still, als habe sie Sommerkorns Eintreten gar nicht zur Kenntnis genommen. Einen Augenblick lang betrachtete Sommerkorn ihr Profil, die gerade Nase, nahm die Proportionen dieses Gesichts in seiner Makellosigkeit mit einem Staunen wahr. Wie der Sohn, dachte Sommerkorn.

»Ich würde dieses Bild gerne mitnehmen. Sie bekommen es selbstverständlich zurück.« Sommerkorn hielt die gerahmte Fotografie hoch.

Roberto Martìn nickte gleichgültig. Irene Martìn blickte nicht einmal auf.

»Ich würde Ihnen jetzt gerne noch ein paar Fragen stellen.«

Roberto Martìn nickte wieder.

»Fangen wir vielleicht damit an, wo Sie beide zu dem Zeitpunkt waren, als die Nachricht von Leanders Tod Sie erreichte.« Sommerkorn nahm sein Notizbuch zur Hand.

»Ich war auf einer Tagung in den USA. Ich arbeite bei *Tognum* und bin sehr oft unterwegs.«

»Und wo waren Sie, Frau Martìn?«

»Meine Frau befand sich auf einem Wellnessurlaub auf Gran Canaria.«

»Wann haben Sie das letzte Mal mit Leander gesprochen?«

»Am Tag vor meinem Abflug. Also am Mittwoch.«

»Und Sie?« Sommerkorn wandte sich an die Frau.

»Meine Frau war zu dem Zeitpunkt bereits eine Woche fort.«

»Hatte Ihr Sohn ein Mobiltelefon?«

»Ja.«

»Wissen Sie, wo es ist?«

»Nein.«

»Welches Modell?«

»Sony Ericsson.«

»Ihr Sohn besuchte die zwölfte Klasse des KMG. Können Sie mir die Namen einiger Freunde nennen?«

»Matthias Wölfle, ein Mitschüler.«

»Sonst noch jemand?«

»Da waren noch zwei, mit denen er sich traf. Ein Thossi oder Thosi und … Moment … Sven hieß der andere.«

»Thossi – ein Spitzname.«

»Möglich.«

»Die Nachnamen?«

»Kenn ich nicht.«

»Waren die auch auf seiner Schule?«

»Das ... weiß ich gar nicht.«

»Hatte er Freunde im Karateclub?«

Roberto Martìn zuckte die Achseln. »Er hat nicht viel von den Leuten im Verein gesprochen.«

Sommerkorn meinte zu spüren, dass der Mann am Ende seiner Kräfte angelangt war, und er selbst war dabei, die professionelle Distanz zu den Ereignissen zu verlieren. Er hatte auch einen Sohn, jünger zwar, doch eines Tages wäre Tim in Leanders Alter.

»Hatte Leander schon den Führerschein?«

»Ja. Er ist auch regelmäßig gefahren, wenn meine Frau dabei war.«

»Alleine nicht?«

»Nein.«

»Sie wussten also nicht, dass er vorhatte, den Wagen zu nehmen?«

»Nein.«

»Haben Sie eine Ahnung, mit wem Leander sich verabredet haben könnte?«

»Sie meinen, er hatte eine Verabredung?«

»Vielleicht. Das versuchen wir herauszufinden. Wir gehen im Moment davon aus, dass Leander sich mit jemandem auf dem *ZF*-Betriebsparkplatz verabredet hatte, zu dieser Person in den Wagen stieg und letztendlich von ihr zum Friedhof gebracht wurde.«

Roberto Martìn war um eine Spur blasser geworden, und Sommerkorn fand, dass die Maske des Mannes in der letzten Viertelstunde Risse bekommen hatte. Und dass der Mann auf einmal so verdammt verletzlich aussah, dass es Sommerkorn die Kehle zusammenschnürte. Ich werde unsachlich, dachte er. Diesen Fall sollte Barbara übernehmen. Oder sonst jemand, der keine Kinder hat.

»Lassen wir es für heute gut sein. Ich möchte Sie lediglich noch darum bitten, mir eine Liste mit all den Leuten zu erstellen, die Leander kannte. Vielleicht fällt Ihnen dabei noch etwas ein. Wir brauchen diese Liste so schnell wie möglich. Ein aktuelles Foto Ihres Sohnes brauchen wir auch. Eventuell haben Sie eine Porträtaufnahme?«

Sommerkorn stand auf, Roberto Martìn tat es ihm gleich, mit müdem Gesicht und leicht nach vorn geneigten Schultern. Sommerkorn hatte den Eindruck, als wäre der Mann auf einmal unendlich müde geworden, als hielte er sich mit letzter Kraft auf den Beinen.

»Hat Leander sich in der Schule wohlgefühlt?«

»Ja, ich denke schon.« Roberto Martìn erwiderte Sommerkorns forschenden Blick verwundert und unsicher.

»Also ja?«

»Er war ein hervorragender Schüler.«

Sommerkorn nickte nachdenklich. Eine seltsame Antwort auf die Frage, ob jemand sich wohlfühlt, dachte er.

Irene Martìn hatte die ganze Zeit in derselben Haltung dagesessen, halb abgewandt, völlig reglos.

»Auf Wiedersehen«, sagte Sommerkorn ein wenig vage, und sein Gruß verlor sich in der Weitläufigkeit des Raumes. Die Frau erwiderte ihn nicht. Roberto Martìn begleitete Sommerkorn zur Haustür und blieb dort stehen, im Türrahmen, wie verloren. Blass, fast grau im Gesicht sah er Sommerkorn hinterher, in seinem teuren Anzug. Erst als Sommerkorn den Berg hinunterfuhr, wurde ihm bewusst, dass Irene Martìn kein Wort gesprochen hatte.

☺

Es gibt zu viel Gesindel, das die Welt nicht braucht. Und so müssen wir uns überlegen, wie wir uns organisieren, sonst bleibt alles ein Tropfen auf dem heißen Stein. Es kann nicht sein, dass wir in Deutschland noch mehr von dieser Sorte hereinlassen. Immerhin ist es nicht von der Hand zu weisen, dass die Kriminalität unter Ausländern höher ist. Die lungern in ihrer Freitzeit doch nur rum, sagt ER, statt was Sinnvolles zu tun, statt richtig Deutsch zu lernen. Schau sie dir an, mit ihren tiefergelegten Scheißkisten, die stehen vor ihren Dönerbuden rum, fahren sinnlos spazieren und verpesten unsere Luft. Und kassieren unsere Sozialhilfe. Natürlich gibt es auch Deutsche, die so beschissen drauf sind. Man muss was tun.

Albtraumland

Wenn Neonazis oder Aussteiger berichten, wie sie in die braune Szene gerutscht sind, spielt Musik eine auffällige Rolle. (...) An Busbahnhöfen, wo sich Schüler sammeln, werden jüngere bewusst von etwas älteren Schülern angesprochen, sie erhalten Propaganda-CDs geschenkt, die so genannten ›Schulhof-CDs‹, oder werden zu einer Party mit Musik oder einem Konzert ›mit guter Mucke‹ eingeladen. Das beeindruckt in der Regel jüngere, wenn sie von älteren Jugendlichen ›auserwählt‹ werden. Dann läuft auch oft gute, sogar populäre Musik gemischt mit Songs von neonazistischen Szenebands, Ideologie spielt zunächst kaum eine Rolle, aber es gibt kostenlose oder preiswerte Getränke, Tabak, Gespräche, Angebote zur Hausaufgabenhilfe u. a. m. Auf diese Weise wird ein angenehmes Gruppenfeeling hergestellt, die politische Indoktrination folgt erst schleichend und später.

(»Musik als Tor zur Szene«. Bundeszentrale für politische Bildung, www.bpb.de, 10. 3. 2009)

Warum stand Marie jetzt dort, dort, wo die Kinder gestanden hatten, warum stand überhaupt immer irgendjemand in dieser Tür? Warum wollte nun auch Marie, dass sie aufstand? Das ergab alles wenig Sinn, denn was würde es ändern, wenn sie aufstände? Was würde es ändern, wenn sie zu einem Notar ginge, der ihr das Testament, Eriks Testament, eröffnete? Das alles war jetzt ohne Bedeutung. Erik war tot, er war tot.

Paulas Augen tasteten sich zurück zu ihrem Nachttisch. Alles sah aus wie immer. Die bodenlange Decke über dem runden Tisch, gelb und weiß, die Nachttischlampe mit dem gelben Schirm, die Familienbilder in ihren schweren Silberrahmen, das große Glas mit den bunten Weihnachtskugeln und der Lichterkette darin, all die Dinge, denen sie stets so große Bedeutung beigemessen hatte, die sie über die Jahre hinweg mit sicherem Griff ausgewählt hatte, um dieses Haus, ach was, dieses Anwesen, noch schöner zu machen. Die vier Lithografien über dem Konsoltisch, für die sie ein kleines Vermögen ausgegeben hatte. Der Rubelli-Stoff, für den sie eigens nach Venedig gefahren war. Die Lampe aus Muranoglas, die sie bei dieser Gelegenheit gekauft hatte. All das war nun ohne Bedeutung. Und so erwiderte sie Maries Blick nur stumm, reagierte nicht auf ihre Worte, die nun näher kamen, auf ihre Berührung – oder war es nur ein Hauch? Denn sie wollte nichts mehr, nichts mehr im Leben als sterben.

*

»Hallo? Andreas?«

»Ja, Marie? Bist du's?«

»Ja, ja, entschuldige, ich bin's … Es geht um Paula, sie steht nicht auf. Und um zehn Uhr hat sie einen Termin beim Notar.«

»Gib sie mir mal.«

»Sie … Also sie will nicht mit dir sprechen. Sie spricht mit niemandem. Noch nicht einmal mit den Kindern.«

»Ich bin in einer halben Stunde da.«

Marie hörte ein Motorengeräusch, Kies knirschte in der Einfahrt, und kurz darauf stand Andreas im Zimmer. Gemeinsam betraten sie das Schlafzimmer, durch dessen hohe Fenster die Morgensonne schräg hereinfiel und ein Rautenmuster auf das Eichenparkett zeichnete. Der in Gelb und Weiß gehaltene Raum strahlte geradezu. Paula lag, wie zuvor auch schon, mit dem Gesicht zur Wand auf dem antiken Biedermeierbett am anderen Ende des Schlafzimmers, das von den Dimensionen her ein kleiner Tanzsaal hätte sein können.

»Paula?« Sie reagierte nicht.

Sommerkorn ging durch den Raum, in dem Staubpartikel in der Sonne flirrten, das Parkett knarzte unter seinen Schritten.

»Paula?« Er setzte sich auf den Bettrand, legte eine Hand auf ihre Schulter.

»Komm, du musst dich anziehen, na los, du schaffst das.«

Immer noch keine Reaktion. Sommerkorn begegnete Maries Blick im Spiegel, der über dem Biedermeierbett hing. Marie trat näher, strich Paula übers Haar.

»Vielleicht würde eine Tasse Kaffee helfen. Ich werde Frau Traubinger bitten.«

Kurze Zeit später stand Marie mit einem Becher Kaffee in der Hand vor dem Bett.

»Nun komm, jetzt trinkst du erst mal einen Schluck Kaffee, das wird dich beleben.« Sommerkorn drückte erneut Paulas Schulter.

Nach einer Weile drehte sie sich auf den Rücken, und als Marie schon nicht mehr glaubte, dass sie jemals wieder aufstehen würde, stützte Paula sich auf die Ellenbogen, setzte sich auf und blieb so, mit rundem Rücken, sitzen. Sommerkorn griff nach einem Kissen und steckte es hinter sie. Zuerst angespannt, dann mit Erleichterung beobachtete Marie, wie Paula einen Schluck Kaffee nahm, dann noch einen. Schließlich trank sie den ganzen Becher aus, schlug die Decke zurück und zog sich an – wortlos, mechanisch, die Bewegungen einer Schlafwandlerin. Oder die einer sehr alten Frau.

☺

Seit ich einer von ihnen bin, lassen die anderen mich in Ruhe. Sogar dieses Schwein Robert. Und auch Walser. Kann's noch gar nicht fassen. Nur Vicky schaut mich manchmal so komisch an. So durchdringend und fragend. Natürlich ist nicht alles O. K., was wir machen und wahrscheinlich weiß sie auch irgendetwas, sie war ja doch mit IHM zusammen, ganz am Anfang.
Um Robert tut es mir jedenfalls nicht leid. Seit ER dieses Video bei YouTube reingestellt hat, ist der fertig. Ein für alle Mal erledigt. Endlich bin ich nicht mehr allein. Es ist ein so krasses Gefühl, die Gruppe zu haben. Und ER tut wirklich alles für seine Männer. Und ER verlangt auch alles.

*

Der Notar war ein Mann mit gewaltigen Augenbrauen und einem Lächeln, das ihm ständig in den Augenwinkeln zu sitzen schien. Zur Begrüßung streckte er Paula seine riesige Hand entgegen.

»Frau Brandauer, mein herzliches Beileid. Bitte kommen Sie herein. Wir werden das Ganze so zügig wie möglich hinter uns bringen.«

Seine Stimme war tief, und er hatte einen ausgeprägten bayerischen Akzent. Die väterliche Aura, die ihn umgab, trieb Paula die Tränen in die Augen. Sie betrat den Raum, ein nüchternes Besprechungszimmer ganz in Grau gehalten, mit einem großen grauen Tisch, um den acht Stühle standen. Auf einem Stuhl saß ein Mann, der Paula bekannt vorkam, den sie aber auf die Schnelle nicht einordnen konnte. Als sie näher trat, stand er auf und streckte ihr die Hand entgegen.

»Rechtsanwalt Schmitt, guten Tag, Frau Brandauer.«

Wortlos legte sie ihre Hand in seine, und als sie ihn ausdruckslos anstarrte, fügte er hinzu: »Ich bin der Finanz- und Anlageberater Ihres verstorbenen Gatten.«

Paula nickte. Dann setzte sie sich auf den Stuhl, den der Notar ihr zurechtgerückt hatte. Die beiden Männer nahmen Platz, der Notar machte sich an einem Diktiergerät zu schaffen, es knackte, eine junge Frau kam herein, nickte Paula mit einem scheuen Lächeln zu und legte einige Aktenmappen auf den Tisch. Dann wandte sie sich an Paula und fragte etwas, das Paula erst verstand, als sie den Satz wiederholte. Ob sie Kaffee wolle. Als Paula nur stumm den Kopf schüttelte, verließ sie den Raum und schloss leise die Tür hinter sich. Durch das geschlossene Fenster drangen die Geräusche einer Baustelle herein, das dumpfe Rumpeln eines Lasters, ein Presslufthammer, der selbst über die Entfernung und durchs Fenster nervtötend war.

Wie aus weiter Ferne sah Paula nun, wie der Notar erneut an seinem Diktiergerät herumnestelte, die oberste Unterschriftenmappe aufschlug, die Lippen bewegte. Sie betrachtete ihn wie durch eine Glaswand, sein nun ernstes Gesicht, die Fältchen in den Augenwinkeln, wo war das väterliche Lächeln hingekommen? Sie musste sich zwingen zuzuhören, immerhin ging es hier um etwas Wichtiges, so war es doch, nicht wahr. Paula räusperte sich, setzte sich aufrechter hin, betrachtete nun konzentriert das Gesicht des Notars und versuchte, den Wörtern einen Sinn zuzuordnen, doch vergebens. Erst als die beiden Männer sie erwartungsvoll ansahen, wusste sie, dass sie etwas verpassst hatte. Sie hätte an der richtigen Stelle etwas sagen müssen. Sie räusperte sich erneut und sah von einem zum anderen.

»Bitte, können Sie das noch einmal wiederholen ... Ich ...«, stotterte sie.

»Ich bitte Sie, die im vorliegenden Schriftstück gemachten Angaben zu bestätigen, Sie sind Frau Paula Brandauer, geborene Sommerkorn, geboren am fünfundzwanzigsten Oktober 1969 in Celle, wohnhaft in Bad Schachen, Lindau.«

Sie nickte. Das hatte sie verstanden. Was dann folgte, waren Satzfetzen, die in immer kleinere Stücke zerfielen, je länger sie zuhörte. Sie musste sich am Riemen reißen, das hier war wichtig, Herrgott nochmal. Aber war es das wirklich? Gütergemeinschaft, ein Wort, das sie kannte, flatterte vorbei, verweilte kurz bei ihr und verflüchtigte sich dann.

Von ihrem Platz aus konnte sie die braunen Blätter einer Hainbuche erkennen. Wenn man Glück hatte, behielten Hainbuchen bis ins Frühjahr hinein ihr dichtes rostbraunes Kleid, sie wusste das, sie hatte vor einigen Jahren auch ein paar Hainbuchen pflanzen lassen, wie lange war das nun her, nachdem sie in Wien eine Ausstellung der belgischen Symbolisten gesehen hatte, bei der unter anderem ein Bild ihre besondere Aufmerksamkeit erregt hatte. *Die große Hainbuche* hatte es geheißen, und darauf zu sehen war ein einsames Gehöft und davor eine riesenhafte, gigantische Hecke. Das Seltsame an dieser Hecke war gewesen, dass sie, so groß und überdimensional sie auch war, sorgfältig zurechtgestutzt war. Eine Zyklopenhecke, verpflanzt nach Lilliput. Auch Erik hatte dieses Bild gefallen. Deshalb hatte sie die Hainbuchen setzen lassen. Man konnte sie beschneiden, wie man wollte, Hainbuchen nahmen nichts übel!

»… schon vor einiger Zeit Konkurs anmelden müssen.«

Sie hatte die Hainbuchen zu einem ganz entzückenden Bogen zurechtgeschnitten.

»… haftet auch mit seinem Privatvermögen.«

Sogar die Prenzl aus dem Lionsclub hatte sie darum beneidet.

»Auf jeden Fall … eine Hypothek auf das Haus aufgenommen … tut mir leid … sicher ein Schock … so schnell wie möglich ausziehen.«

»Was sagen Sie da?«

Paula richtete ihren Blick von der Hainbuche auf den bayerischen Notar, schaute vom bayerischen Notar zu Herrn …

»Ihr Mann hat Ihr gemeinsames Haus seinerzeit als Sicherheit für seine Firmengeschäfte eintragen lassen. Aber das wissen Sie ja, denn das haben Sie unterzeichnet … Jedenfalls rate ich Ihnen, das Haus bald zu verkaufen, um den Schaden so gering wie möglich zu halten. Allein die Hypothekenzinsen, die er jeden Monat …«

»Moment.«

Paula hatte immer noch Mühe, den Worten einen Sinn zu geben. Sie sah von einem zum anderen. Das Beruhigungsmittel, das sie genommen hatte, vernebelte ihr den Verstand, sie hatte das Gefühl, in einem Meer aus Watte zu stecken.

»Sie wollen mir gerade sagen … Das habe ich doch richtig verstanden …« Paula rieb sich das Gesicht. Die Tischplatte war so hell und groß und sauber, nur der Laptop des Notars und der des anderen Mannes standen darauf. Gab es denn heutzutage keinen Papierkrieg mehr? Sie konnte sich nicht konzentrieren.

»Sie wollen mir sagen, dass ich … dass meine Kinder und ich aus dem Haus ausziehen müssen? Dass es nicht mehr uns gehört?«

Sie starrte den Notar mit riesigen Augen an, sie sah ihn bedauernd nicken. Er sah so bodenständig aus, so bayerisch. Und jetzt auch wieder so väterlich. Aber konnte ein Vater seinem Kind so etwas sagen?

»Aber ... da kann man doch sicher noch etwas machen! Ich meine, es kann doch gar nicht sein, Eriks Firma lief doch immer so gut ... Und das neue Spiel ist doch ein voller Erfolg ... Ich verstehe das alles nicht!«

»Ihr Mann hat auf die falschen Pferde gesetzt.«

Der andere Mann, wie hieß er noch, hatte sich aus seinem Schweigen heraus zu Wort gemeldet. Sie hatte ihn fast schon vergessen. Sie sah in seinen Augen dasselbe bedauernde Lächeln, nur dass es schmaler war.

»Was meinen Sie ... Welche Pferde?«

»Das war natürlich bildlich gesprochen.« Er räusperte sich.

»Sie haben doch von der Bankenkrise gehört ...«

Paula nickte. Sicher, wer hatte davon nicht gehört? Aber die Bankenkrise war doch weit weg und betraf nur andere. Nicht wahr?

»Erik hat in ein paar Papiere investiert, die ...«

Paula starrte ihn ungläubig an, seine ausdruckslosen Augen, seine schmalen Lippen. Erik war tot, sie war allein mit den Kindern. Und nun erfuhr sie, dass das Haus nicht mehr ihr Haus war. Ein entsetzlicher Verdacht keimte in ihr auf.

»Unser Konto. Da ist doch sicher noch Geld drauf. Ist es doch?« Ihre Stimme versagte.

Der Mann zuckte mit den Achseln, hob bedauernd die Hände. »Ich habe natürlich keinen Einblick in Ihr Privatkonto. Aber aufgrund der finanziellen Gesamtlage ist damit zu rechnen ...«

Es war ein Albtraum, es musste ein Albtraum sein, in dem sie sich hier befand. Einer jener Träume, in denen man endlos überfordert war, sich in der Flussmitte befand oder nackt unter Menschen stand. Nein, das konnte alles nicht wahr sein. Gleich würde sie erwachen und feststellen, dass alles gut wäre. Erik würde sie in seine Arme schließen und beruhigende Worte murmeln. Und sie würde sich an ihn schmiegen. Und alles wäre wieder gut.

☺

Ich bin jetzt einer von ihnen, ich kann's nicht glauben. Sie wollen, dass ich dabei bin. Und die sind ganz schön cool. Aber das Beste ist, sie glauben an mich und meine Cleverness ist ihnen kein Hinderungsgrund, weil ER selbst clever ist und sagt: Wir können die Welt verändern. Wir. Erst dachte ich, der verarscht mich. Oder der spinnt total. Aber je länger ich darüber nachdenke, desto klarer wird mir: ER HAT RECHT. Denn alle großen Veränderungen, alle Umwälzungen haben mit einem kleinen Stein begonnen, den irgendwann ein Einzelner ins Rollen gebracht hat.
ER sagt, der Verfall der deutschen Sprache sei unaufhaltsam. Diese ganzen hdgdl- und lol-Idioten. Wenn wir jetzt nicht eingreifen und etwas dagegen tun. ER sagt, wir müssen uns zurückbesinnen auf ein bestimmtes Niveau und das auf keinen Fall unterschreiten, sonst wird in Deutschland eines Tages kein Wort Deutsch mehr gesprochen. »Geil« sei auch so ein Unwort, da müsste jeder, der's sagt, einen Klaps auf den Hinterkopf bekommen. Manchmal kriegt Matthias eins drauf, aber natürlich nur so zum Spaß.

*

Erst als Sommerkorn Paulas Hausschlüssel aus ihrer Handtasche kramte, sagte sie: »Es ist alles weg.«

Marie, die ein paar Schritte hinter ihnen stand, verstand nicht recht.

»Was meinst du?«

»Es ist alles weg. Geld, Wertpapiere, das Haus. Eriks Firma ist pleite.«

Sommerkorn ließ den Schlüssel sinken. Entgeistert sah er von Paula zu Marie und wieder zu Paula.

»Was?«

Paula nahm ihm den Schlüssel aus der Hand und öffnete die Haustür. Sie betraten die Diele, und Paula ließ den Blick schweifen. Sie sieht so verloren aus, dachte Marie. Wenn das stimmte, was sie gerade gesagt hatte, war sie das wohl auch. Oben an der Treppe erschienen Leni und Anna, dicht gefolgt von Frau Traubinger. Wie klein und blass und schmal sie sind, dachte Marie und sah, dass sie erwartungsvoll ihre Mutter anschauten. Doch Paula sah sich weiter in der Diele um und flüsterte nur: »Alles weg.«

Die Kinder begannen zögerlich die Treppe herunterzusteigen, die ersten Stufen. Weiter kamen sie nicht. Es war, als halte ein unsichtbares Band sie zurück. Marie setzte ein aufmunterndes und, wie es sich anfühlte, völlig gezwungenes Lächeln auf und ging auf sie zu. Oben angelangt, drehte sie sich um und sah, wie Sommerkorn einen Arm um seine Schwester legte und sie ins Wohnzimmer führte.

Viele Stunden später, Frau Traubinger hatte sich längst verabschiedet, lagen die Kinder zu zweit in Annas Bett und waren endlich, nach dem dritten Mal *Lotta kann Rad fahren* eingeschlafen. Marie blieb noch eine Weile auf der Bettkante sitzen, das Buch auf dem Schoß, und betrachtete die schlafenden Kindergesichter. Leni lag nach außen gewandt, den Daumen im Mund, und nuckelte und schmatzte reflexartig. Anna hatte sich an die kleine Schwester geschmiegt, den Arm um sie geschlungen, so, als wollte sie ganz sichergehen, dass die Kleine nicht einfach verschwinden würde. So wie ihr Vater einfach aus ihrem Leben verschwunden war. Marie fühlte, wie ihr die Tränen in die

Augen traten. Immer noch konnte sie das Unfassbare nicht glauben. Dass diese beiden Kinder, die so zutraulich und fröhlich waren, so ohne Arg, dass diese beiden Kleinen nun ohne Vater waren. Für immer. Und unten im Wohnzimmer lag ihre Mutter und war nicht ansprechbar.

Seit ihrer Rückkehr vom Notar hatte Paula kein Wort gesprochen. Wortlos war sie zum Arzneimittelschrank gegangen, hatte zwei Schlaftabletten aus der Verpackung gedrückt, sich aufs Sofa gelegt und seitdem kein Lebenszeichen mehr von sich gegeben. Sommerkorn hatte dagesessen und ihr zugesehen, hatte versucht, zu ihr durchzudringen, aber die Schlaftabletten hatten ihre Wirkung bald entfaltet.

Als Marie nach unten kam, schlief Paula schon tief, und Sommerkorn saß immer noch in demselben Sessel, in dem er vorher gesessen hatte, und sah durch die hohen Fenstertüren hinaus. Sein Blick hatte sich in den unzähligen Lichtchen verloren, die Paula in den beiden brutal gestutzten Bäumchen aufgehängt hatte. Marie betrachtete ihn scheu, setzte sich auf das andere Sofa und folgte dann seinem Blick nach draußen.

Vor ein paar Wochen war sie es gewesen, Marie, deren Leben aus den Fugen geraten war. Ein kranker Mann hatte sie als Zielscheibe seines perversen Interesses auserkoren und sie mit Botschaften jeder Art beglückt. In diesen Wochen waren Sommerkorn und sie sich ein wenig nähergekommen. So nahe, wie sich zwei spröde Einzelgänger eben in ein paar Wochen kommen konnten. Was, wenn sie es recht bedachte, nicht sehr nahe war. Sie hatten es noch nicht einmal zu einer innigen Umarmung, geschweige denn zu einem Kuss gebracht. Nun lag die Kugel im Roulette des Lebens in Paulas Fach, schoss es Marie durch den Kopf. Nun hatte es ihre beste Freundin getroffen. Und dann dachte sie an Helen Kattus und was sie über ihre Arbeiten gesagt hatte.

»Was ist?«, fragte Sommerkorn, der das Schnauben für ein Lachen gehalten hatte.

»Ach nichts. Ich habe nur gerade gedacht, wie verdammt ungerecht das Leben ist.«

»Ungerecht«, wiederholte er nachdenklich. »Das hieße ja, dass es irgendwo dahinter eine übergeordnete Gerechtigkeit gäbe. Ich glaube vielmehr, dass da … nichts ist. Allenfalls vielleicht eine Art Willkür.«

Marie sah ihn überrascht an. »Ich wusste gar nicht, dass du Atheist bist.«

»Bin ich auch nicht. Das würde ja bedeuten, dass ich eine feste Überzeugung hätte. Ein fest gefügtes, verneinendes Bild von dieser Welt und einem Gott. Aber die habe ich nicht. Ich habe gar nichts, außer Zweifel.«

Marie schluckte.

»Ja, wenn man an die beiden da oben denkt, meine Güte, die sind so unschuldig, da können einem wohl Zweifel kommen.«

Er betrachtete sie schweigend, und sie wich seinem Blick aus, strich sich das kurze lockige Haar aus dem Gesicht, das sofort wieder zurückschnellte und sie an der Wange kitzelte.

»Ich kann mir gar nicht vorstellen, dass das alles hier«, Marie beschrieb mit einer Geste den Raum, »dass das alles bald unter den Hammer kommt. Es kann doch nicht sein, dass sie *nichts* mehr hat.«

»Ja, das ist schwer vorstellbar.« Sommerkorn ließ den Blick durch das Zimmer schweifen, über die drei ausladenden gelben Sofas, den Kamin, den Sekretär mit den Einlegearbeiten, die Kokoschka-Lithografien, die ein kleines Vermögen wert waren.

»Aber selbst wenn das Haus quasi schon der Bank gehört ... Ich meine mich zu erinnern, dass Erik zu ihren Gunsten eine Lebensversicherung abgeschlossen hat.«

»Dann braucht sie sich also keine Sorgen zu machen?« Maries Stimme war ganz dünn.

»Ich weiß nicht, wie hoch die Versicherungssumme ist, aber ein paar Hunderttausend werden es sicher sein. Morgen, wenn sie aufwacht, frage ich sie danach. Ich will jetzt nicht in ihren Sachen wühlen.«

»Sicher.« Marie starrte eine Weile nachdenklich vor sich hin. »Und die Beerdigung?« Sie blickte auf.

»Sie haben die Leiche noch nicht freigegeben. Die Untersuchungen sind noch nicht abgeschlossen.«

Marie schwieg. Sie dachte an Erik, dessen zerschmetterter Körper in einem rechtsmedizinischen Institut in einem Kühlfach lag. Stellte sich Paula das auch vor?

»Die Beerdigung. Ich glaube, dass sie die hinter sich gebracht haben muss, um trauern zu können«, sagte Marie unvermittelt.

»Ja.« Sommerkorn nickte. »Ich rufe morgen mal bei den Kollegen an und erkundige mich.«

Sie sahen sich ein paar Sekunden an, dann fragte Sommerkorn: »Und wie geht es dir?«

Marie spürte, wie ihr Herzschlag sich beschleunigte. Allein die Frage reichte aus, um sie in Aufregung zu versetzen. »Na ja. Wie soll's mir gehen ... Bei allem, was hier geschieht.« Das ist nur die halbe Wahrheit, dachte Marie und fuhr leise fort: »Ich hatte eine Ausstellung in Aussicht.«

»Du hattest?«

»Ja. In einer renommierten Galerie in Konstanz. Eine in Sammlerkreisen hoch geschätzte, wie man so schön sagt.«

»Und warum siehst du dann so bedrückt aus?«

»Weil es wohl nichts werden wird, wie's aussieht.«

»Und warum nicht?«

»Nun ... Ich war bei der Galeristin, Marlene Kattus, um meine Arbeiten vorzustellen. Sie war ziemlich begeistert, obwohl ich mir eigentlich keine großen Chancen ausgemalt hatte. Sie wollte mich sogar im Atelier besuchen, nur weil sie so wenig Zeit hat, haben wir einen Termin in Lindau vereinbart. Doch dann kam sie nicht selbst, sondern ihre Tochter, die auch in der Galerie arbeitet. Und die war nicht so überzeugt.«

»Das hat vielleicht gar nichts zu bedeuten.«

Marie dachte an Helen Kattus' Gesichtsausdruck, als diese ihre Zeichnungen betrachtet hatte. Sie seufzte.

»Ich fürchte, dass das doch etwas zu bedeuten hat.«

☺

ER sagt, die Menschen heute seien vom Wahn der individuellen Selbstverwirklichung befallen. Und dass man sie kurieren müsse. Man müsse ihnen zeigen, dass es so nicht weitergeht. Die Ressourcen werden knapp, man weiß, dass die Ölvorkommen hochgerechnet noch vierzig Jahre reichen. Der Meeresboden und das All werden als Müllplatz verwendet. Wir müssen etwas tun, sonst ist alles dem Untergang geweiht. Das Erstaunliche ist, dass ER auf alles eine Antwort weiß. Keinen Bullshit, nein, Zahlen und Fakten.

Wir müssen im Kleinen anfangen, das ist das Geheimnis. Wenn wir in Deutschland anfangen aufzuräumen, haben wir eine reelle Chance, etwas zu ändern. Man muss die Menschen vor ihrem Individualwahn retten. Individualismus ist ein Synonym für Egoismus. Jeder wurstelt vor sich hin und versucht, so viel wie möglich vom Kuchen zu bekommen.

*

»Hitler-Styling.« Sommerkorn tippte auf das Foto, das Leander und die vier anderen Jungen zeigte.

»Wie bitte?«

»Oder Napola.«

Barbara verstand noch immer nicht. Sie sah übernächtigt und blass aus, ein Spiegelbild Sommerkorns. »Hä?«

»Nationalpolitische Erziehungsanstalten.«

Barbaras Blick hing ungläubig an dem Foto. Dann änderte sich der Ausdruck in ihren Augen und sie blickte auf. Sie sah Sommerkorn direkt an.

»Du hast recht. Die sehen ja tatsächlich aus wie …«

»Anno Domini 1933. Also bilde ich mir das nicht ein?«

»Nie und nimmer. Das ist …«

»Unglaublich?«

»Unglaublich, ja. Aber hat es etwas zu bedeuten? Für uns, meine ich.«

»Das, liebe Kollegin, gilt es herauszufinden.«

Sie saßen im Besprechungszimmer, sämtliche Beamten der Kripo Friedrichshafen sowie drei andere Kollegen, die von den umliegenden Dienststellen für die SOKO Martìn abgezogen worden waren. Es war kurz vor acht, und draußen war der Berufsverkehr in vollem Gange. Kälte und Feuchtigkeit drangen durch das geöffnete Fenster in den Raum, trotzdem war die Luft schlecht, beinahe stickig.

»Wir müssen die Mitschüler und die Lehrer befragen, die Freunde. Der Junge war im Karateclub, hier in Friedrichshafen. Ich war gestern bei den Eltern. Sie wissen nichts oder wollen nichts wissen, schwer zu sagen. Vielleicht sollten wir noch mal mit der Mutter alleine sprechen. Aber eines ist klar: Der Laptop des Jungen fehlt. Und sein Handy.«

Barbara stand auf und schloss das Fenster.

»Ihr fangt mit den Mitschülern an.« Sommerkorn

nickte Hauptkommissar Martin Inkat, seinem Stellvertreter, zu, sowie Hansjörg Möller und zwei weiteren Kollegen.

»Und wir«, er sah Barbara an, »übernehmen die Lehrer. Zuerst die Klassenlehrerin, Frau Bärlach.«

»Dann werde ich mir mal den Karateverein vornehmen«, sagte ein neuer Kollege, der vor einer Woche in der Polizeidirektion Friedrichshafen seinen Dienst begonnen hatte.

Sommerkorn nickte. Er zog die Akte Martìn zu sich heran und nahm den Zettel zur Hand, auf dem er sich Stichpunkte notiert hatte.

»Ach, und eins noch. Wir sollten darüber nachdenken, welche Bewandtnis es mit dem Fundort der Leiche auf sich hat. Wurde der Junge bewusst auf dem Friedhof – ich sage jetzt mal – arrangiert?«

Die Kollegen schwiegen, Sommerkorn blickte in die Gesichter, die blass aussahen im Neonlicht des Besprechungszimmers.

»Vielleicht irgendwelche satanischen Rituale?« Martin Inkat hob die Augenbrauen, klopfte mit dem Kugelschreiber nervös auf den Tisch.

»Die Verletzungen an den Handgelenken, meinst du?«, fragte Sommerkorn.

»Das kombiniert mit dem Ort und dem Zettel ... gruselig.«

»Vielleicht ist es eine Botschaft?«

»Für wen? Die Polizei?«

»Die Polizei, die Umwelt, die Presse ... Auf jeden Fall werden wir uns den Ort noch einmal ansehen müssen. Das übernehme ich.« Sommerkorn blickte Inkat an.

»Was ist mit der Kippe, die man auf dem Nachbargrab gefunden hat?«

Möller hatte die Hände vor der Brust gekreuzt und saß

mit geradem Rücken da. Seine Bandscheiben, dachte Sommerkorn.

»Ist noch bei der DNA-Analyse. – Also dann.« Sommerkorn stand auf und nickte den anderen zu.

Zurück in seinem Büro, griff er zum Telefonhörer. Er zögerte kurz und wählte dann die Nummer der Ravensburger Polizei.

»Sommerkorn hier.«

»Ach, du bist's. Dich wollte ich gerade anrufen. Jetzt bist du mir zuvorgekommen.«

»Dann gibt es also was Neues?«

»Ja, gibt es. Ihr könnt ihn beerdigen. Der Fall ist abgeschlossen.«

Sommerkorn merkte, wie sein Herz schneller zu schlagen begann. »Dann habt ihr herausgefunden, wie es war.«

»Sieht so aus. Aber ihr wisst ja wahrscheinlich selbst schon, dass Erik Brandauer völlig pleite war.«

»Ja.« Sommerkorn schluckte. Das wussten sie. Er dachte an Paula, die er heute Morgen auf dem Sofa zurückgelassen hatte. Zum Glück war Marie bei ihr. Aber wie lange würden sie beide das noch schaffen? Paulas Apathie nahm Formen an, die über eine normale Trauer weit hinausgingen. Wenn man so etwas überhaupt genau definieren konnte.

»... gehen wir also davon aus, dass es ein Unfall war ... dass Erik Brandauer den Fallschirm nicht ausgelöst hat. In seinem Blut wurde eine hohe Konzentration von Cannabinoiden festgestellt, er muss also kurz vor seinem Absprung ein Rauschmittel konsumiert haben. Und dann war der Sicherungsautomat auf die falsche Höhe eingestellt.«

»Moment, Moment. Du sagst also ... in Eriks Blut hat man Spuren von Hasch gefunden?«

»Das waren schon keine *Spuren* mehr. Eine gehörige Portion trifft's eher.«

Die Tür von Sommerkorns Büro ging auf und Barbara steckte den Kopf herein. Sommerkorn deutete ihr, dass er gleich komme, sie nickte und zeigte nach draußen. Sommerkorn wandte seine Konzentration wieder dem Kollegen von der Ravensburger Polizei zu.

»Ich habe nicht gewusst, dass er Hasch raucht.«

»Hat er auch nicht. Er hat das Zeug gegessen.«

»Gegessen?«

»Ja, Haschkekse. Wir haben Krümel in der Tasche seines Overalls gefunden. Und in der Mittelkonsole seines Wagens. Tja. Was tut man nicht alles, wenn man verzweifelt ist.«

»Selbstmord?« Sommerkorn wagte kaum die Frage zu formulieren.

Der andere zögerte, bevor er zu einer Antwort ansetzte.

»Für eine Selbstmord-Theorie fehlen uns konkrete Beweise. Kein Brief, auch sonst keinerlei Botschaft. Wir gehen davon aus, dass es ein Unfall war. Erik Brandauer wollte mit Hilfe dieser Haschkekse wohl einfach nur … vergessen.«

*

Leander Martìns Klassenlehrerin lebte in einer Idylle, die Sommerkorn fast unwirklich erschien. Wer Ferien auf dem Land machen wollte, war hier jedenfalls genau richtig. Rosemarie Bärlach, ihres Zeichens Studienrätin und Lehrerin für Geschichte und Deutsch am Karl-Maybach-Gymnasium in Friedrichshafen, hatte sich am Vortag krankgemeldet, und so fuhren die beiden Kommissare Sommerkorn und Barbara Stern die kleine Straße ins stille Argental. Laimnau lag nicht besonders abseits, und doch wirkte der Ort auf Sommerkorn und Barbara, die beide in der Stadt lebten, wie aus einem Urlaubsprospekt. Die Studienrätin wohnte im letzten Haus an einer kleinen Stichstraße, die im Navigationssystem des Dienstwagens nicht existierte.

Die Frau, die ihnen nach dem dritten Mal klingeln mit einer Hustensalve die Tür öffnete, war mittelgroß und mittelschlank und hatte eine gerötete Nase. Es war auf den ersten Blick ersichtlich, dass Frau Bärlach noch eine Weile das Haus – oder besser noch das Bett – würde hüten müssen.

»Guten Tag, Sommerkorn. Meine Kollegin Barbara Stern. Wie ich Ihnen bereits am Telefon mitteilte, untersuchen wir den Tod von Leander Martìn.«

Frau Bärlach nickte und zog den Gürtel ihres Bademantels enger.

»Ich kann das immer noch nicht fassen. Ich hätte nie gedacht, dass Leander Drogen nimmt.«

»Wie kommen Sie darauf, dass er Drogen genommen hat?«

Rosemarie Bärlach sah von Sommerkorn zu Barbara. »Hat er nicht? Aber ich dachte …«

»Ja?«

»Dass er an einer Überdosis gestorben sei. Das wird an der Schule erzählt.«

»Und warum hätte Sie das überrascht?«

»Leander hatte so stockkonservative Ansichten. Ich unterrichtete ihn in Deutsch und Geschichte. Alles, was er je von sich gegeben hat, drückte eine tiefe Missbilligung gegenüber allem aus, was, sagen wir, die Disziplin und Ordnung im Staat stört.«

»Was genau meinen Sie damit?«

»Er war ein wirklich guter Schüler, intelligent … Aber kommen Sie doch bitte herein.«

Rosemarie Bärlach führte die beiden Besucher in ein Wohnzimmer, wo praktische Bedürfnisse über ästhetische Erwägungen den Sieg errungen hatten. Sie nahmen an einem Tisch Platz, der der Lehrerin offenbar auch als Arbeitsplatz diente.

»Wo war ich gerade ... Leander war intelligent, um nicht zu sagen, überdurchschnittlich. Er war stets pünktlich und er missbilligte es, wenn ein Schüler zu spät kam oder den Unterricht durch Zwischenrufe oder Blödeleien störte. Das ging so weit, dass er ...«

Sommerkorn betrachtete die Frau eingehend, den praktischen Kurzhaarschnitt, den dunkelblauen Bademantel, ihr waches Gesicht, das einen nüchternen Eindruck machte, die braunen Augen, die ruhig, aber betroffen aussahen. Rosemarie Bärlach gehörte sicher nicht zu den Menschen, die haltlose Behauptungen in die Welt setzten.

»Es ist alles wichtig, was Sie uns über Leander Martìn sagen können.«

Plötzlich wich ihre Betroffenheit einer besonnenen Konzentration. In ihrer Stimme lag nun eine Wachsamkeit, die Sommerkorn zuvor nicht bemerkt hatte.

»Da gibt es doch etwas, das Sie mir noch nicht gesagt haben.« Die Studienrätin blickte die beiden Kommissare abwechselnd an.

»Wir müssen leider davon ausgehen, dass Leander Martìn getötet wurde«, übernahm Barbara die Antwort.

Rosemarie Bärlach nickte langsam, fast bedächtig.

»Was ich vorhin andeuten wollte – aber es war immer nur ein Gefühl, eine Ahnung: Die anderen, einige zumindest, hielten Leander gegenüber Distanz«, sagte die Studienrätin.

»Aber das ist noch nicht alles.« Sommerkorn fixierte die Frau.

»Nein.« Sie schien mit sich zu ringen. »Ich möchte hier

wirklich keine Gerüchte in Umlauf bringen. Aber mein Eindruck war eben, dass manche ihm gegenüber vorsichtig waren.«

»Sie meinen, Leander war eher ein Außenseiter?«

»Nein, nein, das wollte ich damit nicht sagen. Er hatte Leute um sich, nein, eigentlich war das vor allem Matthias Wölfle. Die bildeten ein unzertrennliches Duo. Aber um die herum bestand immer eine Art – wie soll ich sagen – Vakuum. Allerdings habe ich die Klasse erst seit den Sommerferien. Und Leander war ja selbst noch nicht so lange auf unserer Schule.«

»Ach, die Familie wohnt erst seit kurzem hier?«

»Nein, nein, das nicht. Aber soweit ich weiß, wechselte Leander vor ungefähr einem Jahr vom Internat Salem ans KMG.«

»Mitten im Schuljahr?«

»Ja, einige Monate nach Schuljahresbeginn.«

»Gab es dafür einen besonderen Grund?«

»Etwas Genaues weiß ich nicht, allerdings …«

»Allerdings was?«

»… wurde gemunkelt, dass er Probleme mit einem Mitschüler gehabt haben soll.«

»Inwiefern?«

»Ich weiß es nicht. Offiziell wurden wir nie darüber unterrichtet. Ich hatte immer den Eindruck, dass vielleicht Leanders Eltern damit zu tun hatten. Mit dieser Schweigsamkeit … Vielleicht haben sie ihre Beziehungen spielen lassen, der Vater ist ja wohl ein hohes Tier bei *Tognum*. Wie gesagt, das alles ist hoch offiziös. Am besten, Sie sprechen mit Herrn Seibold, unserem Direktor. Der wird Ihnen mehr sagen können.«

☺

Gestern haben sie mich das erste Mal auf das Gelände mitgenommen. Sie nennen es Wolfsschanze. Ich habe sie gefragt, ob das ein guter Name sei, immerhin hat das Tausendjährige Reich gerade mal zwölf Jahre gedauert. ER war sauer und hat gesagt, die Fehler der Vergangenheit bräuchte man ja nicht zu wiederholen. Auf jeden Fall ist das Gelände ideal. Kein Schwein weit und breit, man kann machen, was man will. Ein Truppenübungsplatz, sagen sie. Da werden wir noch einiges ausprobieren.

*

In der Mittagspause desselben Tages saß Sommerkorn an Eriks Schreibtisch. Er kam sich vor wie ein Eindringling, wie ein Schnüffler, der seine Nase in Dinge steckte, die ihn nichts angingen. Er lehnte sich zurück, klappte den Ordner auf, den er eben aus dem Regal genommen hatte – und zögerte. Er dachte an das Gespräch mit dem Direktor des KMG, das sie unmittelbar nach der Befragung von Rosemarie Bärlach geführt hatten.

Der Junge habe sich auf dem Internat nicht mehr wohlgefühlt. Es habe da wohl ein paar Vorfälle gegeben, ein Schüler habe Leander beschuldigt, ihn gemobbt zu haben. Doch letztendlich sei es bei den Anschuldigungen geblieben und nein, Leander habe keinen direkten Schulverweis erhalten. Vielmehr habe man im gegenseitigen Einvernehmen entschieden, dass sich Leander in einer neuen Umgebung, einer ohne Altlasten, wohler fühlen würde. Habe nicht jeder eine zweite Chance verdient? Schließlich habe sich ja gezeigt, wie richtig das gewesen sei. Leander, ein herausragender Schüler, einer der besten.

Der Direktor hatte viel und schnell geredet, und letztendlich hatte sich in Sommerkorn der Eindruck verfestigt, dass etwas an dieser Sache faul war. Er würde dringend mit der Schulleitung des Salemer Internats sprechen müssen.

So, dachte er. Und nun machst du dich endlich an diesen Ordner, ohne Umschweife oder irgendwelche Ausreden, und suchst nach dieser verdammten Lebensversicherung.

Es dauerte nicht lange, da hatte er die Versicherungspolice gefunden, ausgestellt auf Erik Brandauer, auszuzahlen zugunsten seiner Ehefrau Paula Magdalene Brandauer, geborene Sommerkorn. Eine Million Euro. Er seufzte erleichtert. Eine Sorge weniger. Also musste er sich wenigstens nicht auch noch um Paulas wirtschaftliche Existenz Sorgen machen. Er wählte die Nummer, die er in den Unterlagen gefunden hatte, und lauschte. Bereits nach dem ersten Klingeln hob jemand ab.

»*Confid Versicherungen.* Sie sprechen mit Maria Wilhelm.«

»Guten Tag. Andreas Sommerkorn hier. Ich rufe an, weil ich einen …« – wie um Himmels willen nannte man das, Schadensfall wohl kaum! –, »… weil ich einen Todesfall melden möchte. Es geht um eine Lebensversicherung, die Herr Erik Brandauer zugunsten meiner Schwester, Paula Brandauer, abgeschlossen hat.«

»Haben Sie die Police-Nummer?«

Sommerkorn nannte die Nummer und wartete. Es raschelte, dann hörte er, wie die Frau auf eine Tastatur einhackte, dann knackte es, und der Hörer wurde wieder aufgenommen.

»Hallo? Hören Sie, das tut mir leid. Aber da muss ein Irrtum vorliegen.«

»Ein Irrtum? Inwiefern?«

»Die Police, um die es geht, ist vor einem Monat gekündigt und die bisher eingezahlte Summe – nach Abzug der Gebühren für die vorzeitige Auflösung des Vertrags – ausbezahlt worden.«

»Was? Mit anderen Worten, meine Schwester bekommt nichts? Und wo ist das Geld?«

»Tja, das tut mir leid. Aber das Geld wurde bereits ausbezahlt. Wie gesagt.«

»Wann denn? Und wohin wurde das Geld überwiesen, können Sie mal nachsehen?«

»Ich darf Ihnen am Telefon keine Informationen dieser Art geben …«

»Hören Sie, meine Schwester hat gerade ihren Mann verloren, sie hat zwei kleine Kinder, und es sieht so aus, als ob sie keinerlei finanzielle Mittel mehr zur Verfügung hat. Ich bitte Sie lediglich um eine kleine Information.«

Wieder ein paar Tastenschläge, offenbar hatte die Frau ein Einsehen.

Plötzlich hörte er sie sagen: »Aber … Warten Sie einen Moment. Da. Ach ja, da gibt es noch eine Police. Vielleicht hilft Ihnen das ja weiter. Das ist die Nummer.« Sie nannte eine Ziffernfolge. »Die Police wurde am fünften Dezember vor drei Jahren von Erik Simon Brandauer abgeschlossen. Begünstigte der Police ist allerdings … Moment mal, ja, ein Kind.«

Sommerkorn spürte, wie sich die Erleichterung in ihm breitmachte. Also gab es noch eine Police, ausgestellt auf eines der beiden Mädchen.

Die Frau sprach weiter, doch was sie sagte, passte nicht. »… ausgestellt auf Cheyenne Cameron Brandauer, geboren am dritten März 2006. Diese Police wurde nicht gekündigt. Sie existiert noch.«

Die Frau klang erleichtert, ihm doch noch helfen zu können. Als Sommerkorn jedoch nichts sagte, fragte sie: »Hallo? Sind Sie noch dran?«

»Ja … ja … Können Sie den Namen noch einmal wiederholen?«

Die Frau tat ihm den Gefallen und wunderte sich offenbar über seine Reaktion.

»Cheyenne Cameron Brandauer, geboren am dritten März 2006, wohnhaft in Friedrichshafen, Hofener Straße, bei ihrer Mutter Stella Siebert.«

*

Das Mädchen war auf eine altmodische Weise hübsch, hatte himmelblaue Augen und dickes rötlich-blondes Haar, das es zu Zöpfen gebunden trug. Es blickte unsicher von Sommerkorn zu Barbara.

»Hier?«, fragte es und deutete auf einen der beiden Stühle vor dem Pult.

Sommerkorn und Barbara hatten sich, wie auch schon am Vormittag, in einem leeren Klassenzimmer eingerichtet und dieses in einen provisorischen Vernehmungsraum verwandelt.

Barbara nickte und lächelte ein wenig müde. Die Befragung der Lehrer hatten sie am Vormittag abgeschlossen, ohne jedoch zu neuen Erkenntnissen gelangt zu sein. Nach der Mittagspause waren sie an die Schule zurückgekehrt, um Martin Inkat und Hansjörg Möller bei der Befragung von Leander Martìns Mitschülern, die an diesem Nachmittag Unterricht hatten, zu unterstützen. Inzwischen hatten sie insgesamt bereits mehr als sechzig Personen vernommen, Schüler, Lehrer und den Hausmeister des KMG. Aber neue Erkenntnisse über Leander Martìn hatten sie so gut wie keine gewonnen. Sie wussten nun lediglich, dass Leander einen engen Freund gehabt hatte, mit dem er die Pausen verbracht hatte und wohl auch seine Freizeit. Die Mitschüler hatten sich Inkat und Möller gegenüber seltsam wortkarg gezeigt, und diese hatten den Eindruck, dass es da etwas geben musste, etwas hinter dem Bild des disziplinierten Jungen und guten Schülers. Aber immer wenn sie versucht hatten, hinter die Masken der Coolness und Lässigkeit der Jugendlichen zu blicken, hatten diese abgeblockt. Auch Barbara und Sommerkorn war bei den Lehrern ein gewisses Zögern aufgefallen, ein Eindruck, der sich jedoch bei näherem Nachfragen in nichts auflöste. Vielleicht war es ja ganz einfach so, dass es nichts zu entdecken gab, dass Leander im Großen und Ganzen tatsächlich dem Bild entsprochen hatte, das Eltern und Lehrer von ihm zeichneten.

Die Luft im Zimmer war abgestanden, und Sommerkorn erhob sich, um ein Fenster zu öffnen. Das junge Mädchen vor ihnen war ohnehin in eine dicke Jacke und bis zur Nasenspitze in einen Wollschal gehüllt.

Barbara machte den Anfang: »Ihr Name?«

»Viktoria Rosenthal.«

»Sie sind ebenfalls in Jahrgangsstufe zwölf?«

»Ja.«

»Sie kannten Leander Martìn?«

»Na ja, klar.«

»Wie war er? Welchen Eindruck hatten Sie von ihm?«

Sie runzelte unmerklich die Stirn, und Sommerkorn glaubte, auf ihrem Gesicht ein Aufflackern von Unsicherheit zu erkennen, ein Ringen um eine Entscheidung.

»Wir sind für jeden Hinweis dankbar. Erzählen Sie einfach, was für ein Typ er war.« Barbara lächelte ihr aufmunternd zu.

»Was für'n Typ ...« Einen Moment lang schien das Mädchen durch Barbara hindurchzusehen.

»Ja. Was für ein Typ Mensch war er? Dass er ein guter Schüler war, wissen wir bereits. Aber darüber hinaus: War er beliebt? Mochten die anderen Schüler ihn?«

Viktoria sah von Barbara zu Sommerkorn und wieder zurück.

»Wir waren eine Zeit lang zusammen«, sagte das Mädchen.

»Sie und Leander waren ein Paar?«

»Ja. Vorübergehend.« Sie schnaubte verächtlich.

»Wie lange waren Sie zusammen?«

»Ein paar Wochen, vier vielleicht.«

»Und wie lange ist das her? Sie waren nicht mehr liiert, als er starb?«

»Nee ... das war am Anfang, als er auf unsere Schule kam, vor etwas über einem Jahr.« Viktoria, die ihren Rucksack auf dem Schoß hatte, knetete nervös an einem der Träger.

»Also im letzten Herbst?«

»Hm.«

Barbara stand auf und schloss das Fenster.

»Und wie war er so – Leander?«, fragte sie.

Viktoria knetete nun heftiger. »Was sagen denn die anderen über ihn?«

»Im Moment interessiert uns, was Sie über ihn sagen.«

Sie wurde unruhig, rutschte auf ihrem Stuhl hin und her, ihre Augen zuckten. Plötzlich brach es aus ihr heraus: »Leander war ein Spast!«

Barbara und Sommerkorn wechselten einen kurzen Blick. So beiläufig wie möglich fragte Sommerkorn: »Können Sie das näher erläutern? Was genau meinen Sie damit?«

Wieder schwieg sie, doch diesmal schien sie nach den richtigen Worten zu suchen.

»Der hatte Ansichten, da lief es mir kalt den Rücken runter. Aber das habe ich erst mit der Zeit gemerkt. Am Anfang hat mir das gefallen. Der war total gegen Drogen und so. Ich fand's auch gut, dass es endlich mal einen Jungen gab, der nicht irgendwelche blöden Bemerkungen vom Stapel ließ, wenn ein Mädchen ein Referat hielt oder so. Der fand's auch blöd, wenn Leute zu spät kamen oder den Unterricht störten. Immerhin wollen die meisten was lernen, und bald geht's los mit den Abi-Prüfungen – wir sind ja die Ersten von G8. Aber irgendwann hab ich gemerkt, dass er richtig abartige Ansichten hatte ...«

Sommerkorn fühlte sich auf einmal hellwach und hatte das Gefühl, gerade etwas sehr Wichtiges zu hören. Er beugte sich vor, stützte die Ellenbogen auf den Tisch und fragte: »Was genau waren das für Ansichten?«

»Wie soll ich sagen? Der wollte alle weghaben, die anders waren.«

Barbara hörte auf, mit dem Stift auf den Tisch zu klopfen, und auch sie beugte sich vor. »Was meinen Sie mit ›weghaben‹?«

»Na ja, der hat zum Beispiel gesagt, Benni ist ein vollgefressenes Schwein und für Leute, die sich so gehen lassen, sei hier kein Platz ... Die waren total bescheuert.«

»Sie sagen ›die‹, wer war denn noch in der Clique?«

Sie zögerte, und eine Veränderung schien in ihr vorzugehen. Ein Schatten huschte über ihr Gesicht.

»Hören Sie, ich will niemanden anschwärzen oder so. Und immerhin ist es ja Leander, der tot ist.«

»Ja, und wenn das zutrifft, was Sie uns soeben erzählt haben, dann gab es vielleicht Leute, die einen Grund hatten, Leander nicht zu mögen. Wir bitten Sie also, ganz offen zu uns zu sein.«

Eine Weile sagte sie nichts, dann brach es aus ihr heraus: »Ja, und dann bin *ich* dran!«

»Selbstverständlich werden wir alles, was Sie uns sagen, vertraulich behandeln.«

Wieder blickte Viktoria von einem zum anderen, stand wortlos auf, ging zur Tür, öffnete diese und sah hinaus. Sie schloss die Tür wieder und kehrte zu ihrem Stuhl zurück.

»Leander und Matthias. Eine Zeit lang war Thomas auch dabei.«

»Was genau haben diese Jungen gemacht?«

»Hören Sie, ich weiß das alles nicht genau. Ich vermute das nur. Aber dass irgendwer was gemacht hat, das weiß ich. Obwohl ... Thomas hatte ziemlich bald die Nase voll von denen.«

Sie schien wieder verunsichert, starrte vor sich hin, kaute an ihrer Unterlippe. Ihre hellen Augen waren eine Nuance dunkler geworden, und Sommerkorn bemerkte, dass ihre Finger leicht zitterten.

»Bitte erzählen Sie einfach.«

Sie holte Luft, zupfte an ihrem Rucksack herum, ohne aufzublicken.

»Eigentlich gibt es nicht viel zu erzählen. Irgendwie war Thomas mal vorübergehend mit denen zusammen. Jedenfalls hing er da mit Leander und den anderen auf dem Schulhof herum. Aber eines Tages dann nicht mehr. Ganz plötzlich, von heute auf morgen.«

»Und warum? Gab es einen Anlass, hatte es Streit gegeben?«

Viktoria schüttelte mechanisch den Kopf.

»Ich weiß das alles nicht. Das mit Thomas war außerdem nach meiner Zeit.«

»Nach Ihrer Zeit?«

»Ja, sag ich doch. Das mit Leander und mir war ganz am Anfang, als er in unsere Klasse kam. Im Oktober. Als Thomas mit denen rumhing, war's Frühling.«

»Versuchen Sie etwas genauer zu sein. Es ging also um Mobbing? Sie haben mitbekommen, wie andere gemobbt wurden?«

Viktoria zuckte die Achseln.

»Na ja ... nein. Nie direkt. Die waren ziemlich clever. Und darüber hinaus war ich auch nur einmal dabei, als die sich alle getroffen haben.«

»Alle?«

»Ja. Leander, Matthias und noch zwei Typen, die ich nicht kannte.«

»Wissen Sie die Namen der beiden anderen?«

Viktoria blies die Backen auf und ließ die Luft wieder entweichen.

»Ehrlich gesagt … nö. Ich war halt auch nur einmal dabei.«

»Gab es dafür einen besonderen Grund?«

»Dass ich dabei war oder nicht dabei war, oder was?« Viktoria grinste schief. Eine Strähne hatte sich aus ihren Zöpfen gelöst und fiel ihr ins Gesicht. Ungeduldig strich sie die Haare hinters Ohr.

»Sowohl als auch, wenn Sie so wollen.« Sommerkorn grinste zurück.

Viktoria zupfte an ihrem Schal herum.

»Weiß nicht. Das eine Mal hat mir, ehrlich gesagt, gereicht. Und das hab ich denen auch gesagt.«

»Warum hat es Ihnen gereicht?«

»Ich hatte einfach keinen Bock mehr auf die. Und auf ihre Scheißmusik.«

»Was war das denn für Musik?«

»So ein Nazi-Mist …«

»Leander und seine Freunde hörten Lieder mit rechtsextremen Texten?«

»Das eine Mal war's jedenfalls so.«

»Und Sie glauben, dass Leander und Matthias andere Mitschüler schikaniert haben, weil sie anders waren?«

Wieder zuckte sie mit den Achseln. »Genau weiß ich das alles nicht. Die haben halt dieses dumme Gerede gehabt. Aber was genau sie getan haben, weiß ich nicht. Die waren nicht doof. Vor den Lehrern die braven Disziplinierten. Aber ich bin mir sicher, dass sie was gemacht haben … Ach ja. Zum Beispiel hat jemand in schöner Regelmäßigkeit das Fahrrad von Selim sabotiert, die Luft rausgelassen,

Speichen verbogen ... Bis der aufgegeben hat und mit dem Bus gefahren ist.«

»Und warum hat das keiner gemeldet?«

Viktoria lachte. Es klang bitter.

»Wer geht denn in unserem Alter noch zu den Lehrern petzen? Da ist man bei den anderen doch gleich unten durch. Ich bin mir aber ziemlich sicher, dass sie es waren.«

»Und Ihre Beziehung zu Leander?«

»Hat nicht lange gedauert.«

»Sie haben die Beziehung beendet?«

»Sagen wir mal: Die Sache hatte sich vorher von selbst erledigt ... Kann ich jetzt gehen?« Aus irgendeinem Grund schien Viktoria es plötzlich eilig zu haben.

»Eine Frage noch: Sie sagten, die vier haben sich regelmäßig getroffen. Wo?«

»Keine Ahnung. Bei einem von ihnen zu Hause wohl. Als ich dabei war, war's jedenfalls bei Leander.«

Sie stand auf und hängte sich den Rucksack über die Schulter. »Ach, da fällt mir ein: Ein paar Mal hab ich gehört, wie sie sich für den Nachmittag verabredet haben. ›Im FHQ‹, haben sie gesagt. Fanden sich wohl furchtbar cool.«

Sommerkorn horchte auf. »FHQ? Was soll das sein?«

Viktoria stutzte. Sie lockerte den Schal an ihrem Hals, als habe sie gerade bemerkt, dass sie keine Luft mehr bekam.

»Na, ich nehme doch mal an ... Das liegt doch auf der Hand ... Führerhauptquartier, natürlich.«

Sommerkorn spürte Barbaras Blick von der Seite. Er vermied es, sie anzusehen, und nickte stattdessen Viktoria aufmunternd zu.

»Aber wo das war, keine Ahnung. Ich glaube aber nicht, dass sie damit Leanders Haus meinten. Die drei anderen kamen doch aus der anderen Richtung – Fischbach, Immenstaad, Manzell.«

☺

Mit friedlichen Mitteln kommen wir nicht weiter, sagt ER. Wir müssen handeln. Langsam glaube ich das selbst. Die Flugblattaktion hat keine Wirkung gezeigt. Aber welche hätte sich auch zeigen sollen?
ER hat Kontakt zu welchen in Norddeutschland und aus dem Osten. Da sind sie viel aktiver, klar, die haben dort auch mehr Probleme. Hier ersticken die Leute ja an ihrem eigenen Wohlsein und wollen doch nichts abgeben. Obstipation, sie leiden an geistiger Obstipation. Eine Folge des Hedonismus. Ihre Zellen sind vom vielen Fressen und Saufen so träge geworden, dass sie nicht mehr klar denken, klar sehen, klar hören können. Die Zeit des Dialogs ist jetzt vorbei.

*

»Wer behauptet das?«

Matthias Wölfle, Leander Martìns bester Freund, lümmelte auf dem Sofa.

»Das tut nichts zur Sache.«

»Wir sollen also andere gemobbt haben. Was ist denn das für'n Scheiß. Als ob wir nichts Besseres zu tun haben, als Selim die Luft aus dem Reifen zu lassen.«

»Und sein Fahrrad zu demolieren.«

»Das war'n wir nicht. So'n Müll machen wir nicht. Wir sind in der Schule, um was zu lernen.«

»Und Benni?«

»Hä?«

»Benni. Benjamin Bienzle.«

»Was soll mit dem sein?«

»Sie sollen ihn wegen seines Übergewichts gemobbt haben.«

»Klar ist der fett. Aber was haben wir damit zu tun?

Mann, wer hat Ihnen all den Scheiß erzählt? Das war doch bestimmt Vicky, diese Bitch.« Er richtete sich auf, stellte die Füße auf den Boden und saß breitbeinig da, die Arme auf die Beine gestützt.

»Wie kommen Sie auf Viktoria?«

Matthias schnaubte verächtlich und verzog die Mundwinkel. Ein sympathischer Kerl, dachte Barbara und warf Martin Inkat, der sehr aufrecht in einem Sessel saß, einen forschenden Blick zu. Aber sein Gesicht gab keine Emotionen preis.

»Wie kommen Sie darauf, dass Viktoria uns die Information gegeben hat?«, wiederholte Inkat ruhig seine Frage.

»Wer soll's denn sonst gewesen sein? Die war doch so was von genervt von Leander.«

»Und warum?«

»Na, weil der ziemlich bald die Nase voll hatte.«

»Leander hat die Beziehung beendet?«

Ein Grinsen breitete sich auf dem Gesicht des Jungen aus. Eines von der Sorte, das man fies nennt, dachte Barbara und tippte mit dem Kugelschreiber auf ihren Block.

»Die waren ja auch gar nicht richtig zusammen. Sie ist ihm hinterhergelaufen. Leander wollte eigentlich gar nichts von der. Aber dann ... Jedenfalls ist sie ihm ziemlich bald heavy auf die Nerven gegangen. Und dann war da die Sache bei der Weihnachtsfeier.«

»Was für eine Sache? Was ist da passiert?«

»Leander hatte einfach keinen Bock mehr auf sie. Die ist auch wirklich so was von zickig. Im Ethikunterricht sollten Sie die mal erleben. Wahnsinn ... Auf jeden Fall war Leander dann mit Maike zusammen, hat sie an der Hand gehalten und geküsst. Als Vicky das gesehen hat, ist sie total ausgerastet. Sie ist zu Leander hin, hat ihn beschimpft, vor allen, als rechtsradikales Schwein. Ich sag Ihnen, die Frau ist so was von durchgeknallt ...«

»Und?«, fragte Barbara und fixierte Matthias Wölfle.
»Was und?«
»War er ein rechtsradikales Schwein?«

*

Es war ein grauer Novembertag, und für Paula sahen die schwarzen Gestalten, die um den aufgebahrten Sarg auf dem Aeschacher Friedhof herumstanden, wie eine Versammlung von Krähen aus.

Die Leiche war freigegeben worden, die Ermittlungen in Sachen Erik Brandauer abgeschlossen.

Man sollte den Advent nicht mit einer Trauerfeier beginnen müssen, dachte sie. Niemand sollte das. Und doch bin ich nun hier, bin selbst eine Krähe. In schwarzem Gefieder, steifbeinig und frierend stehe auch ich hier herum und warte darauf, dass dieser Albtraum zu Ende geht, dass die Trauergäste fortgehen, dass der Sarg meines Mannes abgeholt und ins Krematorium gebracht wird. Dann wird nur noch Asche übrig sein. Ein Mensch, der Asche wird. Mein Mann. Ein Leben, das zu Asche wird. Mein Leben.

Der Pfarrer stand vor dem Sarg, ein schneidender Wind wehte durch sein braunes Haar – es war fast schulterlang, zu lang für einen Pfarrer – und trug die Worte, die er sagte, davon, in eine andere Richtung.

Sie stand hier, in ihrer Fassungslosigkeit gefangen, und konnte es nicht glauben. Es war gerade so, als bestehe sie aus zwei sich widersprechenden Teilen. Dem einen Teil, der weiß, dass nie mehr etwas gut werden wird. Und dem anderen, der hin und wieder aus dieser Dumpfheit aufnickt, und sich fragt, was Erik dazu sagen würde, wenn sie ihm von ihrer Traurigkeit erzählte, davon, wie entsetzlich alles war. Und dann der Rückfall in die Gewissheit, dass sie ihm nie wieder irgendetwas würde erzählen können. Er soll Haschkekse gegessen haben, um zu vergessen. Vielleicht wollte er für immer vergessen? Noch immer sah sie das Gesicht des großen Polizisten vor sich. Er war so groß, dass sie hatte zu ihm aufschauen müssen.

Verkrallt in ihre Hand spürte Paula die kleinen Finger ihrer Tochter Anna. Links neben ihr stand Andreas, ihr Bruder, und hielt Leni im Arm und rechts neben ihr Marie, in ihrem schwarzen Cape, auch sie eine Krähe unter ihresgleichen. Wie hat er uns das nur antun können, dachte Paula. Warum hat er nicht mit mir darüber gesprochen? Wir hätten das gemeinsam durchgestanden. Sie schluckte und hörte die Stimme des Pfarrers wie von ferne an ihr vorüberziehen. »Und in den Nächten fällt die schwere Erde aus allen Sternen in die Einsamkeit …« Rilke. Marie hatte das Gedicht ausgesucht, Paula, die diese Worte schon immer schwer ertragen hatte, spürte, wie die Tränen von irgendwoher kamen, wie ihre Kehle eng wurde und sie fast keine Luft mehr bekam. Heiß fühlte sie sie über ihre Wangen laufen, spürte eine warme Hand, die die ihre umschloss. Das musste Marie sein, ja, ihre Freundin aus Kindertagen, die sie erst vor ein paar Monaten wiedergefunden hatte. Jetzt nur nicht die Fassung verlieren, dachte sie und drückte Maries Hand so fest, dass sie meinte, für alle Zeit in dieser Umklammerung verharren zu müssen.

Der Aeschacher Friedhof war ein würdiger Ort für eine Trauerfeier. Weitläufig erstreckte sich das Gelände bis hin zum Golfplatz, durch ein kleines Waldstück, in seiner Mitte schlängelte sich ein Bach, und Efeukleider schmückten alte Baumriesen. Hinter dem schwarzen Geäst einer Esche war ein Fenster im Grau des Himmels, ein gelbliches Loch in der Wolkenmauer, an den Rändern aufgerissen, zerfranst. Paula sah, wie Pfarrer Wellauer jetzt den Sarg besprengte, mit einer anmutigen, einer zu diesem

Anlass beinahe anstößig leichten Geste. Völlig versunken in die Bewegungen des Pfarrers, spürte Paula einen behutsamen Druck am Arm und bemerkte den Blick des jungen Pfarrers auf sich. Dann zogen sie an ihr vorbei, sie sah sich selbst beim Kopfnicken und Händeschütteln zu, und ihr Blick fiel auf Andreas, der immer noch links von ihr stand. Seine bloßen Hände ragten aus den anthrazitgrauen Ärmeln seines Mantels und umfassten die kleine Kindergestalt. Er hatte schon als Junge keine Handschuhe tragen wollen. Es war so still an diesem Morgen, alles war gedämpft, wie in Watte gepackt, das Scharren der Schuhe im Kies, das Murmeln der Trauernden. In der Ferne hörte Paula einen Zug, und ein einziger Vogel sang. Vielleicht wollte er den nahenden Winter fortsingen, seine Laute klangen zögerlich, als mochte er selbst nicht recht an ein Gelingen glauben.

Da erst fiel Paulas Blick auf die Frau, die am Rande einer kleinen Gruppe stand und ein Mädchen an der Hand hielt, vielleicht drei oder vier Jahre alt. Das mussten sie sein, die Fallschirmspringer, schoss es Paula durch den Kopf. In all den Jahren habe ich nicht einen von ihnen kennengelernt, aber ja, das mussten sie sein. Die Gruppe bestand aus sechs Männern und drei Frauen. Paula wusste nicht zu sagen, warum gerade diese Frau ihre Aufmerksamkeit erregte. Aber etwas war an ihr, ihre Haltung, die Art, wie sie die Schultern leicht nach vorne hängen ließ, oder vielleicht war es auch ihre rechte Hand, die schlaff und reglos aus dem Ärmel ihrer schwarzen Jacke hing, so als wüsste die Frau nicht, was sie mit dieser Hand anfangen sollte. Aber das eigentlich Bestürzende an ihr war der Ausdruck auf ihrem blassen Gesicht, den Paula nicht recht deuten konnte. Einen kurzen Moment lang kreuzten sich ihre Blicke, der der Frau und Paulas. Dann spürte Paula, wie jemand – Marie – sie unterhakte und fortzog, sanft, aber mit Nachdruck. Sie führte sie zwischen den Grabreihen entlang, zwischen Efeu und Buchs, flechtenbewachsenem Stein und Grabkreuzen. Es roch würzig und feucht, ein wenig säuerlich. Es hatte zu regnen begonnen, und die immergrünen Blätter glänzten. Am Friedhofstor blickte sie sich noch einmal um, aber die Frau war verschwunden. Dann spürte sie Maries Hand warm und fest auf ihrer, sie wurde sanft durch die Pforte gedrückt, die jemand hinter ihr mit einem Klacken zuzog. Vor dem lachsfarbenen Haus des Steinmetz auf der anderen Straßenseite stand ein Bäumchen mit Lichterketten inmitten von Grabsteinen, es funkelte, und Paula dachte, dass der Advent doch noch gar nicht begonnen hatte. Und dass der November der Monat der Toten war.

☺

ER hat einen Plan, und der erste Schritt zur Realisierung sei die Herstellung einer Brandbombe. Aber wozu, habe ich gefragt. Du wirst schon sehen, hat ER geantwortet.

*

Nach der Trauerfeier hörte Sommerkorn seine Mobilbox ab. Martin Inkat bat zweimal um Rückruf. Sommerkorn warf einen sorgenvollen Blick auf Paula, die nun alles wusste – von der anderen Lebensversicherung und dem Kind, Cheyenne Cameron. Zu meiner Zeit hießen die Mädchen Petra oder Sabine, dachte er zerstreut und wandte sich wieder seinem Mobiltelefon zu. Der dritte Anruf war von Barbara, die sich nach Paula erkundigte. Dann war da noch die Stimme eines Jungen, dessen Worte in einem Rauschen unterzugehen drohten. Er müsse den Kommissar unbedingt sprechen. Sommerkorn legte das Handy auf den Tisch und setzte sich zu Paula auf den Sofarand.

»Paula?«

Sie lag einfach da und drehte nicht einmal den Kopf in seine Richtung. Die Luft war abgestanden, es roch dumpf, nach Schlaf und Stagnation.

»Hier, trink das. Es wird dich ein bisschen …« Aufmuntern? Beleben? Anregen? Sommerkorn ließ die Hand mit der Tasse sinken. Wie sinnlos mussten ihr seine Worte vorkommen, wie sinnlos kamen sie ihm selbst vor. Sie reagierte nicht und hatte das Gesicht zum Rückenteil des Sofas gedreht. Er konnte es ja selbst nicht glauben. Erik hatte mit einer anderen Frau ein Kind gehabt. Er war mit einer anderen während seiner Ehe zusammen gewesen. Erik, der immer so geradeheraus und so rechtschaffen gewesen war.

Sommerkorn stellte die Brühe auf den Couchtisch, unter dessen quadratischer Glasplatte eine Sammlung schillernder Knöpfe in kleinen, mit Samt ausgeschlagenen Fächern ausgestellt war. Er warf noch einmal einen Blick auf Paula, auf ihren Rücken, der so abweisend und so verletztlich war. Er hatte es ihr gesagt. Und sie hatte ihn mit weit aufgerissenen Augen angesehen.

Er ging zu den Fenstertüren, öffnete sie, ging weiter zu sämtlichen Fenstern und ließ die kalte, klare Abendluft hereinströmen. Das alles erinnerte ihn an etwas, an eine Vergangenheit, die er längst hinter sich geglaubt hatte. Arlene, seine geschiedene Frau, hatte Tage liegend an sich vorüberziehen lassen, unfähig, sich der Wirklichkeit, dem, was man Leben nannte, zu stellen. Er sah in den Garten hinaus. Die winzigen Weihnachtslichtchen brannten immer noch; seit Tagen kümmerte sich keiner mehr darum, sie spätabends auszuschalten.

Er wartete ein paar Minuten, bis es kalt im Zimmer war und die Luft frisch. Dann schloss er die Fenster und Türen wieder, ging zu Paula zurück und berührte sie sanft am Arm. Nur kein Mitleid, nicht den dicken Kloß verraten, der in der eigenen Kehle steckte, das machte alles nur noch schlimmer. Das wusste er aus Erfahrung.

Ihnen lief die Zeit davon. Ihm lief sie davon. Die Ermittlungen im Fall Martìn, der Druck, der daraus erwuchs. Paula, für die er da sein musste. Die Kinder. Er hätte längst wieder im Büro sein müssen, Freitagabend hin oder her, sie mussten weiterkommen. Vielleicht sollte er Frau Traubinger bitten. Sicher wäre sie bereit, die nächsten Wochen ... Sein Handy begann zu dudeln. Unbekannter Teilnehmer.

»Sommerkorn.«

»Äh ... Hallo?«

Sommerkorn erkannte die Stimme sofort. Im Hintergrund, wie auch schon auf der Mobilbox, das Rauschen. Ein Motor?

»Du hast bei mir aufs Band gesprochen. Worum geht es?«

»Äh ... Es geht um Leander. Es gibt da was, das würd ich Ihnen gern erzählen.« Der Junge klang unsicher.

»Wie ist dein Name?«

»Ich heiße ... Können wir uns treffen?«

»Ja, aber du solltest mir schon deinen Namen sagen.«

»Wollen Sie's denn hören oder nicht?«

Sommerkorn überlegte. Das Ganze konnte ein Scherz sein. Aber genauso gut konnte es sich um eine wichtige Information handeln, die ihm nicht entgehen durfte.

»Gut, dass du anrufst. Wir freuen uns über jeden Hinweis.« Freude ist vielleicht nicht das richtige Wort, dachte Sommerkorn. Die Ereignisse und Entdeckungen der letzten Tage hatten ihn müde gemacht.

»Kannst du morgen in die Polizeidirektion kommen? Vielleicht gleich morgens um acht oder neun?«

»Da kann ich nicht. Aber jetzt ... Ich könnte jetzt.«

Sommerkorn sah hinüber zum Sofa. Paula sah so hilflos aus. Er konnte sie jetzt unmöglich allein lassen.

»Ich habe im Moment keine Zeit. Aber ich könnte eine Kollegin vorbeischicken, die deine Aussage aufnimmt.«

»Ich würd aber gern mit Ihnen sprechen. Sie sind doch der Chef – oder?«

»Ja. Das bin ich. Aber im Moment ...«

Am anderen Ende der Leitung rauschte es.

»Hallo? Bist du noch da?«

»Sie suchen doch Leanders Mörder ...«

Sommerkorn sah noch einmal zu Paula hinüber.

»Gut, dann sofort. Wo bist du im Moment?«

»An der Uferpromenade. Yachthafen.«

»Willst du in einem Café auf mich warten? Es wird wohl eine halbe Stunde dauern.«

»Nein ... Ich warte lieber hier.« Die Stimme des Jungen klang jetzt sehr dünn.

»Bei der Kälte? Aber gut, wie du willst.«

Sommerkorn wollte noch etwas sagen, aber der Junge hatte schon aufgelegt.

Der Abend war kalt und sternenklar, und die Wolken, die heute auf dem Friedhof Erik den letzten Gruß entboten hatten, waren fort. Die alte B31 lag einsam und dunkel vor ihm, und während die Scheinwerfer seines Wagens einen Lichtkegel in die Dunkelheit schnitten, rätselte Sommerkorn, was der Junge ihm wohl erzählen würde. Er fuhr zu schnell, passierte Wasserburg und Nonnenhorn und gleich hinter der Ortseinfahrt von Kressbronn rauschte er mit mehr als achtzig Stundenkilometern in eine Radarkontrolle. Das Blitzen war nicht zu übersehen. Voller Unmut stand er in Kressbronn vor einer roten Ampel und trommelte mit den Fingern aufs Lenkrad. Bevor er Paula und die Kinder allein gelassen hatte, hatte er eine Nachbarin gebeten, ihnen Gesellschaft zu leisten, bis er wiederkäme. Wie lange würden sie diesen kräftezehrenden Spagat noch durchhalten? Wie lange würde Paula brauchen, bis sie wieder in der Lage wäre, ihr Leben selbst anzupacken?

Hinter Eriskirch bog Sommerkorn von der Bundesstraße ab und sah schon bald darauf die ersten Lichter von Friedrichshafen. Ein Blick auf den Tacho zeigte, dass er erneut viel zu schnell fuhr. Hundertzwanzig. Fehlt noch ein zweites Radargerät, dann würde sich das Bild des Polizisten bestätigen, der stets mit gutem Vorbild voranrast, dachte er. Auf einmal war da eine Ahnung, und plötzlich wusste er, dass es etwas Wesentliches gab, das er übersah. Er bremste auf achtzig herunter, und der Gedanke verflüchtigte sich so rasch, wie er gekommen war. Schließlich stand Sommerkorn vor dem Kinocenter an der Ampel. Was war so dringend, dass ein Jugendlicher, dem doch nichts wichtiger war, als möglichst lässig rüberzukommen, seine Coolness aufgab und einen Bullen treffen wollte? Unbedingt. Sofort.

Er parkte den Wagen in der Tiefgarage des Graf-Zeppelin-Hauses. Als er die Stahltür aufstemmte und aus der Wärme des Parkhauses in den eisigen Wind trat, fröstelte er. Er schritt rasch aus unter den Bäumen am Rande des Parks, der wie eine schwarze Höhle dalag. Noch bevor er die Seepromenade erreichte, hörte er die Wellen an die Uferbefestigung klatschen. Die Laternen waren Inseln in einem Meer der Dunkelheit. Während er sich dem Yachthafen näherte, tastete er mit zusammengekniffenen Augen die Promenade ab, auf der Suche nach einer einsamen Gestalt, die dem Wind und dem Sprühregen trotzte.

Im Lichtkegel einer Laterne sah er auf die Uhr: Er hatte zwanzig Minuten gebraucht, weniger als erwartet, vielleicht war der Junge noch einmal weggegangen. Sicher würde er bald auftauchen. Sommerkorn ging am Hafenbecken auf und ab, sein Blick blieb an der schwarz glänzenden Wasseroberfläche hängen. So unwirtlich hatte er den See selten gesehen. Wer ging auch schon an so einem Abend am Wasser spazieren. Im Schein der Laternen konnte er sehen, dass im Hafenbecken noch ein einzelnes Boot lag, ein kleines Segelboot, das selbst im diffusen Licht heruntergewirtschaftet aussah. Er blieb stehen und betrachtete es, sah den abblätternden Lack, wie es hin und her schwankte und an den Tauen zerrte. Unwillkürlich dachte Sommerkorn an die Sommertage, die dieses Boot gesehen haben mochte, daran, wie es leicht übers Wasser glitt im Sonnenschein. Ein Geräusch ließ ihn herumfahren, Schritte, die sich näherten, leise knirschten Steine unter Absätzen. Sommerkorn kniff die Augen zusammen. Da war jemand, eine Gestalt schritt in den Lichtkegel, sie hatte langes Haar, eine Frau. Enttäuscht wandte er sich ab, und begann wieder auf und ab zu gehen.

Nach einer halben Stunde gab er auf. Durchgefroren und mit steifen Fingern drehte er eine letzte Runde am Yachthafen. Also doch ein Scherz? Nachdenklich machte Sommerkorn sich auf den Rückweg. Dabei hatte der Junge so überzeugend geklungen.

☺

Die Brandsätze sind fertig. Auf dem Gelände der Wolfsschanze haben wir einen ausprobiert, und es hat geklappt! Wir haben ihn in der Nähe des Wassers gezündet, trotzdem hatten wir Probleme, das Feuer in den Griff zu kriegen. Das brennt wie Teufel.

*

»Hör mal, Paulchen, setz dich auf, nun komm schon. Trink deinen Kaffee, solange er noch warm ist.«

Es war schon halb acht, er musste jetzt wirklich los, wenn er um acht beim Dienst sein wollte. All diese Schüler, die sie noch vernehmen mussten … Außerdem würde sich die Befragung heute mühsam gestalten, da Samstag war und nicht alle unter dem Dach des Karl-Maybach-Gymnasiums versammelt waren. Doch Paula machte keine Anstalten, sich zu erheben. Er versuchte, ihr aufzuhelfen, griff ihr mit beiden Händen unter die Achseln – doch nichts. Sie blieb liegen wie ein Sack. Er seufzte. Schließlich setzte er sich in den Sessel am Fenster, in dem er gestern Abend auch gesessen hatte, und trank den Kaffee selbst. Um neun Uhr käme Frau Traubinger, dann musste er eben so lange warten. Paula hier allein zu lassen, traute er sich nicht. Und die Nachbarin konnte er nicht schon wieder bemühen. In dem Moment hörte er, wie die Wohnzimmertür sich öffnete. Trippelnde Schritte.

»Mama?«

Sommerkorn blickte auf. Vor dem Sofa standen Leni und Anna, barfuß und im Nachthemd, und betrachteten den Rücken ihrer Mutter. Sommerkorn stand auf.

»Da ist ja meine Mäuseparade«, sagte er und nahm die beiden hoch, die eine rechts, die andere links. »Habt ihr gut geschlafen?«

»Was ist mit Mama?«, fragte Leni.

»Eure Mutter ist furchtbar müde. Sie hat nicht gut geschlafen und bleibt noch etwas liegen. Kommt, euer Lieblingsonkel kocht jetzt erst mal Kakao für alle.« Er ging mit den beiden auf dem Arm in Richtung Küche.

»Du bist unser einziger Onkel«, sagte Anna.

»Eben. Und eurem einzigen Onkel müsst ihr jetzt mal ein bisschen auf die Sprünge helfen. Wo ist denn der Kakao?«

Am Ende frühstückte er mit den Kindern, sorgte dafür, dass sie sich wuschen und anzogen, wobei Leni darauf bestand, eine grün-rosa gemusterte Strumpfhose mit einem gelb-blau geblümten Samtrock zu kombinieren. Dann entschied er, dass es das Beste wäre, die beiden zum Kindergarten zu bringen, bis ihm einfiel, dass heute Samstag war und der Kindergarten nicht geöffnet hatte. Für zusätzliche Verwirrung sorgte eine Bemerkung von Anna, die meinte, dass Frau Traubinger heute nicht käme. »Sie hat zu mir gesagt: ›Irgendwann ist mal Schluss.‹«

»Das hat sie gesagt? Frau Traubinger?«

Anna nickte gewissenhaft und mit zusammengepressten Lippen.

Um Viertel nach neun rief er bei der Polizeidirektion an und erklärte, dass er nicht kommen könne, seiner Schwester gehe es nicht gut. Die Reaktion seiner Kollegin Barbara war alles andere als erfreut.

»Ich will dir ja nicht zu nahe treten, und ich finde es löblich, wie du dich um deine Schwester kümmerst. Aber wir stehen hier unter massivem Druck. All diese Schüler ... Wir haben nicht genug Leute, ich versinke in Arbeit, der Froschkönig sitzt mir im Nacken und will Ergebnisse haben.« Der Froschkönig, Kriminalrat Oehl, war nicht nur Leiter der Polizeidirektion, sondern vor allem bekannt als Hobby-Botaniker und Retter von Feuchtgebieten in der Bodenseeregion. Dass er sich in ihre Arbeit einmischte, war neu.

»Wieso *das* denn?«

»Was?«

»Wieso der Froschkönig dir im Nacken sitzt.«

»Keine Ahnung. Ich nehme mal an, da macht jemand Druck von oben.«

»Aha ...« Sommerkorn überlegte kurz, dann sagte er: »Es ist so ... Ich habe den Eindruck, es wird immer schlimmer mit ihr. Sie reagiert gar nicht mehr.«

»Wie meinst du das?«

»Seitdem ich ihr das mit dem anderen Kind gesagt habe ...«

»Mit welchem Kind?«, fragte Barbara.

»Ach ... Es ist einfach so unglaublich. Erik hatte ein uneheliches Kind, das gerade einmal drei Jahre alt ist.«

»Was!«

»Seit Paula davon weiß, spricht sie kein Wort mehr und liegt nur noch auf dem Sofa rum. Sie starrt unentwegt das Stoffmuster an. Ich kann sie nicht zum Aufstehen bewegen.«

»Und die Kinder?«

»Na ja, ich kümmere mich halt, so gut es geht.«

»Kann denn nicht die Haushälterin als Babysitter einspringen und der Haushalt bleibt halt mal liegen etc.?«

»Es hört sich so an, als hättest du große Erfahrung mit ›etc.‹.«

»Schön, dass du dir deinen Humor bewahrst.«

»Frau Traubinger ist heute nicht gekommen. Sie hat gestern etwas Merkwürdiges zu Anna gesagt. ›Irgendwann ist mal Schluss.‹«

»Das hat sie gesagt? Und was meint sie damit?«

»Das werde ich im nächsten Gespräch mit ihr klären.«

Eine Weile war es still. Dann fragte Barbara vorsichtig: »Meinst du nicht, deine Schwester bräuchte eventuell ...«, sie räusperte sich, »professionelle Hilfe?«

Sommerkorn spürte, wie sich ihm die Nackenhaare aufstellten. Barsch fragte er: »Du meinst jetzt aber nicht, dass ich irgendeinen Psychologen anrufen soll, der dann feststellt, dass sie in ihrer Kindheit ein traumatisches Erlebnis hatte, als ich ihr die Bauklötze weggenommen habe.«

Barbara musste widerwillig lachen. Ernst fuhr sie fort: »Nein. Das meine ich nicht. Das traumatische Erlebnis, das deine Schwester zu verarbeiten hat, liegt nicht ganz so lange zurück.«

»Ja, ja, aber ich glaub halt trotzdem nicht, dass so ein ... Psycho da was machen kann.«

»Es geht hier ja auch nicht um dich, mein Lieber«, sagte Barbara bestimmt. »Und ja, ich weiß, du hältst nicht viel von Psychotherapie, aber in diesem Fall geht es um eine Frau, die ihren Mann auf entsetzliche Weise verloren hat und sich anscheinend selbst nicht zu helfen weiß.«

Sommerkorn brummte. Seit seine frühere Frau Arlene sich in ihren Psychotherapeuten – Gregor – verliebt hatte und ihn wegen dieses Losers auch noch verlassen hatte, war alles, was im Entferntesten mit dem Begriff »Psycho« in Verbindung stand, für Sommerkorn ein rotes Tuch.

»Am Ende rätst du mir noch, ich solle Norman Bates anrufen.«

Norman Bates war Sommerkorns spezieller Name für Gregor, den Psychiater, Psychotherapeuten oder was auch immer er nun war.

»Wäre eine Möglichkeit. Vielleicht kann er dir irgendwie raten.«

Sommerkorn brummte erneut.

»Wir haben hier eigentlich noch ganz andere Probleme. Wie's aussieht, ist Paula komplett pleite.«

»Was?«

»Ja, Eriks Firma steht vor dem Aus. Auf dem Haus ist schon eine Hypothek, und die beiden lebten in Gütergemeinschaft.«

»Andreas«, sagte Barbara eindringlich. »Ich glaube wirklich, du solltest Hilfe in Anspruch nehmen …«

Eine halbe Stunde später lag Paula immer noch regungslos auf dem Sofa, und alle Versuche, sie zum Reden zu bewegen, waren gescheitert. Sommerkorn griff erneut nach dem Telefon. Sowohl Frau Traubingers Festnetzanschluss als auch ihre Handynummer waren gespeichert. Es klingelte sechsmal, bevor sie sich meldete.

»Traubinger.«

»Sommerkorn hier, Frau Brandauers Bruder«, fügte er absurderweise hinzu.

»Ich weiß, wer Sie sind.« Frau Traubinger klang bissig.

»Ich wollte mich nach Ihren Arbeitszeiten hier im Haus erkundigen. Meiner Schwester geht es immer noch sehr schlecht, und ich muss mich organisieren.«

Schweigen.

»Ja, also, ich wollte fragen, ob wir uns vielleicht ... abstimmen könnten.«

Ein Schnauben am anderen Ende. Dann lachte Frau Traubinger auf. »Sie sind gut.«

»Wie darf ich das verstehen?«

»Schauen's, Herr Sommerkorn. Mir tut das alles ganz entsetzlich leid. Sie tut mir leid und die Kleinen natürlich. Aber ich habe einen krebskranken Mann, den ich versorgen muss, und es ist nun einmal so, dass man von freundlichen Worten nicht abbeißen kann. Ich habe jetzt seit über drei Monaten kein Gehalt mehr bekommen, mein Mann wird immer gebrechlicher, wir haben keine Rücklagen, ich muss die Miete bezahlen und das Auto finanzieren ...« Frau Traubinger redete immer schneller und immer lauter.

Sommerkorn stoppte ihren Redefluss: »Sie haben seit drei Monaten kein Geld mehr bekommen?«

»Sie haben gute Ohren ...«

»Weiß meine Schwester davon?«

»Ein paar Tage vor seinem Tod hat Herr Brandauer mich noch einmal vertröstet ... Er suche eine Lösung. Ich solle mich noch ein bisschen gedulden.«

»Aber Paula ... Wusste meine Schwester, dass Ihr Gehalt überfällig war?«

»Hm ... wahrscheinlich nicht. Und als das mit Herrn Brandauer passierte, da hab ich natürlich nicht vom Geld anfangen wollen. Aber schauen's. Ich habe jetzt eine neue Stelle gefunden. Da bin ich auch gerade. Drum muss ich jetzt Schluss machen und weiterarbeiten. Wenn Sie mich entschuldigen.«

Lügenhäuser

Im Netz finden sich unzählige antisemitische, holocaustleugnende Texte, Bilder und Karikaturen sowie rassistische und fremdenfeindliche Darstellungen. (§§ 130, 131 StGB, Volksverhetzung, Aufstachelung zum Rassenhass)

(Konferenz gegen die Verbreitung von Hass im Internet am 9. 7. 2009)

Die ganze Nacht über hatte es geregnet, und als Marie am nächsten Morgen ins Bad kam, trat sie in eine einzige große Pfütze. Das Dach war undicht und musste so schnell wie möglich repariert werden. Das war das eine.

Das andere war, dass Paula auf Anraten von Dr. Gregor Schachtmeyer in das Zentrum für Psychiatrie in Weißenau bei Ravensburg eingeliefert worden war. Sommerkorn hatte seinen Rivalen auf Drängen von Marie schweren Herzens hinzugezogen, nachdem Paula auf die Nachricht vom anderen Kind völlig apathisch reagiert hatte und nun überhaupt nicht mehr ansprechbar war. Angst und bange sei ihm geworden, hatte Sommerkorn gesagt, also hatte er seine historische Animosität gegen den Psychotherapeuten überwunden. Sommerkorn hatte schließlich bei Arlene angerufen, und Gregor war gekommen und hatte ihnen mit den riesigen und ernsten

Augen einer Schleiereule hinter Brillengläsern erklärt, dass das ganz nach einem depressiven Stupor aussehe und dass es in diesem Fall unbedingt erforderlich sei, Paula eine Weile stationär zu behandeln. Wie lange eine Weile war, darauf wollte oder konnte er keine Antwort geben.

Der Christkindlmarkt, die »Lindauer Hafenweihnacht«, war erst vor ein paar Jahren ins Leben gerufen worden und belebte seitdem die Adventszeit auf der Lindauer Seepromenade.

Der Abend brach an, und es dämmerte bereits, als Sommerkorn den klapprigen Landrover auf dem Parkplatz bei den ehemaligen Kasernen parkte. Während sie den Pfad direkt am See entlanggingen, dachte Marie einen Augenblick lang, dass sie wie eine Familie aussehen mussten: Mutter, Vater, zwei hübsche Kinder. Eine ganz normale Familie auf dem Weg zum Weihnachtsmarkt. Wie doch Schein und Realität oft auseinanderklaffen, dachte sie. Wir sehen etwas, ein Bild, und halten es, meist ohne es zu hinterfragen, für die Wahrheit. Dabei ist die Geschichte, die hinter diesem Bild steckt, oft um so vieles komplizierter, als wir ahnen.

Anna, mit ihren fünfeinhalb Jahren »die Große«, hatte die dreijährige Leni an der Hand genommen, und Marie hörte, wie sie zu ihr sagte: »Du musst aufpassen, dass du nicht über die Wurzeln stolperst.« Marie lachelte. Sommerkorn auch. Sie gingen nebeneinander her, und für ein paar Sekunden war das einzige hörbare Geräusch das Knirschen ihrer Schritte im Kies und das leise Plätschern der Wellen, die gegen die Mauer leckten. Die Lichter am Bregenzer Ufer leuchteten, und erst als sie am alten Leuchtturm um die Ecke bogen, warf Marie Sommerkorn einen scheuen Blick zu.

»Hast du dir schon mal Gedanken gemacht, was mit Paulas Möbeln und den ganzen Sachen geschehen soll? Sie muss doch das Haus bis Januar räumen.«

Sommerkorns Miene verfinsterte sich. »Ich fürchte, nein.«

»Darf ich dir einen Vorschlag machen?«

»Natürlich.« Sommerkorn sah sie an, seine dunklen Augen ruhten auf ihr, unergründlich wie immer.

»Wenn Paula aus dem Krankenhaus kommt, kann sie doch erst mal zu mir ziehen. Ich meine, ich wohne in diesem Haus, das groß genug ist für uns alle – die Kinder, Paula und mich. Und einen Teil der Möbel bringen wir fürs Erste auch unter.«

Die Kinder hatten am Geländer haltgemacht und sahen aufs Wasser. Auch Sommerkorn blieb stehen. Im Hafenbecken lag ein Ausflugsdampfer der weißen Flotte, der schon bessere Tage gesehen hatte. Von der Seepromenade hörten sie schon die Musik des Kinderkarussells, ›Alle Jahre wieder‹, und die Lichter der Weihnachtsbuden leuchteten verheißungsvoll. Marie wandte sich Sommerkorn zu. Er sieht mitgenommen und übernächtigt aus, dachte sie. Um seinen Mund herum hatten sich die Linien vertieft, und unter den Augen lagen breite Schatten. In einer spontanen Geste legte sie beide Hände auf seine Arme. Der Mantelstoff fühlte sich rauh an.

»Wir schaffen das. Und Paula schafft das auch. Ich bin ganz sicher. Du musst Vertrauen haben in …«

»In was? In das Leben?« Seine Stimme klang bitter.

Marie antwortete ihm mit einem stummen Nicken. »Das ist doch das Einzige, was uns bleibt.«

Er erwiderte ihren Blick, beugte sich ein wenig vor, und einen Moment lang hielt Marie den Atem an, überwältigt von den Gefühlen, die dieser Mann in ihr auslöste. Er kam noch näher, Marie schloss die Augen, und sie glaubte, eine Berührung zu spüren. Da zupfte sie jemand am Ärmel.

»Ich will *fahren*, darf ich Karussell fahren?« Lenis Wangen waren gerötet, ihre rote Mütze mit dem Bommel war tief ins Gesicht gerutscht. Neben ihr stand Anna und rollte mit den Augen.

»Kinderkram. Ich trinke lieber Punsch«, meinte sie nur.

Auf einmal vergaßen die vier alles, was jenseits der Grenzen des Budenzaubers lag. Auf der Hafenmauer thronte, von Scheinwerfern bestrahlt, der Lindauer Löwe, das von den Konstanzern bedrohte Wahrzeichen der Inselstadt. Die meisten Hotels an der Seepromenade lagen schon in tiefem Winterschlaf. Im Zentrum der Hafenweihnacht hatte man eine kleine Schneefläche für die Kinder geschaffen, die in Skianzug und Moonboots damit beschäftigt waren, mit großem Eifer und mit erwachsener Ernsthaftigkeit Schnee zu schippen. Zwei Hunde bellten, und um den Glühweinstand war – wie zu erwarten – das größte Verkehrsaufkommen. Marie kaufte fünf Fahrten für die Mädchen, Sommerkorn stellte sich an den Glühweinstand, und wenig später standen er und Marie nebeneinander, dampfende Punschbecher in der Hand, und folgten Leni und Anna mit ihren Blicken.

»So viel zum Kinderkram«, sagte Sommerkorn, und Marie war einen Moment lang gerührt. Sie beobachtete die beiden Gesichtchen, wie sie näher kamen und ihren Blick in der Menge suchten, dann der selige Gesichtsausdruck, der sich zu einem Lachen öffnete.

»Da kann einem schon ganz anders werden.« Sommerkorn räusperte sich.

Marie schluckte. »Ja«, ihre Stimme klang heiser. Sie nahm einen Schluck Punsch, dann noch einen und fühlte die Hitze des Bechers an ihren kalten Fingern.

»Du hast recht.«

»Hm?« Marie sah auf und spürte seinen Blick schwer auf sich.

»Wenn wir alle zusammenhalten, werden wir das schaffen.«

Marie hätte in diesem Moment versinken können, vor taumelnder Freude über dieses »wir«, und spürte, wie ihre Wangen heiß wurden vom Punsch, seinen Worten, seinem Blick.

»Na, wenn das kein Zufall ist«, zerschnitt eine glockenhelle Stimme ihren aufkommenden Traum. In ihrem Gesichtsfeld erschien Helen, die Frau, die ihr vor einigen Tagen unmissverständlich zu verstehen gegeben hatte, was sie von ihrer Kunst hielt. *Provinziell.* Widerwillig wandte Marie sich ihr zu und lächelte schwach. Wie bereits das letzte Mal im *Marmorsaal* trug Helen dunkle Kleidung, die ihre durchscheinende Blässe unterstrich und ihr jene Dramatik verlieh, die Marie an die Ufa-Filme der zwanziger Jahre erinnerte. Überhaupt hatte Helen etwas Divenhaftes an sich.

»Sie sind mit Ihrer Familie hier, wie ich sehe«, sagte Helen und wandte sich Sommerkorn zu, der etwas abseits gerückt war, seinen Punsch abgestellt hatte und Leni an der einen Hand, Anna an der anderen hielt. Marie sah, dass Helen erwartungsvoll zu Sommerkorn hinübersah, und so fühlte sie sich nun doch gezwungen, die beiden einander vorzustellen.

»Das ist Andreas Sommerkorn und das Helen Kattus.« Aus irgendeinem Grund hatte Marie ein seltsames Gefühl, als Helen Sommerkorns Hand ergriff und die beiden sich ansahen.

»Bist du aus dem Fernseher?«, fragte Leni und sah Helen mit großen Augen an.

Helen lachte auf – ein gekünsteltes Lachen, wie Marie fand.

»Nicht, dass ich wüsste. Und ihr seid mit dem Papa auf dem Weihnachtsmarkt?« Helen beugte sich zu Leni.

»Das ist mein Onkel, nicht mein Papa.«

»Ach so ... Darf ich euch trotzdem zu einem Punsch einladen?«, fragte Helen.

»Na ja, eigentlich ...«, hob Marie an. Und was sollte das »trotzdem« in Helens Frage?

»Ja«, rief Leni und Anna setzte hinzu: »Apfel-Zimt«.

Marie sah zu Sommerkorn hinüber und versuchte, seinen Blick aufzufangen, aber er lächelte in Helens Richtung. Sich von dieser Frau, die sie vor ein paar Tagen so herablassend behandelt hatte, einen Punsch spendieren zu lassen und Smalltalk mit ihr zu führen, war wirklich das Letzte, was Marie wollte. Aber Helen stand bereits am Glühweinstand und kehrte einen Augenblick später mit einem Tablett voll dampfender Punschbecher zurück. Mit einem Lächeln verteilte sie die heißen Getränke. Bald standen sie in einer Runde, die dampfenden Becher in der Hand, und Helen bestritt die Unterhaltung. Aus dem Lautsprecher hinter ihnen drang jetzt ›White Christmas‹, und vom Waffelstand her wehten verlockende Düfte von Zimt und Vanille. Am Stand gegenüber leuchteten orientalische Weihnachtssterne in Orange, Rot und Gelb, und Maries Blick verharrte noch eine Weile auf der leuchtenden Farbenpracht, ehe sie sich wieder der Runde zuwandte. Tatsächlich wie eine Fernsehmoderatorin, dachte Marie nun und trank ihren Punsch in großen Schlucken. Es war bereits der zweite, und sie merkte, wie der Alkohol ihr zu Kopf stieg.

»... ist ein richtiger Kreminalkommisar«, hörte Marie Leni sagen.

»Ach, wirklich?«, fragte Helen, und Marie konnte nicht umhin, im Geiste die Stimme dieser Galeristinnentochter nachzuäffen, *ach wirklich* – wie originell!

»… bei der Kripo, jaaa.« Auch Anna war offensichtlich sehr stolz auf ihren Onkel.

»Das stelle ich mir nicht immer leicht vor.«

Sommerkorn murmelte etwas, das in »may all your Christmases be white« unterging.

»… Sie mir sicher weiterhelfen.« Helen wieder.

Jetzt wandte Marie den Kopf, und Helen hatte ihre ungeteilte Aufmerksamkeit.

»… schreibe gerade an einem Buch, bei dem ich ein wenig professionellen Rat gebrauchen könnte.« Helen setzte ihr strahlendes Lächeln auf.

»Sie sind Autorin?«, fragte Sommerkorn.

Marie nahm hastig den letzten Schluck Punsch, verschluckte sich und musste husten.

»Ja, ich schreibe«, sagte Helen und seufzte theatralisch.

»Doch hoffentlich keine Kriminalromane?« Klang Sommerkorn ironisch oder abweisend, fragte sich Marie, als Helen wieder ihr glockenhelles Lachen hören ließ. Dann sah Marie über ihren Becherrand hinweg wie Helen den Kopf zurückwarf und ihr Haar schüttelte.

»Nein. Trotzdem gibt es immer wieder Fragen, die man als Autorin beantwortet haben muss.«

Na, das ist ja wunderbar, dachte Marie in dem Moment, Miss Universum, die schreibende Fernsehmoderatorin, und stellte ihren Becher aufs Tablett zurück, mit etwas zu viel Nachdruck.

»Ich glaube, wir sollten dann mal«, sagte sie. »Wir haben ja noch keine einzige Bude angeschaut.«

»Ich will zuerst dorthin.« Leni griff nach Maries Hand und zeigte auf den Stand mit Holzspielzeug.

»Ich will zuerst einen Liebesapfel.« Anna verschränkte beide Arme vor der Brust.

»Na, dann«, sagte Sommerkorn. »Danke für den Punsch.«

»Ja, danke«, presste Marie hervor.

»Danke«, sagten die beiden Mädchen artig.

»Vielleicht sieht man sich nochmal.« Helen streckte zum Abschied wieder ihre Hand aus und lächelte zauberhaft. An Marie gewandt sagte sie: »Wir werden Ihnen dann Bescheid geben.«

Das glaube ich dir gern, dachte Marie und lächelte zurück, fast ebenso zauberhaft. Es fühlte sich an wie ein Zähnefletschen.

In dieser Nacht träumte Marie krauses Zeug. Und wenn sie aus einem Minutenschlaf hochschreckte, trug sie das letzte Traumbild noch unter ihren Lidern. Die Kinder, wie ihre Gesichtchen näher kamen auf dem Karussell, Paula, die irgendwie auch dort hinaufgekommen war und auf einem Pferd davonritt, tränenüberströmt. Doch als das Karussell sich einmal um die eigene Achse gedreht hatte, war Paula fort. Und sie und die Kinder begannen sich umzusehen – vergeblich. Dann stand sie plötzlich an ihrer Staffelei und malte, und als sie sich umsah, merkte sie, dass sie sich auf einer Bühne befand, auf dem Weihnachtsmarkt, und an einem Engelbild malte. Immer mehr Leute kamen und blieben stehen, sahen ihr zu, manche lächelten, einige murmelten etwas, das sich wie ein Kompliment anhörte, und Marie war glücklich. Auch Sommerkorn war da, und sie spürte seinen Blick wie ein Brennen. Da hörte sie eine glockenhelle Stimme, die laut und weithin hörbar das Gemurmel übertönte: »Das ist nun wirklich nicht unser Niveau!« Der Zauber fiel ab, das Wohlgefühl verschwand hinter einem herunterrauschenden Vorhang, und Marie fühlte sich töricht und, ja, bloßgestellt, so, als hätte sie sich mit fremden Federn geschmückt und jemand war gekommen und hatte sie ihr heruntergerissen, mit einem Ruck.

Als Marie früh am nächsten Morgen aufstand, war es noch dunkel.

Sie öffnete die Tür zum Mansardenzimmer einen Spalt breit und lugte hinein. Solche unschuldigen Kindergesichter, dachte sie und schloss die Tür wieder. Die Mädchen waren nach dem Weihnachtsmarkt mit zu ihr gefahren und schliefen noch. Marie fühlte sich schwach und gerädert, wie nach einer durchzechten Nacht. Der Wecker zeigte kurz vor sechs. Sie schlüpfte in ihren dicken grauen Wollpullover und schleppte sich mit schweren Gliedern und müden Augen in die Küche, die, wie das Schlafzimmer auch, so eisig war, dass Marie sich wunderte, keine Eisblumen an den Scheiben zu entdecken. Sie steckte die Lichterkette ein, trat ans Fenster und sah die winzigen Birnen in der Eibe sitzen, achtzig Stück, ein Angebot von *Lidl* – eine Anschaffung, die sie, wenngleich mit schlechtem Gewissen, von dem Geld, das sie für eine Auftragsarbeit erhalten hatte, getätigt hatte. Einen weiteren Teil hatte sie für ein Metallbett und eine Matratze ausgegeben. Der Löwenanteil allerdings war für Heizöl draufgegangen.

Sie seufzte. Sie war so müde. Warum konnte nicht alles einfach glattlaufen, wenigstens einmal und wenigstens eine Weile lang? Sie hätte die Ausstellung bei Zarah Leander wirklich gut gebrauchen können. Das bisschen, was sie in der Galerie, in der sie zweimal die Woche stand und auf Kunden wartete, verdiente, reichte noch nicht einmal zum Verhungern. Wie konnte man auch in dieser gutbürgerlichen und satten Bodenseegegend allen Ernstes erwarten, jemand würde Bilder, die wie der Albtraum eines Mörders aussahen, kaufen und sich an die Wand hängen. Und was bei dem VHS-Kurs »Experimentelles Malen mit Acryl« heraussprang, war sowieso ein schlechter Scherz. Dann hatte sie in den letzten Monaten zwei Auftragsarbeiten angenommen – toskanische Landschaften, wie man sie in jedem Versandhaus erwerben konnte. Was tat man nicht alles für Geld! Und zu allem Überfluss hatte ein Redakteur von der *Schwäbischen Zeitung*, den sie bei einer Vernissage über Paula kennengelernt hatte, ihr zu verstehen gegeben, dass er es »gar nicht gut fand«, seine Kunst gegen schnöden Mammon zu verraten. Das hatte ihr zu denken gegeben, und sie hatte den dritten toskanischen Albtraum dann doch nicht gemalt, dafür aber vierhundert Euro weniger in der Kasse.

Sie seufzte noch einmal, riss sich von dem Anblick der leuchtenden Eibe und ihren trübsinnigen Gedanken los und ging zum Holzherd. Mit routinierten Bewegungen rüttelte sie am Rost, holte den Aschenkasten heraus, schloss die Hintertür auf. Ein Gutes hat es ja, wenn es nun mit der Ausstellung doch nichts wird, dachte sie und öffnete die Tür. Dann hatte sie wenigstens ausreichend Zeit, sich um die beiden Kleinen zu kümmern. Wie hätte sie das sonst machen sollen? Im Falle einer Ausstellung hätte sie noch an einigen Bildern feilen müssen. Und das hätte bedeutet, die Tage hinter der Staffelei zu verbringen.

Mit dem Aschenkasten in der Hand trat sie zur Tür hinaus und zuckte zusammen. Der Wind, der vom Wasser her wehte, war böig und eisig – ein unruhiger und unangenehmer Bekannter. Sie ging zum Kompost, leerte die Asche aus, lief rasch zurück ins Haus und drückte die Tür gegen den Wind zu. Sie drehte die Heizung auf zwei – neuerdings war sie ja unter die Energiesparer gegangen –, und bald knisterte ein wohliges Feuer im Herd. Sie befüllte das Schiffchen und den Kessel mit frischem Wasser, stellte den lindgrünen Riesenbecher mit der Rose bereit, holte Filter und Tüte und gab vier Messlöffel Kaffeepulver hinein. Während der Kessel auf dem Herd stand, ging sie nach oben ins Bad, duschte kurz und heiß und drehte als krönenden Abschluss die Mischbatterie nach rechts. Wie jeden Morgen stieß sie dabei einen spitzen Schrei aus, so eisig prasselte der Strahl aus dem Duschkopf. Jetzt war sie wach.

Als sie angezogen und mit einem Band im Haar zurück in die Küche kam, stieg eine senkrechte Dampfsäule aus dem Kessel. Wenig später saß sie am Fenster, den Becher mit beiden Händen umfasst, und trank in kleinen Schlucken den Kaffee. In diesem Moment war die Welt für sie in Ordnung. Die Schatten draußen lichteten sich, das Lichterbäumchen hob sich nun nicht mehr so stark von der Dunkelheit ringsum ab. Die Dämmerung meißelte die Konturen der Büsche und Bäume heraus und der Anblick der fachmännisch gestutzten Eiben und Buchsbäume und des zwar bemoosten, aber laubfreien Rasens erfüllte sie mit leiser Zufriedenheit. Das alles hatte sie immerhin schon geschafft, und zwar allein.

Als sie hierhergezogen war, hatten sich der Garten und auch das Haus in einem verheerenden Zustand befunden. In den Himmel geschossene Äste, Massen von Laub, das den Rasen bedeckte, Efeu, der längst die Dachrinne erklommen hatte. Marie hatte das Chaos schließlich domestiziert, mit einer Motorsäge, einer Harke, einer Baum- und einer Rosenschere. Auch im Haus hatte sie, soweit es ihre Fähigkeiten zuließen, Hand angelegt, die Wände in freundlichen Farben gestrichen, ihre Bildersammlung aufgehängt und die wenigen Möbel, die sie nach ihrer Trennung aus dem Münchner Penthouse mitgenommen hatte, strategisch günstig im Haus verteilt.

Aus Stolz und dem Drang, es ganz allein zu schaffen, hatte sie auf alles verzichtet, was Lorenz und sie in den gemeinsamen Jahren angeschafft hatten. Im Nachhinein betrachtet war das natürlich übertrieben und blöd gewesen, eine Dummheit, die sie sich gar nicht hatte leisten können. Da sie und Lorenz nicht verheiratet gewesen waren, verlief die Trennung völlig unspektakulär, was das

Finanzielle betraf. Sie nahm nur das, was ihr auch schon davor gehört hatte. Da sie mehr als fünfzehn Jahre mit diesem Mann zusammengelebt hatte und noch keine hundert war, beschränkte sich Maries Besitz nun auf ein paar Möbelstücke mit persönlichem Wert, ihre Malsachen, und ihre Sammlung bizarrer Gemälde. Lorenz hatte sich mit dem Rest und dem Rehlein, wie Marie Lorenz' letzte außerpartnerschaftliche Beziehung nannte, ein schönes neues Leben eingerichtet. Maries Hauptaufgabe bestand nun darin, ein finanzielles Gerüst zu schaffen, eine Situation, in der sie in der Lage wäre, hier in ihrem Elternhaus, in das sie nach der Trennung, nach ihrem ganz persönlichen Schiffbruch, zurückgekehrt war, zu überleben.

Sie schüttete den letzten Schluck Kaffee weg, er musste längst lauwarm sein, stand auf und stellte den Kessel noch einmal aufs Feuer. Der heutige Tag und diese Gedanken verlangten nach einem weiteren Kaffee. Während sie mit Filter und Tüte hantierte, fiel ihr Paulas Gesichtsausdruck ein, als der Krankenwagen sie abgeholt hatte, diese unendliche Traurigkeit, ja, die Verzweiflung, die in ihr Gesicht eingegraben war, und die Tränen, die Paula beim Abschied von den Kleinen übers Gesicht gelaufen waren, ein endloser Strom von Tränen, der nicht versiegen wollte. Marie hatte Paulas Hand gedrückt und gesagt, sie brauche sich keine Sorgen zu machen, sie würden alles für Leni und Anna tun, und sie, Paula, solle nur wieder zu Kräften kommen, dann würden sie es gemeinsam schon schaffen.

Paula war Maries Stütze gewesen in den letzten Monaten, die Einzige, die Marie zur Seite gestanden hatte, die immer wieder nachgefragt hatte, ihr Sachen gebracht hatte, die sie aufgenommen hatte, als es hier, in diesem einsamen Haus, für sie unerträglich geworden war. Sie hatte immer wieder angerufen und dafür gesorgt, dass Marie nicht in ihrer Einsamkeit versank. Nun war es Paula, die

Maries Hilfe brauchte. Was ist das Leben für ein seltsames Spiel! Paula hatte so sicher gewirkt mit ihrer Familie, mit ihrem Wohlstand, der für Maries Empfinden schon an Reichtum grenzte.

Mit dem frischen Kaffee kehrte Marie zu ihrem Fensterplatz zurück. Sie griff nach einem Block und einem Bleistift, die immer bereitlagen für den Fall, dass Marie ein genialer Gedanke für ein neues Bild kam, und schrieb »zu erledigen«, unterstrich die Überschrift zweimal und listete dann alle Punkte auf, die für den Umzug und ganz allgemein zu erledigen waren. Ganz oben schrieb sie: »Kinder ablenken!« Mittags käme Sommerkorn mit einem Transporter, den er sich von einem Kollegen ausleihen würde, und sie brächten einen Teil von Paulas Sachen, ein paar Möbel und vor allem Dinge aus den Kinderzimmern zu Marie. Sie hatte gedacht, Leni und Anna würden die erste Zeit gerne zusammen in einem Zimmer sein, so, wie sie auch die letzte Zeit zusammengerückt waren. Den gestrigen Nachmittag hatte Marie damit zugebracht, sich Gedanken darüber zu machen, wie sie das Mansardenzimmer, einen großen, hellen Raum mit teilweise leicht schrägen (und trockenen!) Wänden, für die Kinder herrichten konnte. Sie hatte sich überlegt, wo sie die Betten hinstellen würde und für die Betthimmel genau Maß genommen. Dann hatte sie ein paar grobe Skizzen angefertigt: Den Bereich für Leni würde sie als Meerjungfrauenbett mit bunt schillernden Fischen, Seegras und Korallen gestalten, den anderen als Waldfeenreich mit Blättern, Ranken, bunten Vögeln und Fliegenpilzen.

Das Telefonklingeln riss sie aus ihren Überlegungen.

»Ja?«, antwortete sie vorsichtig. Die Vorkommnisse im Herbst hatten sie gelehrt, dass es nicht schaden konnte, am Telefon Zurückhaltung zu üben.

»Helen Kattus hier, hallo!«

»Guten Tag«, entgegnete Marie.

»Ich hoffe, ich störe nicht. Um diese Uhrzeit am Sonntag!«

»Jetzt haben Sie ja schon angerufen.« Marie klang bissiger, als sie beabsichtigt hatte.

»Ich habe gute Neuigkeiten für Sie«, flötete es am anderen Ende der Leitung. »Wir haben uns für Sie entschieden. Wir machen die Ausstellung mit Ihnen.«

»Sie machen die Ausstellung mit mir«, wiederholte Marie tonlos. Was redete diese Frau da? Für einen Aprilscherz war es ja schon reichlich spät.

»Ja, freuen Sie sich denn gar nicht?«

»Doch, doch, natürlich. Es ist nur ... Ich hatte gar nicht mehr damit gerechnet.«

»Aber so viel Zeit ist doch nicht vergangen!«

»Das nicht ... Nur schienen Sie bei unserem Treffen im *Marmorsaal* nicht gerade sehr angetan von meiner Arbeit ...«

Helen Kattus lachte. »Natürlich mussten wir erst zu einer endgültigen Entscheidung kommen. Und bis dahin wollte ich keine falschen Hoffnungen wecken.«

Langsam kam Leben in Marie. Sie würde eine Ausstellung in einer der besten Galerien Deutschlands machen, sie, Marie Glücklich, und das mit Arbeiten, die eigentlich aus der Not heraus entstanden waren.

»Wir würden gerne eine riesige Wand nur mit den Seestücken machen. Wie viele haben Sie?«

»Ich weiß gar nicht genau, so zwischen dreißig und vierzig. Einige sind aber noch nicht ganz fertig.«

»Wir brauchen mindestens fünfzig. Bis Anfang Januar müssten wir sie haben.«

Marie schluckte. Das war ... wunderbar und schrecklich zugleich. Sie musste also mindestens zehn neue Bilder fertigen und einige ihrer alten noch zu Ende bringen.

»Das wird den einen Teil ausmachen. Und dann hätten wir da noch eine Idee. Wir könnten auch Ihre anderen Bilder zeigen – die großformatigen Arbeiten in Acryl, die Sie mir auf den Fotos gezeigt haben. Die müsste ich dann natürlich so bald wie möglich im Original sehen.«

*

»Also ist Leander Martìn definitiv nicht von der Schule verwiesen worden.«

»Nein, ist er nicht. Wir haben uns darauf geeinigt, dass ein Schulwechsel für den Jungen das Beste sei.«

Sommerkorn betrachtete die Salemer Direktorin, die Barbara und ihm gegenübersaß. Sie war ruhig und ernst, ihre Stirn hatte sie in Falten gelegt. Eine Frau um die vierzig, sehr gepflegt und dezent geschminkt, in einem grauen Kostüm.

»Es hatte also keine Konflikte mit dem Jungen gegeben?«

Die Direktorin antwortete nicht gleich, sie schien ihre Worte genau abzuwägen.

»Herr Kommissar«, hob sie zu sprechen an. »Es liegt mir nicht, um den heißen Brei herumzureden. Genauso wenig möchte ich aber das Leid der armen Eltern vergrößern, indem ich nun Geschichten über ihren toten Sohn zum Besten gebe.« Sie legte eine Pause ein, sah von Barbara zu Sommerkorn und fuhr dann fort. »Daher werde ich mich darauf beschränken, Ihnen zu berichten, was ich weiß. Und das ist im Grunde nicht viel.«

Die Direktorin lehnte sich zurück.

»Leander gehörte zu unseren besten Schülern. Ob er beliebt war, weiß ich nicht. In seinen letzten Wochen in Salem hat es einige Vorkommnisse gegeben. Leander war ein guter Segler und ist oft mit einem der schuleigenen Segelboote auf den See hinausgefahren. Zudem sollten Sie in diesem Zusammenhang wissen, dass es den Schülern untersagt ist, im Hafen und selbstverständlich auf den Booten Alkohol zu konsumieren. Also – an einem Sonntagnachmittag im Mai ist Leander mit einem Mitschüler hinausgesegelt. Der Mitschüler hat Alkohol getrunken, Leander nicht. Was dann geschehen ist, nun, das wissen wir nicht, hier steht Aussage gegen Aussage.«

Die Direktorin nahm einen Schluck Wasser, stellte das Glas ab und hielt es noch einen Moment umschlossen.

»Leander sagte aus, Liam habe sich hoffnungslos betrunken und sei dann über Bord gestürzt. Er habe ihm daraufhin sofort den Rettungsring zugeworfen und Liam dann wieder an Bord gehievt. Das war die eine Aussage. Die andere, Liams Version, sieht ein wenig anders aus. Er behauptete, Leander habe ihn gestoßen.«

Sommerkorn und Barbara wechselten einen Blick. Die Direktorin beobachtete die beiden aufmerksam.

»Das ist natürlich starker Tobak«, sagte sie. »Aber beweisen ließ sich das nicht. Außerdem: Warum hätte Leander so was tun sollen?«

»Ja, warum?«, fragte Barbara und fixierte die Direktorin. »Um ihn anschließend herauszuziehen. Das ergibt doch keinen Sinn.«

»Liam muss sich doch dazu geäußert haben, was für einen Grund Leander gehabt haben könnte, ihn über Bord zu stoßen.«

»Leander habe ihn ein – ich zitiere – ›versoffenes, verkommenes Stück Scheiße‹ genannt und ihm befohlen, er solle dorthin zurückgehen, wo er hergekommen sei.«

»Woher ist Liam?«

»Aus Ghana.«

»Ist er schwarz?«

»Was ist denn das für eine Frage? Es spielt doch wohl keine Rolle, welche Hautfarbe er hat.«

»Tja. Für Leander vielleicht schon … Wir würden auf jeden Fall gerne mit Liam sprechen.«

»Das wird kaum möglich sein.«

»Wieso?«

»Er ist wieder in seine Heimat zurückgegangen.«

»Gab es dafür einen besonderen Grund?«

Die Direktorin sah von einem zum anderen. Sie seufzte.

»Sie verstehen, dass ich einem gewissen öffentlichen Druck ausgesetzt bin. Als Direktorin eines auf Tradition basierenden Instituts, bei dem es in erster Linie darauf ankommt, dass die Eltern auf den erstklassigen Ruf vertrauen können.«

»Sie können sicher sein, dass nichts von dem, was Sie hier aussagen, weitergegeben wird. – Sofern es nicht unmittelbar mit dem Mord zu tun hat.«

»Liam war kein unbeschriebenes Blatt. Er war bekannt als jemand, der es mit den Regeln nicht so genau nahm. Ein unangenehmer Junge. Und dann wurde er im Kurt mit Drogen erwischt.«

»Im Kurt?«

»Das ist ein alter blauer Eisenbahnwaggon, eine Art Treffpunkt für die Jugendlichen. Er soll an Kurt Hahn, Gründer des Internats Schule Schloss Salem, erinnern. Sehen Sie, als wir Liam dort erwischt haben, zweifelten wir seine Version der Geschichte natürlich an. Nur aufgrund von Liams Aussage hätten wir Leander niemals gebeten, die Schule zu verlassen. Aber dann kam eben noch diese andere Sache erschwerend hinzu. Und wir mussten handeln.«

☺

Die Sache mit der Dönerbude halte ich für keine gute Idee. Was kann denn der Türke dafür, dass Matthias' Vater arbeitslos geworden ist? Aber ich werde sie schon noch davon überzeugen, dass es cleverer ist, anders vorzugehen. Wir wollen doch nicht, dass jemand verletzt wird. Opfer müssen wir einkalkulieren, sagt ER. Von selber wird niemand auf etwas verzichten. Veränderungen sind fast immer schmerzhaft. Verzicht sowieso.

*

Sie saß im Weichen Zimmer, und das Licht, das den Raum erfüllte, war rot. Sie hatte den Pfleger gebeten, ihr das Zimmer aufzuschließen, in der Hoffnung, dort ganz für sich ihre Gedanken sortieren zu können und irgendeine Form von Klarheit zu erlangen.

Nun bin ich tatsächlich hier, dachte Paula, in der Klapsmühle, ich sitze auf einem blauen Sofa in einem Zimmer, das sie »weich« nennen und dessen Wände bis auf halber Höhe mit einem dickflorigen Teppich bespannt sind. Ein rotes Meer von Blut, dachte sie, und dass das Licht wie Feuer darauf brannte.

Sie hatte die Arme um die Knie geschlungen und sich so hingesetzt, dass sie sowohl den Feuertanz des Sonnenlichts an den Wänden als auch die blattlosen Baumriesen vor dem Fenster im Blick hatte.

Wie war die Welt plötzlich so anders geworden. Von einer Stunde auf die andere hatte ein grausamer Gott ihr Leben mit Pech übergossen und von den strahlenden, klaren Farben, den Farben der Liebe und des Wohlstands, war nichts mehr zu sehen. Sie waren verborgen unter einer zähen schwarzen Masse, die der Tod war. Paula wusste schon jetzt mit einer Gewissheit, die so scharf wie eine Klinge war und in ihr Bewusstsein schnitt, dass die Farben ihres Lebens nie wieder klar und rein würden leuchten können, dass der klebrige schwarze Tod – und die Schuld – von nun an auf allem, was sie hatte, auf allem, was sie war, haften würde. Es würde nie wieder so sein wie zuvor.

Wie hatte sie sich nur so irren können! Wie war es möglich, dass alles – *alles* – falsch gewesen war und sie es nicht bemerkt hatte? Sie hatte ihn doch geliebt. Sie hatte geglaubt, dass er dieses Gefühl, dieses in ihr so fest und tief verankerte Gefühl der Liebe natürlich erwiderte, in derselben Stärke und Intensität, in der sie ihn geliebt hatte und es noch immer tat, über den Tod hinaus. »Bis dass der Tod euch scheidet«, hörte sie sich murmeln und stammelte auf einmal lauter: »Lüge, das war eine verdammte Lüge!« Niemand hatte ihr gesagt, dass der Tod so früh käme und ihr den geliebten Mann nähme und die Liebe aber bleiben würde. Die Liebe, die nun ins Leere lief.

Sie wiegte sich schneller. Wie aber sollte sie weiterleben mit dieser Schuld, mit dem Bündel des Scheiterns auf ihren Schultern, das sie niederdrückte und so schwer war, dass sie kaum noch Luft bekam? Sie hatte ihn geliebt, sie hatte ihm vertraut, sie hatte ihm alles gesagt, ihm jede kleine Schwäche und ihre Angst um ihn und die Kinder mitgeteilt. Und er? Er hatte immer die richtigen Worte gefunden, hatte sie mit sanften und zugleich starken Händen gehalten. Und doch selbst keinen Halt mehr gehabt.

Paula spürte, wie es ihr die Kehle zuschnürte, sie würgte und rang nach Luft. Aus ihrem Innern drang ein kläglicher Laut, der sie im ersten Moment selbst befremdete. Es kam ihr vor wie das Wimmern einer anderen Person, die sie nicht kannte. Die Tränen liefen unaufhörlich über ihr Gesicht, in einem steten Strom, den sie weder stoppen noch wegwischen wollte.

»Kein Halt, kein Halt, selbst keinen Halt mehr«, echoten die Worte in ihrem Kopf. Dann kam das Bild wieder, *das* Bild, das Schreckliche, das Entsetzliche, das nicht kommen durfte und das doch näher kam, das alles verschlang: Erik, wie er fällt und fällt. Und wie er aufschlägt, auf die harte Erde, die grausame Erde, die alles birgt, das ganze Leben, das sie hervorbringt, und auch den Tod. Wie sein Körper zerschmettert wird, mit einer Wucht aufprallt, die so vernichtend ist … Der Aufprall, Aufprall, Aufprall. Sie presste die Hände auf die Augen, begann zu stammeln, »nein, nein, nein, weg, weg, weg«, den Kopf zu schütteln, um das Bild zu vertreiben, aber es wollte nicht gehen. Es wollte sich nicht vertreiben lassen, es war dort beheimatet, in ihrem Kopf, hatte sich dort eingenistet wie ein Parasit, und es würde sich von nun an von ihrer Angst nähren und wachsen und gedeihen.

Sie sprang auf, wie von Dämonen gejagt, begann um sich zu schlagen, und ihre Schreie wurden lauter und lauter. Sie musste raus hier, denn hier war das Bild. Da sah sie das Fenster und verstand plötzlich, dass es nur eine Scheibe aus Glas war, die sie von dem Leben draußen trennte. Und ihre Schreie gingen im Klirren des Glases unter.

*

»Welche andere Sache?«

Die Direktorin antwortete nicht gleich. Sie lehnte sich zurück, legte beide Hände auf den Tisch und fixierte Sommerkorn. Nach einer Weile nahm sie erneut ihr Glas und trank es mit einem Schluck leer.

»Ich bitte Sie, diese Angelegenheit absolut vertraulich zu behandeln. Unser Institut hat eine lange Tradition … Wo soll ich also beginnen … Im Sommer vor zwei Jahren hat jemand versucht, unsere Website zu manipulieren. Vielleicht sollte ich besser sagen, dass es nicht bei dem Versuch geblieben ist. Offensichtlich hat ein Hacker die Sicherheitslücken ausgenutzt und gewisse Inhalte verändert.«

Die Direktorin griff nach dem leeren Glas und umschloss es mit den Fingern.

»Um was für Inhalte handelte es sich denn?«, fragte Sommerkorn und hielt den Atem an.

Sie erhob sich und begann, im Raum auf und ab zu gehen. »Sie müssen entschuldigen, aber das Ganze hat mich viel Nerven gekostet. ›Die Sieben Salemer Gesetze‹ sind die von Kurt Hahn 1930 formulierten Grundlagen für die Erziehung, wie sie in unserem Institut noch heute Anwendung finden.«

»Können Sie uns dafür Beispiele nennen?«

»Ja, natürlich, zum Beispiel das erste Gesetz: ›Gebt den Jugendlichen Gelegenheit, sich selbst zu entdecken.‹ Oder das fünfte: ›Übt die Vorstellungskraft, die Fähigkeit vorauszuschauen und zu planen.‹ Nun, diese Texte wurden manipuliert, und so stand plötzlich auf unserer Seite: ›Die neue Generation wollen wir zu wirklichen Führerpersönlichkeiten, nicht aber zu weltfremden Stubengelehrten erziehen.‹ Das allein ist noch nicht besonders deutlich, so wie auch folgender Satz noch nicht besonders hervorsticht: ›Erziehungsmittel sind vor allem drei: der wissenschaftliche Unterricht, das Internatsleben und der praktische Dienst. Im Internat werden Kameradschaft, Ordnung und Disziplin als Erziehungsziel gesetzt.‹ Aber letztlich hat sich ein Vater über folgendes Grundprinzip gewundert: ›Erziehen heißt, der deutschen Jugend ihr angeborenes deutsches Wesen bewusst zu machen und dieses Bewusstsein in Tatwillen umzusetzen.‹ Dann ist die ganze Sache aufgeflogen. Dazu sollte ich vielleicht sagen, dass die Sätze, die ich soeben zitiert habe, aus dem Munde Adolf Schieffers stammen, dem Direktor einer Nationalpolitischen Erziehungsanstalt im Dritten Reich.«

Sommerkorn und Barbara waren sprachlos. Die Direktorin war stehen geblieben und stand jetzt mit dem Rücken zu ihnen. Als sie fortfuhr, klang ihre Stimme gedämpft.

»Wir untersuchten daraufhin unsere Website genauer

und fanden noch jede Menge solcher Manipulationen. Zum Beispiel Links zu rechtsextremen Seiten wie der Deutschland-Bewegung, den Neuen Rechten, Anleitung zum Bombenbauen im Netz: Informationen über chemische Rezepte, Mischverhältnisse, Zünder und Materialbeschaffung…«

»Und wie sind Sie darauf gekommen, dass Leander dahintersteckt?«

»Tja … die Sache wurde natürlich gründlich untersucht. Wir haben die Polizei eingeschaltet – alles blieb sehr diskret, versteht sich. Schließlich ließen die Zugriffsprotokolle einen Schluss auf die IP-Adresse zu: Auf jeden Fall wurden die Manipulationen von Leanders Laptop aus unternommen.«

»Und Leander? Was hat er zu den Vorwürfen gesagt?«

»Er war außer sich. Er hat alles abgestritten.«

»Aber das war doch ziemlich eindeutig.«

»Sollte man meinen. Leander allerdings behauptete, sein Rechner sei für diese Aktion von einem anderen User gehijackt worden. Bei dieser Version blieb er bis zum Schluss.«

Nach diesen Worten kehrte Stille ein, und wie auf einen geheimen Befehl begann Barbaras Handy zu klingeln. Hastig kramte sie es aus ihrer Tasche, warf einen raschen Blick aufs Display und drückte den Anrufer weg.

»Wir haben lange mit uns gerungen. Aber letztendlich mussten wir ein Exempel statuieren. Die Beweislast sprach nun einmal gegen ihn. Selbstverständlich haben wir versucht, jegliches Aufsehen zu vermeiden. So haben wir uns mit den Eltern geeinigt, und Leander hat unser Institut verlassen. Manchmal frage ich mich tatsächlich, ob wir dem Jungen nicht unrecht getan haben.«

☺

Heute Nacht machen wir das mit der Dönerbude. Zu Mama hab ich gesagt, ich penn bei IHM. In Wirklichkeit pennen wir im Hauptquartier. Nach der Operation. Ich hab sie inzwischen überzeugt, dass es besser ist, wenn niemand zu Schaden kommt.

*

Sie lag auf dem Rücken, als sie erwachte und dachte, dass sie doch nie auf dem Rücken lag im Schlaf. Jetzt war es anders. Anders war auch der schmale, lange Raum und das Licht hinter ihr, hinter ihrem Kopf. Vielleicht war sie tot? Hinter mir das Licht des Engels, und ich reise mit ihm in das Land jenseits der Grenze. Wird ER auch da sein? Ein jäher Schreck durchfuhr sie beim Gedanken an seinen zerschmetterten Körper, aber kurz darauf Erleichterung, das alles spielte doch keine Rolle mehr, dort. Da erst merkte sie, dass sie sich nicht bewegen konnte. Ihre Hände, ihre Beine, ihr Rumpf rührten sich nicht. Sie war eine Gefangene ihres Körpers. Aber als Seele sollte ich mich doch frei fühlen, schweben. Da hörte sie eine Stimme. Also bin ich doch nicht tot? Erst jetzt gelang es ihr, die Lider, die so schwer waren, ganz zu öffnen, und das Gesicht, das zur Stimme gehörte, tauchte auf. Es sprach beruhigend auf sie ein, ein Murmeln nur. Jetzt erinnerte sie sich wieder.

Es hatte nicht lange gedauert, da waren sie hereingekommen, ein Pfleger und der Arzt mit den braunen Augen, und sie hatten sie festgehalten und ihr mit einem Nadelstich das Vergessen gebracht. Nun lag sie da, in Gurte gelegt wie eine Irre in einem Film. *Damit sie sich und anderen keinen Schaden zufügte*. Da erst wusste sie sich das Gefühl an ihren Unterarmen zu erklären, in ihren Händen und Beinen, die dicke Watte, die sie umschloss. Das Licht des

Engels ist das Tageslicht in Weißenau, und ich bin definitiv nicht tot. Aber er, er ist tot. Und ich bin immer noch hier.

Sie spürte das Licht wie ein Gewicht, das von hinten auf ihren Kopf drückte. Jetzt wusste sie, was falsch gewesen war. Ich habe ihm all meine Liebe gegeben. All meine Liebe, meine ungeteilte, nur ihm. Er aber hat mir nur eine halbe Liebe geschenkt, eine fünfzigprozentige, vielleicht war es auch eine dreißig- oder gar zwanzigprozentige. Kein Meer von Liebe, auch kein See. Eine Pfütze Liebe, das war ich ihm wert. Trübe und schmutzig war sie. Und ich habe die ganze Zeit in meinem Wolkenkuckucksheim gesessen, in diesem Haus der Lügen, in dem ich mich geschmackvoll eingerichtet habe, habe die Farben und Möbel, die Ziergegenstände(!), aufeinander abgestimmt und nichts bemerkt.

Natürlich habe ich ihm geglaubt. Wer eine Firma hat, ein erfolgreiches Software-Unternehmen, der muss Opfer bringen! Seine häufigen Abwesenheiten – gab es unter der Woche einen gottverdammten Abend, an dem er vor zehn zu Hause war? Und die Samstage? Sie gehörten dem Fallschirmspringen. Das habe ich zumindest geglaubt!

Sie ballte die Hände zu Fäusten. Das Haus, ein wahres Lügengebilde, ein Kartenhaus aus Unwahrheiten. Hätte ich doch nur einmal zum Fenster hinausgesehen, dann hätte ich sie dort sehen müssen, die ganzen Lügen. Aber ich habe es nicht getan, stattdessen habe ich mich dazu entschlossen, das Haus weiter einzurichten. Das Lügenhaus getarnt als Villa in Bad Schachen. Da lohnt es sich doch, die Augen zu verschließen, nicht wahr?

Und die Kinder, haben die nicht anfangs noch gefragt? ›Wo ist denn der Papa? Warum ist der nie da?‹ Irgendwann hatten sie ihn ausquartiert, aus ihrem Haus, aus ihrem Leben, sie hatten aufgehört, nach ihm zu fragen. Jetzt, da sie darüber nachdachte, da alles so klar und scharf, wie mit einem Skalpell geschnitten, vor ihr lag, die gnadenlose

Wahrheit, erkannte sie, dass er tatsächlich im Leben der Kinder keine große Rolle gespielt hatte. Kein einziges Mal hatte sie ihn im Kinderzimmer sitzen sehen, kein einziges Mal hatten sie ihm ihre Schätze gezeigt, die billigen Ringe aus dem Kaugummiautomaten, die bunten Glassteine, die kleinen künstlichen Korallen, die Öre-Stücke mit dem Loch in der Mitte, die sie auf eine Kette gezogen hatten und anzogen, wenn sie Pippi im Taka-Tuka-Land spielten. Er wusste noch nicht einmal, dass es diese Öre-Ketten gab, dachte sie plötzlich, und die Bestürzung, die diese Erkenntnis mit sich brachte, trieb ihr die Tränen in die Augen.

Und ich?, fragte sie sich im nächsten Moment. Was habe ich getan? Im Grunde war ich doch zufrieden damit, wenn ich, ohne auf den Preis zu achten, nach diesem und jenem greifen, damit zur Kasse gehen und es einfach bezahlen konnte. Ich war die Frau eines erfolgreichen Unternehmers und habe nur in den besten Geschäften eingekauft und dabei den Boden unter den Füßen verloren. Born to shop, das war mein Lebensmotto. Ein Besuch im *Domicil*. ›Ach, diese Kommode kostet nur dreitausend, wann können Sie liefern?‹ Und ihre Orgien in *Tonis Boutique*. ›Cara, ich habe die neue Frühjahrskollektion von Prada hereinbekommen, ich zeig sie dir vorab, Bellissima, dann kannst du dir die schicksten Teile schon einmal aussuchen.‹ Ein paar Tausender waren da nichts gewesen. Prada. Kein Maß mehr, kein Maß. Und nun ist alles weg.

*

»Und die Asche?«

»Hm?« Sommerkorn blickte kurz von der Akte Leander Martìn, die er vor sich auf dem Schreibtisch liegen hatte, zu Barbara auf. Sie stand an seinen Schreibtisch gelehnt und sah aus dem Fenster, auf die Straße hinunter. Autos zischten vorbei. Es war halb sieben am Montagmorgen – Berufsverkehr.

Sie hob zu einer vorsichtigen Erklärung an. »Na ja, da Paula ja jetzt im Krankenhaus ist ... Ich meine, dein Schwager, er ist ja noch nicht ...«

»Die *Urne* wird in der Regel zehn bis vierzehn Tage nach der Trauerfeier beigesetzt.«

»In der Regel? Ist es bei Erik anders?«

»Paula hat noch nicht entschieden, wo«, sagte Sommerkorn in einem Ton, der deutlich machte, dass er nicht vorhatte, das Thema jetzt zu vertiefen.

Er hat ja recht, dachte sie. Das alles ist schlimm genug, und reden macht es auch nicht besser. Betont konzentriert wandte er sich wieder der Akte zu. Seine Augen huschten über die Protokolle. Er sieht unendlich müde aus, ging es ihr durch den Kopf.

»... vielmehr interessieren, ob zwischen dem, was die Direktorin uns erzählt hat, und dem Verschwinden von Leanders Laptop ein Zusammenhang besteht«, sagte Sommerkorn und riss sie aus ihren Gedanken. »Das ist das eine. Das andere ist die Aussage dieses Mädchens, Viktoria. Sie war nicht gut auf Leander zu sprechen. Das hat doch dieser Matthias Wölfle ausgesagt.«

Ein Martinshorn war zu hören, wurde lauter, schriller, ein Krankenwagen raste unter ihnen vorbei, das Blau blitzte grell auf in der Dunkelheit. Barbara wartete, bis die Sirene verklang.

»Gelinde gesagt ... Sie soll ihn gehasst haben, sagen manche. Andere nennen sie besessen.«

»Habt ihr überprüft, wo sie zur Tatzeit war?«, fragte Sommerkorn.

»Zu Hause, sagen die Eltern.«

»Und die sind sich sicher, dass das Mädchen nicht doch unterwegs war. Unbemerkt. Kann sie Auto fahren?«

»Du siehst zu viel fern.«

»Also hat sie den Führerschein?«

»Sie ist achtzehn und fährt, seit sie siebzehn ist.«

»Kann sie unbemerkt ihr Elternhaus verlassen?«

Barbara zuckte die Achseln. »Ich schau mir heute ihr Zimmer an.«

Sommerkorn blätterte ein paar Seiten um.

»Die Aussagen passen nicht zueinander. Wir haben gewissermaßen zwei Blöcke: Frau Bärlach, aber ihre Aussage ist zu vage. Die Schulleiterin aus Salem. Viktoria. Sie sind der Ansicht, dass der Junge andere gemobbt habe. Dann die andere Seite: Die Eltern, die meisten Schüler, die Leute aus dem Karateclub, die das Bild eines fleißigen und pflichtbewussten Schülers ...« Das Telefon läutete.

»Sommerkorn.«

Barbara ging zur Tür.

»Was? Und die Eltern?«

Auf der Schwelle drehte sich Barbara zu ihm um. Sie sah ihn nicken, er sah ernst aus und eine Spur bleicher als zuvor.

»... werden sie aufsuchen ... im Krankenhaus, sagen Sie?«

Barbara beobachtete, wie er auflegte und den Hörer noch eine Weile festhielt, bevor er zu ihr aufblickte.

»Das war Frau Bärlach. Leanders Freund, Matthias Wölfle, hätte heute eine wichtige Klausur nachschreiben sollen, ist aber nicht erschienen. Frau Bärlach wollte bei der Mutter anrufen, um sich nach seinem Verbleib zu erkundigen, hat sie aber nicht erreicht. Sabine Wölfle heißt sie und arbeitet im Krankenhaus. Frau Bärlach hat gefragt, ob wir es nicht einmal versuchen könnten ... Sie ist ziemlich nervös, nach allem, was passiert ist.«

»Vielleicht macht er einfach blau.« Man sah Barbara an, dass sie selbst nicht recht glauben wollte, was sie da sagte. Wie um sich zu überzeugen, fuhr sie fort: »Ich erinnere mich noch gut an den Jungen. Er hat nicht den besten Eindruck bei mir hinterlassen. Es muss nichts heißen, wenn er mal fehlt.«

»Natürlich nicht. Normalerweise. Aber was ist hier noch normal.«

☺

Dieser Irre hat voll auf den Türken draufgehalten, und ich bin sicher, dass es Absicht war. Der Mann hat entsetzlich geschrien, und ich wollte zurücklaufen und ihm helfen, aber ER hat mich am Ärmel gepackt und gesagt: Bist du bekloppt, Mann, dann bist du doch dran! Ich kann nur noch daran denken, wie der Mann geschrien hat, und ich hoffe und bete, dass ihm jemand geholfen hat. Ich habe Angst, dass er es nicht geschafft hat.

*

Es dämmerte bereits, als Marie den Wagen auf dem Besucherparkplatz der Klinik Weißenau abstellte. Einen Moment blieb sie wie in Trance hinter dem Steuer sitzen und sah in den grauen Wintertag hinaus. Wie ist das alles möglich, fragte sie sich und spürte, wie Zorn in ihr aufstieg. Es ist noch keine vier Wochen her, da lebte Paula in der wohlgeordneten Struktur ihres Hausfrauendaseins, in beträchtlichem Wohlstand mit einem Mann, von dem sie fest glaubte, dass er ihr treu ergeben war. Und nun ist alles anders, dachte Marie. Nun besuche ich meine Freundin in der Weißenau, um sie zu fragen, was mit der Asche ihres Mannes geschehen soll.

Eine Bewegung neben ihr ließ Marie auffahren. Ein Mann mit einer Mütze stieg in ein Auto, startete den Motor und fuhr davon.

Marie schaltete die Scheinwerfer aus, löste den Gurt und stieg aus. Kaltfeuchte Luft schlug ihr entgegen, und sie langte nach ihrem Schal auf dem Beifahrersitz. Sie schlang ihn um, griff nach dem Rucksack und machte sich auf den Weg. Flüchtig dachte sie daran, wie froh sie war, dass heute alles gut geklappt hatte, als sie die Mädchen im Kindergarten abgegeben hatte. Keine der beiden hatte geweint. Sie hatten sich gleich an den runden Tisch gesetzt und angefangen, ihr Vesper auszupacken.

An dem Pförtnerhäuschen stand eine Übersichtstafel, vor der sie stehen blieb und die sie nach dem Gebäude absuchte, in dem Paula untergebracht war. Dort, etwa in der Mitte des Geländes, erblickte sie die Aufnahmestation I. Marie ging um die Tafel herum, warf einen Blick in das Pförtnerhäuschen, aber die Frau darin schien sich nicht für sie zu interessieren. Maries Schritte hallten auf dem Asphalt, als sie unter den blattlosen Ästen ihren Weg fortsetzte.

Waren alle Männer so? Verlogen, feige und notorisch untreu, immer auf der Lauer nach der nächsten Gelegenheit. Sie selbst konnte davon ja ein Lied singen. Wie viele Jahre hatte sie sich das von Lorenz, dem Herrlichen, bieten lassen. Keine Frau konnte seinem Dreitagebart, den angegrauten Schläfen und der Föhnfrisur widerstehen. Jahrelang hatte sie stillgehalten und war in ihrem tiefsten Innern überzeugt gewesen, dass er für sie einfach zu gut aussah. Lorenz, der legere Künstlertyp mit dem versonnenen Rancherblick. Und weil ich das glaubte, bekam ich im Grunde genau das, was mir zustand: eine Rolle als Nebendarstellerin in Lorenz' Leben.

Sie schritt rasch aus und sah flüchtig auf den großen gelben Bau, der rechts vom Weg lag. Das Gebäude sah alt aus, vielleicht spätes neunzehntes Jahrhundert, und Marie fragte sich, ob hier schon immer die Randfiguren der Gesellschaft untergebracht worden waren, diejenigen, die man sonst nirgendwo haben wollte oder gebrauchen konnte und die hier bis an ihr Lebensende verwahrt wurden.

Ein Gesicht erschien in Maries Phantasie: Dunkle Augen hinter sich spiegelnden Gläsern, die nicht erkennen ließen, in welche Richtung der Blick ging. Dieses Gesicht bedeutete ihr so viel. Es war bloß die Vorahnung eines Kusses gewesen, mehr nicht, an jenem Samstagabend an der Lindauer Seepromenade. Gehörte auch er in diese Kategorie Mann, die einzige, die sie kannte?

Marie ging immer schneller, schritt immer energischer aus. Ich will nicht mehr, dachte sie. Ich will mich nicht mehr öffnen, voller Hoffnung sein, enttäuscht und verletzt werden. Sie schob das Bild beiseite, das vor ihr entstanden war. Sommerkorn und Helen, die sich gegenüberstanden. Sommerkorn, der Helen ansah. Nein, dachte Marie, damit ist jetzt Schluss! Mit all diesem Schmerz, diesen Verletzungen und Demütigungen will ich nichts mehr zu tun haben.

Sie betrat das Gebäude, in dem sich die Aufnahmestation I befand, mit zögernden, beinahe tappenden Schritten. Sie stieg die Treppe hinauf, und mit jeder Stufe wuchs ihre Beklemmung. Als sie den oberen Treppenabsatz erreicht hatte, hielt sie inne. Hier war es. Noch befand Paula sich in der Aufnahmestation, morgen, vielleicht auch übermorgen, würde sie verlegt werden. So hatte es am Telefon geheißen. Dann würde man weitersehen. Sie warf noch einen letzten Blick auf das Schild, so als könne sich dadurch noch in letzter Minute etwas ändern, und klingelte. Ein paar Sekunden verstrichen, und eine Frau erschien. Sie war zivil gekleidet, trug keinen weißen Kittel. Einen Moment verspürte Marie Unsicherheit. Was, wenn diese Frau eine Wahnsinnige war? Und gleich darauf schalt sie sich selbst: Du hast sie nicht mehr alle! Wahrscheinlich bemühen sie sich um Normalität, das ist alles. Ihr Bild der Psychiatrie war jedenfalls weiß: weiße Kittel, weiße Zwangsjacken, weiße Wände, weißer Wahnsinn.

Betont forsch sagte sie: »Grüß Gott! Ich möchte zu Frau Brandauer. Ich hatte angerufen …«

»Ja, kommen Sie.« Die Frau lächelte und ging Marie voran durch einen Korridor, der sich nach ein paar Metern zu einem Gemeinschaftsraum öffnete. An der linken Wand kauerte ein alter Mann in einem Sessel und las, rechts saßen sich zwei blasse Frauen an einem Tisch gegenüber, eine jüngere und eine ältere, und spielten ein Brettspiel. Ein Mann kam ihnen entgegen, fixierte Marie, verlangsamte seinen Schritt und streckte ihr seine Hand zur Begrüßung entgegen. »Freut mich, Sie kennenzulernen«, sagte er förmlich, als seien sie zu einem Geschäftstermin zusammengekommen. Wieder spürte Marie Unbehagen, und gleichzeitig schämte sie sich. Berührungsängste nennt man das, dachte sie. Sie erwiderte den Händedruck, der kräftig und zupackend war.

»Das ist Sepp«, sagte die Frau. »Kommen Sie weiter.«

»Zwanzig Jahre in der Psychiatrie, rein, raus«, sagte der Mann zu Marie und blickte sie aus wasserblauen Augen an. Sein Haar war ganz kurz und goldblond, vielleicht gefärbt. Als trüge er eine Kappe von goldenem Samt, schoss es Marie durch den Kopf.

»Kommen Sie«, wiederholte die Frau geduldig. Marie lächelte Sepp zu und folgte der Frau, die ein paar Schritte weiter vor einer Tür stehen blieb und klopfte. Als keine Reaktion erfolgte, klopfte sie noch einmal und öffnete die Tür. »Besuch für Sie, Frau Brandauer.« Sie nickte Marie kurz zu, begütigend, aufmunternd, und entfernte sich.

Auch das Zimmer entsprach nicht Maries Vorstellungen vom weißen Reich der Psychiatrie. Die Wände waren in einem warmen Ziegelrot gestrichen, und um das Fenster war ein Muster in Blau gemalt. Rechts der Tür stand ein Schrank, links das Bett. Darauf lag Paula, ihre Handgelenke waren verbunden, und sie starrte an die Decke. Was um Himmels willen war geschehen? Hatte Paula etwa versucht … Marie schluckte. Sie wollte den Gedanken nicht zu Ende bringen.

»Hallo, Paula«, sagte sie, doch ihre Stimme war ein Krächzen. Paula reagierte nicht, und Marie fühlte sich unglaublich hilflos. Am liebsten hätte sie sich auf der Stelle umgedreht und wäre weggerannt. Vermutlich wäre das auch Paula das Liebste gewesen.

Einen Moment lang stand Marie ratlos vor dem Bett und kam sich völlig unnütz vor, dann entdeckte sie einen Stuhl am Fenster, holte ihn und setzte sich neben das Bett. Sie beugte sich über Paula, fasste die Freundin an der Schulter und sagte nur sanft: »He.« Und Paula reagierte mit der Andeutung eines Lächelns, das unendlich traurig war.

»Ich bring dir tausend Küsse von den Kleinen. Und das hier.« Marie öffnete ihren Rucksack, zog zwei zusammengerollte Blätter heraus und zeigte Paula erst das von Leni. »Rapunzel in ihrem Turm. Und das hier«, Marie deutete auf etwas Wildes, Grünes im rechten Bereich des Bildes, »sind die Rapunzeln, also der Feldsalat. Und das ist das Haar.« Der Zopf, der eher aussah wie eine dicke gelbe Wurst, hing aus einem schiefen Fenster bis auf die Erde. »Und das«, Marie rollte das zweite Bild auf, »bist du. Auf einer Blumenwiese. Mit Anna und Leni.« Paula griff nach dem Bild und betrachtete es. Marie sah, wie Paulas Augen sich mit Tränen füllten und wie die Tränen über die Wangen liefen, einfach so. Paula sprach kein einziges Wort. Marie spürte, wie ihr selbst ein Kloß im Hals saß, räusperte sich und sagte schließlich: »Alles wird wieder gut. Du kommst hier heraus, und dann packen wir das gemeinsam an. Du hast doch mich. Und Andreas.« Paula ließ das Blatt sinken, nickte. Wie eine Ertrinkende, die sich an ein dürres Geäst klammert, dachte Marie. Sie kramte erneut in ihrem Rucksack, holte eine Packung Taschentücher heraus und gab Paula eines. Paula nahm es, schnäuzte sich und setzte sich schließlich umständlich im Bett auf. Eine Weile schwiegen sie.

»Es ist, als hätte mich jemand aus einem Bild ausgeschnitten, aus dem Bild meines Lebens. Es ist alles fort, ich bin fort, weg von allem. Er ist tot, das Haus ist weg, das Geld auch.« Paula sprach ganz leise und seltsam ruhig.

Marie sah sie an und nickte langsam. Es hatte sicher schon Leute gegeben, die wegen weniger umgekippt waren. Und dennoch: Paula musste eine Entscheidung treffen.

»Paula ... dein Bruder sagt ...« Marie verstummte. Sie sah aus dem Fenster. »Hast du dir schon überlegt, wo das Grab sein soll? Ich meine ... Wir würden uns drum kümmern, dein Bruder und ich.«

Paula reagierte nicht.

»Schachen ist vielleicht zu weit, weil ihr da doch gar nicht mehr wohnt.« Marie fühlte sich unbehaglicher denn je. Vielleicht sollte sie das doch lieber Sommerkorn überlassen.

»Was spielt denn das für eine Rolle, was mit der Asche dieses Lügners geschieht?«

Marie erstarrte. Und wieder verfielen beide in Schweigen. Sie konnte es immer noch nicht glauben. Erik und Paula waren ihr wie ein aus Stein gehauenes Denkmal erschienen, das Idealbild einer Ehe. Szenen tauchten wie Fotos in ihrem Kopf auf: Erik, der sich über Paula beugt, sie auf den Kopf küsst, die liebevollen Gesten beim Verabschieden. In all ihrem Gebaren hatte eine tief empfundene Zärtlichkeit für den anderen gelegen. Ihr Umgang miteinander hatte nichts von dem auffälligen Gehabe mancher Paare an sich gehabt. Sie hatte erlebt, wie viele dieser affektierten Pärchen im Laufe der Zeit getrennte Wege gegangen waren. Ganz anders Paula und Erik. Marie hatte die Beziehung der beiden keine Sekunde in Zweifel gezogen. Wie hatte sie sich nur so täuschen können?

Ihr Blick huschte zurück zu Paula, die in sich zusammengesackt an der Wand lehnte, die verbundenen Hände lagen ruhig in ihrem Schoß. Sie hatte die Augen geschlossen, und Marie betrachtete die Freundin, die sich in den letzten Tagen so sehr verändert hatte. Das strähnige Haar, das platt am Kopf anlag; der dunkle Haaransatz, der sich hart von den blondierten Strähnen abhob; die Blässe, die etwas Graues, Krankes hatte; die Schatten unter den Augen; die Linien um den Mund, die sich tiefer eingegraben hatten.

Und wenn nicht?, schoss es Marie plötzlich durch den Kopf. Wenn ich mich gar nicht getäuscht habe? Woher wollen wir denn wissen, wie es wirklich war? Immerhin ist es möglich, dass Erik mit dieser Frau nur eine kurze Affäre gehabt hatte. Oder noch nicht einmal das. Vielleicht ist es passiert, ein einziges Mal, und Erik – als anständiger Kerl – hat die Konsequenzen in Form von Unterhaltszahlungen und der Lebensversicherung auf sich genommen, ohne dass da noch etwas gewesen war zwischen ihm und dieser Stella. Die Lebensversicherung war schließlich auf das Kind ausgestellt, und nicht auf die Frau. Wenngleich, das musste Marie zugeben, das in diesem Alter wohl kaum eine Rolle spielte.

Wieder betrachtete sie Paula, die geschlossenen Lider, den vergrämten Ausdruck um ihren Mund. Eriks Tod war die Katastrophe, die in Paulas Leben hereingebrochen war. Den geliebten Menschen zu verlieren, den, an dessen Seite man gehofft, ja fest geglaubt hatte, alt zu werden. Ohne Heim und ohne Geld dazustehen, das würde wahrlich den Stärksten umhauen. Doch je mehr Marie darüber nachgrübelte, desto stärker wurde ihre Überzeugung, dass das größte Unglück, der größte Schmerz durch den Verrat verursacht wurde. Weil ihr so noch nicht einmal die Erinnerung blieb.

Sie erhob sich, der Stuhl scharrte über den Boden. Es war dämmrig im Zimmer, aber keine der beiden dachte daran, das Licht anzuknipsen. Marie trat ans Fenster und sah hinaus in die graue Welt, die trist und tröstlich zugleich dalag. Einzig der Schein einer Laterne verbreitete ein milchiges, unwirkliches Licht.

Noch nicht einmal die Erinnerung an schöne Tage, dachte Marie voll Bitterkeit, das ist das Perfide daran. Mit einem Schlag wird dein altes Leben ausgelöscht und die Erinnerung an die guten Tage gleich mit zerstört. Denn über allem schwebt der Pestilenzgeruch des Zweifels. Und wenn ich beweisen könnte, dass es keine Lüge war? Dass es für Erik eine einmalige Sache war, dass er nicht, wie Paula glaubt, ein zweites Leben hatte. Jeder Mensch macht Fehler, hat schwache Momente, tut Dinge, die er mehr als alles andere bereut.

Sie holte tief Luft und drehte sich zu Paula um, deren Gesicht im Dunkeln verborgen war. Plötzlich wusste Marie, was sie tun würde. Wenn es eine Möglichkeit gab, Paula zu helfen, dann diese: Sie würde herausfinden, wer diese Frau war. Sie würde herausfinden, wie nahe sie und Erik sich gestanden hatten. Sie würde herausfinden, ob es ein zweites Leben gegeben hatte.

*

Sommerkorn war nicht sehr erpicht darauf, ins Krankenhaus zu fahren, aber da alle Kollegen unterwegs waren und jemand mit Matthias' Mutter sprechen musste, hatte er keine gute Ausrede, es nicht zu tun.

Sommerkorn mochte Krankenhäuser nicht. Immer, wenn

er sich selbst unter Beweis stellen konnte, dass das ja alles nicht so schlimm war und dass das würgende Unwohlsein nun endgültig verschwunden war, entzog er sich im letzten Moment. Krankenhäuser bedeuteten für ihn Tod und Elend. Zumindest seit jenem Tag im Mai vor dreiundzwanzig Jahren. Aber das war ein Kapitel seines Lebens, das er gut unter Verschluss zu halten wusste. Dabei war es noch gar nicht so lange her, dass er den Alten im Krankenhaus besucht hatte, dachte er und bog links am Wald ab in die Zufahrtsstraße zum Krankenhaus. Er ließ den Besucherparkplatz rechts liegen und näherte sich dem Vorplatz. Was ist denn hier passiert, schoss es ihm durch den Kopf. Man erkennt ja nichts wieder. Eine Baustelle, eine wüste Kraterlandschaft aus Erdhügeln, Löchern und Wällen.

Sommerkorn war kein Freund von Veränderungen und führte selbst selten eine herbei. Die letzte Umwälzung in seinem Leben war ohne sein Zutun über ihn hereingebrochen. Damals hatte seine Frau ihn verlassen und war mit Sack und Pack – und dem gemeinsamen Sohn – gegangen, um sich mit dem anderen ein neues Leben aufzubauen. Sommerkorn war daraufhin gezwungen gewesen, das eheliche Reihenhaus aufzugeben und sich eine neue, bezahlbare Bleibe zu suchen. Schließlich war er in einem Wohnsilo in der Kitzenwiese, Friedrichhafens berüchtigter Wohngegend gelandet, wo er sich alles andere als wohlfühlte. Doch da er rasche Veränderungen eben nicht mochte, lebte er nun bereits das vierte Jahr in einem Zweizimmerapartment, das an den sozialen Wohnungsbau der DDR erinnerte und dessen einzige positive Eigenschaft die Nähe zum Wald war, die Sommerkorn allerdings fast vier Jahre lang beharrlich ignoriert hatte. Erst vor einigen Wochen, als ihn unerklärliche Müdigkeitsphasen heimgesucht hatten und er am Steuer seines Wagens fast in den

Gegenverkehr gerast war, hatte er den Wald für sich entdeckt und begonnen, erste Laufrunden zu drehen. Vielleicht hatte dieser wiedererwachte Bewegungsdrang ja auch ganz andere Gründe, und er wollte seinen in Taillenhöhe ein wenig aus dem Leim geratenen Körper wieder in »Shape« bringen, wie Barbara es albernerweise formulierte.

Wie vorauszusagen gewesen war, waren alle Kurzzeitparkplätze vor dem Krankenhaus besetzt. Sommerkorn hätte ein Parken im Halteverbot beim besten Willen nicht rechtfertigen können – Kriminalhauptkommissar hin oder her, und so fuhr er verdrossen zum Besucherparkplatz zurück, um sich dort über die Unverfrorenheit der Stadtväter zu ärgern, die selbst hier Parkgebühren verlangten. Der Aufforderung, einen Parkschein zu lösen, kam er aus Protest nicht nach.

Gott sei Dank, dachte er, als er durch die große Drehtür die Vorhalle betrat, sieht dieses Krankenhaus zumindest im Eingangsbereich nicht so aus wie das, was es ist – ein Haus der Krankheit. Die geräumige, ja luftige *Lounge* mit den überdimensionalen Blumen an der Wand erinnerte an die Eingangshalle skandinavischer Museen. Es gab einen großzügigen Empfangstresen in der Mitte, Glasvitrinen mit anatomischen Modellen, eine Cafeteria, einen Kiosk und einen Friseur. Dann werde ich mir mal eine Eintrittskarte kaufen, dachte Sommerkorn und musste grinsen.

Ein paar Minuten später war er auf dem Weg in die Kinderabteilung, wo Sabine Wölfle arbeitete. Ein jäher Pfeil der Erinnerung traf ihn, als er die Treppe hinaufstieg. Er musste daran denken, wie er mit Timmi auf dem Schoß darauf gewartet hatte, dass jemand sich des Jungen annahm, der beim Spielen mit dem Hinterkopf auf einen Betonklotz gedonnert war und kurzzeitig nicht mehr gewusst hatte, wer er war. Sommerkorn schluckte. Den Weg nach Hause hatte der Junge seltsamerweise ohne Probleme gefunden. War ja noch mal gut gegangen, dachte Sommerkorn jetzt. Timmis Schutzengel hatte seine Hand über den Jungen gehalten.

Eine Schwester, groß, blond mit blasser Gesichtsfarbe, stand im Schwesternzimmer und sah ihm durch die Glaswand entgegen. Sie setzte sich in Bewegung, um ihm zu öffnen.

»Frau Wölfle?«

Sie nickte.

»Sommerkorn von der Polizei Friedrichshafen.« Er hielt ihr seinen Dienstausweis hin, was sie gar nicht zu registrieren schien.

»Ja?«, fragte sie und Sommerkorn hörte deutlich das Misstrauen in ihrer Stimme. Misstrauen gepaart mit etwas dahinter, das er nicht zuordnen konnte.

»Vielleicht klärt sich die Sache ja sofort auf … Es ist so: Wir haben einen Anruf von Frau Bärlach erhalten, der Lehrerin Ihres Sohnes. Er ist heute nicht zur Schule gekommen, und sie ist besorgt. Wissen Sie, wo Matthias ist?«

In Sabine Wölfles Augen stand Furcht, ihre Worte klangen hastig. »Nein, er sollte eigentlich in der Schule sein. Aber vielleicht … Er hat das Wochenende bei seinem Vater verbracht, wir sind geschieden. Alle zwei, drei Wochen verbringt er die Zeit von Freitagabend bis Montag früh bei ihm.«

»Dann haben Sie ihn also am Freitag das letzte Mal gesehen? Wann genau?«

»Am Freitagnachmittag. Er wollte noch zu einem Kumpel in die Innenstadt, und dann direkt runter zum Katamaran, mit dem er immer nach Konstanz fährt. Aber …« Sie verstummte abrupt. Sabine Wölfle schloss die Glastür und hielt einen Augenblick inne. Dann trat sie zum Telefon, entschuldigte sich und tippte hektisch eine Nummer ein.

»Ja, ich bin's. Sag mal, ist Matti etwa noch bei dir? Nein? Aber … das kann doch nicht sein! Was?« Sie ließ den Hörer sinken, Panik flackerte in ihrem Blick.

»Matthias ist das ganze Wochenende nicht bei ihm gewesen. Er hat am Freitagabend angerufen, als er eigentlich schon unterwegs hätte sein sollen. Er hat gesagt, er müsse sich für die Deutschklausur vorbereiten und könne deshalb nicht zu seinem Vater kommen.«

Sie hielt das Telefon wieder ans Ohr. Es ging noch eine Weile hin und her, bis sie Sommerkorn den Hörer in die Hand drückte.

»Hallo? – Ja, von der Polizei. Erinnern Sie sich, wann Ihr Sohn Sie Freitagabend angerufen hat? – Um halb sieben. Und seitdem haben Sie nichts von ihm gehört?«

☺

Im Radio haben sie von dem Brand berichtet. Irgendwie hat Mam was gemerkt, sie hat mich angesehen und gefragt: Warum bist du so blass geworden? Der Mann wurde mit schwersten Verbrennungen ins Krankenhaus eingeliefert. So etwas darf nie wieder passieren. ER sagt, dass ohne Opfer noch kein Krieg gewonnen wurde. Wo gehobelt wird, fallen Späne und so 'n Schwachsinn. Ich habe gesagt, wir sollten uns viel eher die friedliche Revolution von 89 als Vorbild nehmen. So geht's doch auch. Aber sie haben nur gelacht. Ich weiß nicht, was ich tun soll. Ich kann doch nicht aussteigen. Dann bin ich nicht nur allein. Dann hab ich wohl auch Feinde. Aber ich will niemandem Schaden zufügen.

*

Marie blinzelte. Ja, das war ein Déjà-vu, das kam ihr bekannt vor. Schon einmal hatte Marie vor dem Haus einer anderen gewartet, und das war noch nicht einmal so lange her.

Von der Klinik war Marie direkt nach Hause gefahren, und zu Hause hatte sie, noch im Mantel, nach dem Telefonbuch gegriffen und nach Stella Siebert gesucht, Eriks Freundin oder was immer sie für ihn gewesen war. Sie hatte sie gefunden. Eine halbe Stunde später hatte sie vor Stella Sieberts Wohnung Posten bezogen. Nun wartete sie darauf, dass sich irgendetwas tat.

Ob ich sie überhaupt wiedererkenne, fragte Marie sich wohl zum fünften Mal. Sie kniff die Augen zusammen und schaute durch die tropfenbenetzte Windschutzscheibe. Ihr Blick folgte einer schmalen dunkelhaarigen Frau in einem beigen Trenchcoat, die, ein kleines Mädchen an der Hand, auf einen schwarzen Jeep zusteuerte. Das Kind würde ja passen, vom Alter her. Aber hatte die Frau auf Eriks Trauerfeier nicht kurzes Haar gehabt, kurz und blond, das vom Kopf abstand? Marie beobachtete, wie die Frau das Kind auf dem Rücksitz festschnallte.

Wieder wischte sie mit dem Ärmel über die beschlagene Scheibe, wieder blickte sie an dem Haus empor. Es war grün und hatte vier Stockwerke, und der Klingeltafel nach musste Stella Sieberts Wohnung eine der beiden oberen sein. Gerade als sie überlegte, ob sie sich irgendwo einen Kaffee holen sollte, sah sie erneut jemanden aus dem Haus kommen. Die Frau trug eine peruanische Mütze und Marie folgte ihr mit dem Blick. Sie war sich nicht sicher, aber irgendwie kam ihr die Frau bekannt vor. Schließlich glaubte sie fest, in ihr die Frau vom Friedhof wiederzuerkennen. Ja, dachte sie. Das ist sie. Das ist Stella Siebert.

Marie streifte durch den Verkaufsraum und tat so, als interessierte sie sich für Gott weiß was für Oberteile, die Gott weiß welchem Zweck dienten. Sie war der Frau mit der peruanischen Mütze gefolgt, durch die Stadt, hinaus in Richtung Tettnang bis nach Ravensburg, hatte drei Parkplätze neben ihr den Landrover abgestellt und war ihr hinterher in ein großes Sportgeschäft gegangen. Dort war die Frau geradewegs durch eine Hintertür verschwunden und schließlich wieder aufgetaucht, ohne Mütze und ohne Jacke. Marie hatte sie jetzt zweifelsfrei wiedererkannt und festgestellt, dass Stella Siebert in diesem Sportgeschäft arbeitete.

Marie strich weiter zwischen den Ständern umher. Sie musste einen Plan entwickeln, sie musste die Frau irgendwie ansprechen, mit ihr ins Gespräch kommen. Ihr Blick glitt erneut über einige Oberteile, deren Zweck sich ihr nicht erschloss. Vielleicht sollte ich mich mal *darüber* mit ihr unterhalten. Früher hatte man halt einen Trainingsanzug, dachte sie. Heute gibt's für alles genau definierte Funktionsbekleidung. Nur bewegen muss man sich immer noch selbst, dachte sie und erschrak, als jemand sie von hinten ansprach.

»Suchen Sie etwas Bestimmtes? Kann ich Ihnen vielleicht etwas zeigen?«

Marie drehte sich um und wollte gerade abwinken, als sie sah, wen sie vor sich hatte. Sie war es, Stella. Sie lächelte zurück und überlegte fieberhaft, was sie sagen sollte. Obwohl sie hierhergekommen war, um die Frau unter die Lupe zu nehmen, war sie nicht darauf gefasst gewesen, ihr so unvermittelt Auge in Auge gegenüberzustehen, geschweige denn mit ihr zu sprechen.

Stella Siebert hielt noch immer ihren Blick auf sie gerichtet, als Marie sich sagen hörte: »Ja … gern. Wissen Sie, ich interessiere mich fürs Fallschirmspringen und wollte mich mal erkundigen, was man da für Klamotten trägt. Und wie viel so eine Ausrüstung kostet.« Ja, dachte Marie, das ist ein Kunstgriff. Sie lächelte ihr Gegenüber zufrieden an und fühlte sich ausgesprochen listig. Listig und ausgebufft.

»Da sind Sie bei mir an der richtigen Adresse! Haben Sie denn schon Sprungerfahrung?«

»Nein … aber ich hab zum Geburtstag einen Tandemsprung bekommen … weil ich das immer schon mal machen wollte. Und das hat mir … supergut gefallen.« War das der richtige Tonfall, den man anschlug, wenn man zu dieser Sorte Mensch gehörte? Marie hielt den Blick fest auf Stella gerichtet, so, als könnte sie im Gesicht der Frau irgendetwas erkennen, eine Wahrheit lesen, die ihr weiterhalf.

»Ich überlege mir, einen Kurs zu machen«, fügte sie forsch hinzu und war richtig zufrieden mit sich. Gut so, Marie, sagte sie sich, du bist auf dem richtigen Weg.

»Wo haben Sie den Tandemsprung denn gemacht?«

»Das? Oh … das war im Urlaub. In Spanien.«

»Und wo genau?«

Marie stutzte und kam sich auf einmal bedeutend weniger ausgebufft vor als noch vor einer Minute.

»Moment mal, wie hieß das gleich?« Sie runzelte die Stirn und versuchte so auszusehen, als würde ihr der Name des Orts gleich einfallen.

»Bollullos de la Mitación?«

Für Marie hörte sich das an wie dadadadadadadadamm, wie eine Maschinengewehrsalve.

»Bollullos de la Mitación, bei Sevilla.«

Maries Gesicht breitete sich zu einem Lächeln aus, einem Lächeln der Erleichterung. »Klar, genau da …«

»Und wo möchten Sie Ihre AFF-Ausbildung machen?«

AFF. Was war denn das nun wieder? Verdammt.

»Tja … Ich bin mir noch nicht ganz sicher. Vielleicht können Sie mir da was empfehlen.« Marie lächelte wieder, nun etwas unsicherer. Was tat sie hier eigentlich? Sie hatte doch nie und nimmer vor, aus einem Flugzeug zu springen! Schließlich war sie daran interessiert, noch eine Weile zu leben. Aber jetzt musste sie den Faden wohl oder übel erst noch weiterspinnen.

»Die *Nuggets* in Leutkirch. Aber dann müssen Sie sich beeilen. Der letzte Kurs in dieser Saison startet morgen. Dann ist Winterpause.«

»Oh.«

»Ja, der Sprungbetrieb geht danach erst im Februar wieder los.«

»Morgen? Das ist ziemlich kurzfristig …«

»Wie gesagt, morgen oder wieder im Februar. Ich bin übrigens eine der Kursleiterinnen.«

»Ach ja?« Da sah die Sache natürlich gleich ganz anders aus. Aber wie sollte sie das mit den Kindern machen?

»Vielleicht können Sie's ja einrichten. Sind ja nur drei Tage. Was arbeiten Sie denn?«

»Ich bin freiberuflich … Malerin.«

»Na also, da sind Sie doch sicher flexibel! Ich bin übrigens Stella.« Sie reichte Marie die Hand.

»Freut mich. Ich heiße Marie.«

»Aber … sag mal«, hakte Stella nach, »kennen wir uns nicht von irgendwoher? Mir kommt's grad so vor, als ob wir uns schon mal gesehen haben.«

Auf Eriks Trauerfeier, schoss es Marie siedendheiß durch den Kopf. Aber gleich darauf entspannte sie sich wieder. Am Tag der Trauerfeier hatte sie die Haare zurückgebunden gehabt und eine Mütze auf dem Kopf. Jetzt ringelten sich ihre Locken wirr um ihr Gesicht. Nein, es war unmöglich, dass Stella sie wiedererkannte.

»Hm. Vielleicht, weil ich schon öfter hier im Geschäft war.« Eine weitere Lüge, das kommt ja immer dicker, dachte Marie voller Unbehagen.

»Das ist möglich!«, sagte Stella und lächelte Marie forsch und selbstbewusst an. So selbstbewusst, dass Marie sich noch unbehaglicher fühlte. Vielleicht wird man so, wenn man aus Flugzeugen springt, dachte sie und lächelte zurück.

»Um zum Thema Ausrüstung zurückzukommen. Für den Kurs brauchst du erst mal gar nichts. Es reicht, wenn du in bequemer Sportkleidung kommst, in Schuhen, in denen du guten Halt hast. Du kriegst dann ja einen Overall von uns. Also was ist? Einen können wir noch nehmen.«

Marie zögerte einen kurzen Moment. Dann hatte sie sich entschieden. Es war eine Möglichkeit, diese Frau näher kennenzulernen.

»Ich hab Laufschuhe, kann ich die nehmen?«

*

Die Mitarbeiter der SOKO Martìn schwärmten in alle Richtungen aus. Zeugen im direkten Umfeld von Matthias Wölfle wurden befragt, Nachbarn, die gesamte Lehrerschaft, sein Freundeskreis.

An jenem Freitagnachmittag war er tatsächlich bei seinem Freund gewesen, und er hatte wie gewöhnlich gegen 18.00 Uhr den Weg hinunter zum Anleger eingeschlagen. Der Anruf beim Vater war um 18.33 Uhr eingegangen. Seitdem fehlte von dem Jungen jede Spur. Was war nach 18.00 Uhr geschehen? Wen hatte Matthias Wölfle auf dem Weg zum Katamaran getroffen?

Sommerkorn konnte an nichts anderes denken, als er am frühen Abend die Polizeidirektion in der Ehlersstraße verließ, um seine beiden Nichten in ihr neues Zuhause bei Marie zu fahren. Dabei sollte er dringend im Büro sein. Er fühlte sich ausgelaugt und war verschwitzt, seine Schultern waren verspannt und seine Augäpfel brannten. Er war sogar zu müde, um Musik zu hören.

Der Berufsverkehr mischte sich mit Fahrzeugen von Leuten, die vom Einkaufen kamen, und während Sommerkorn stadtauswärts im Stau stand und auf den Drahtzaun blickte, der das Werksgelände der *ZF* umgab, dachte er wieder an Leander Martìn und an die Verletzungen an seinen Handgelenken. Was war das für ein Junge gewesen? Das, was sie bisher erfahren hatten, passte nicht zusammen, ergab kein richtiges Bild. Oder besser gesagt: Es ergaben sich zwei Bilder, die absolut gegensätzlich waren. Nun war auch noch sein bester Freund verschwunden. Natürlich gab es da einen Zusammenhang. Es musste einen geben. War Matthias Wölfle der anonyme Anrufer von Freitagabend? Wenn ja, was hatte er ihm sagen wollen?

Die Ampel schaltete auf Grün, aber nichts bewegte sich. Der Mann im Wagen neben ihm begann zu hupen und wild zu gestikulieren, ein anderer stimmte in das Konzert ein. Sommerkorn sah den Mann an, so lange, bis er herübersah, dann legte er den Zeigefinger an die Lippen und machte »pst«. Der Mann erwiderte die Aufforderung, indem er einen anderen Finger zum Gruß hob. Sommerkorns Handy begann zu dudeln, auf dem Display blinkte »Barbara«.

»Ja?«

»Das LKA hat angerufen. Sie konnten einen Teil der Schrift auf dem Zettel rekonstruieren.«

»Und was steht drauf?«

»Es sind drei Wörter. Das erste besteht aus nur drei Buchstaben. Vom dritten haben sie nur ein ›g‹ mit Sicherheit erkennen können. Beim zweiten jedoch sind sie sich sicher, dass es ›silent‹ oder ›silence‹ heißt.«

»Silence ... is golden?«

»Nee, das kann ja eben nicht sein.«

☺

Seit dem Vorfall mit der Dönerbude sehe ich in ihren Augen einen seltsamen Glanz, wenn sie mich anschauen. Ich habe das

Gefühl, sie beäugen mich misstrauisch. In der Zeitung habe ich gelesen, dass ein Mann ihm geholfen hat, dem Türken, und erste Hilfe geleistet hat. Nur deshalb lebt er noch. Die Polizei ermittelt jetzt im Umfeld eines feindlichen Türkenclans. Die machen sich gegenseitig fertig, das ist die Lösung, yeah!, haben sie gejubelt.

*

»Ich muss gleich wieder zurück ins Büro.«

Marie stand auf der Schwelle zur Hintertür, den leeren Korb mit Brennholz in der Hand. Mit dem Kinn deutete sie zum Küchentisch. »Setz dich doch kurz. Bin gleich wieder da.« Dann zog sie die Tür hinter sich zu. Im Fortlaufen meinte sie noch, das Telefon klingeln zu hören. Mit raschen Schritten ging sie zum Schuppen, stellte fest, dass keine Scheite mehr da waren, nahm die Axt und spaltete so viel Holz, dass der Korb voll wurde. Als sie ihn zur Tür hereinwuchtete, schlug ihr die Wärme der Küche wie eine Wolke entgegen.

»Trinkst du noch einen Tee mit uns?« Ohne eine Antwort abzuwarten, stellte sie den Korb ab, legte ein paar Scheite in den Ofen, füllte Wasser in den Kessel. Im Holzherd knisterte und knackte ein munteres Feuer, und die Küche war erfüllt von einer behaglichen Wärme. Aus dem alten Küchenschrank holte sie vier Teetassen und Teller heraus. Sie spürte Sommerkorns Blick im Nacken. Wenn dieser Mann mich bloß nicht so nervös machen wurde, dachte sie. Konzentriert deckte sie den Tisch, holte Butter, Wurst, Käse und Tomaten. Sommerkorn brach das Schweigen.

»Welchen Eindruck hast du von ihnen?«

»Von den Kleinen? Ich weiß nicht. Es ist ganz unterschiedlich. Sie vermissen ihre Mutter. Ich frage mich …« Marie seufzte und hielt im Brotschneiden inne.

»Was?«

»Ich frage mich, wie lange sie das noch durchhalten.«

Sie drehte sich um und sah ihn an.

»Heute Morgen ... Leni hat auf einmal ganz schrecklich angefangen zu weinen. Ich konnte sie kaum beruhigen. Auf jeden Fall muss ich mir was ausdenken, um sie abzulenken. Nachher wollen wir noch Plätzchen backen. Darauf freuen sie sich schon den ganzen Tag.«

Sommerkorn begann Tomaten und Gurken in Scheiben zu schneiden, nahm Pfeffer und Salz und streute davon auf das Gemüse.

»Ich ...« Er schien etwas sagen zu wollen, aber nicht die richtigen Worte zu finden. Von oben war Gepolter zu hören, dann trippelnde Schritte auf der Treppe.

»Ja?« Marie goss brodelndes Wasser auf die Teebeutel. Sollte sie Sommerkorn von ihrem Plan berichten? Sollte sie ihm erzählen, dass sie Stella Siebert kennengelernt hatte und dass sie morgen einen Fallschirmspringerkurs beginnen würde? Eigentlich hatte sie für so einen Unsinn gar kein Geld übrig.

»Ich stehe zur Zeit ziemlich unter Druck ... Wir stecken mitten in einem schlimmen Fall. Eigentlich sind es ...«

Die Küchentür wurde aufgerissen und Anna rief: »*Ich* will das Meeresprinzessinnenbett.«

»Nein, das hab *ich* schon.« Leni erschien im Türrahmen mit rot leuchtenden Backen.

Marie ging in die Hocke, legte den linken Arm um Anna, den rechten um Leni. »Wisst ihr, was ich mir gedacht habe? Ihr könntet euch abwechseln. Schaut mal, es ist doch viel lustiger, wenn man mal hier und mal dort ist. Auch für die Barbies natürlich. Die wollen ja auch ein bisschen Abwechslung. Und über das Waldbett könntet ihr die kleinen Pilze hängen, die ihr im Kindergarten gebastelt habt. Als Mobile. Das würde doch gut passen.«

»*Ich* will das Waldbett«, rief Anna sofort.

Sommerkorn musste lachen. »Ich wusste gar nicht, dass du mal im diplomatischen Dienst warst.«

»Eher im psychologischen. Jahrelange Erfahrung mit einem vorschnell beleidigten Partner.« Marie verstummte. Das hatte sie gar nicht sagen wollen.

Sommerkorn betrachtete sie überrascht. Marie hatte noch nie von ihrem Verflossenen gesprochen, weder positiv noch negativ. Sie sprach generell nicht viel von sich.

»Ich mache die Ausstellung nun doch«, sagte sie.

»Wie das?«

»Das würde ich auch gern wissen.«

»Tja, dann gratuliere! Das ist doch toll, oder?«

»Ja, schon. Natürlich.«

»Du scheinst dich aber nicht sehr zu freuen.«

»Doch, doch ... das ist eine Riesenchance. Nur ... Das bedeutet auch eine Menge Arbeit. Gerade jetzt. Ich weiß nicht, wie ich das machen soll.«

»Da müssen wir eine Lösung finden.«

»Ich hoffe, dass es Paula bald besser geht.«

»Ja, das hoffe ich auch.«

Sie wechselten einen Blick, und Marie fand, dass er nicht sehr überzeugt wirkte.

»Du wolltest etwas sagen vorhin.«

»Ah ja ... dieser Fall. Obwohl es inzwischen schon zwei Fälle sind. Ich kann jetzt schwer Urlaub bekommen.«

Marie holte einen roten Filz-Untersetzer aus dem Schrank und stellte die Teekanne darauf.

»Was sind denn das für Fälle?«

»Sicher hast du davon in der Zeitung gelesen. Dieser siebzehnjährige Schüler ...«

Marie schüttelte den Kopf. »Zu viel zu tun.«

»Ein Siebzehnjähriger, Leander Martìn, ist umgebracht worden. Ein Schüler des KMG.«

Marie blickte auf. »Von unserer alten Schule?«, fragte sie entsetzt.

Sommerkorn nickte. »Ja. Irgendwie ist's anders, wenn man einen persönlichen Bezug zu etwas hat.«

Marie schwieg und schenkte Tee ein, der leuchtend rot in die Tassen floss. Sie stellte die Kanne ab.

»Habt ihr schon eine Spur?«

»Ein zweiter Schüler, Matthias Wölfle, der beste Freund von Leander Martìn, ist vor wenigen Tagen verschwunden.«

»Was ist denn das für eine Geschichte!« Man sah Marie an, wie betroffen sie war.

»Genau das hoffen wir herauszufinden.«

Sommerkorn hob die Tasse an die Lippen. In dem Moment begann sein Mobiltelefon zu läuten. Er verbrannte sich den Mund und unterdrückte ein Fluchen. Marie sah ihm dabei zu, wie er das Handy aus der Tasche kramte. Offenbar war es ein Anruf aus dem Büro.

Als er wieder auflegte, sagte er nur: »Ich muss los. Zwei Zeugen haben sich gemeldet. Sieht so aus, als ob es wichtig ist.«

»Da gibt es noch etwas ... Ich wollte dich fragen ... Aber das ist vielleicht kein guter Zeitpunkt, wo du doch so eingespannt bist«, setzte Marie an.

»Nein, nein, so war das nicht gemeint ... Nun frag doch.«

»Es geht um morgen. Ich habe einen Termin und weiß nicht, wie ich hinkommen soll.«

»Klar kannst du das Auto haben, wenn's das ist.« Er lächelte.

»Danke«, sagte Marie und fragte sich, was er wohl dazu sagen würde, wenn er wüsste, dass sie morgen mit dem Auto nach Leutkirch fahren wollte, um dort einen Fallschirmspringerkurs zu belegen.

*

»Erwachsene reden viel, wenn der Tag lang ist.«

»So wie Onkel Andreas vorhin … als bei dir das Telefon geklingelt hat und ich abgenommen habe und er gesagt hat, du kannst doch nicht einfach Maries Telefon abheben. Und dann hat er selbst ewig geredet.«

»Onkel Andreas hat mit jemandem, der mich angerufen hat, gesprochen?« Marie sah überrascht auf.

»Ja, ewig lang. Als du im Schuppen warst …«

»Wer war's denn?« Marie nahm das Nudelholz und begann den Teig auszuwellen.

Anna zuckte die Achseln. »Eine Frau.«

»Ach – und wie hieß die?«

Anna nahm ein Förmchen, das Schwein, und zuckte die Achseln.

»Ging es vielleicht um den Malkurs?«

»Hi, hi, schau mal, wie dick mein Schwein ist. Das hat ja ganz kurze Beine.« Leni kicherte.

»Hm … weiß nicht. Glaub nicht. Ist es schlimm, dass ich's nicht mehr weiß?« Anna blickte auf. Sie hatte die Stirn in Falten gelegt.

»Nein, nein … Das ist nicht schlimm. Es ist nur … Vielleicht hat jemand abgesagt, jemand, der nicht kommen kann. Eine meiner Schülerinnen.«

»Hm.« Nun sah auch Leni auf und dachte angestrengt nach. Ihr Gesicht war zu einer Grimasse verzogen. So sah jemand aus, der sich den Kopf zerbrach, dachte Marie und musste laut lachen. »Ach, Leni, du hast das Telefon doch gar nicht gehabt.«

Plötzlich erhellte sich Annas Miene und sie rief: »Jetzt weiß ich's! Es war die Tante vom Weihnachtsmarkt, die aussah wie aus dem Fernsehen.«

Marie ließ das Nudelholz sinken.

»Und Onkel Andreas hat mit ihr gesprochen, länger, meine ich?«

»Aber ja«, sagte Anna. »Eeewig! Ich habe inzwischen mein Bild fertig gemalt, das mit der Prinzessin auf der Erbse. Er hat so lange telefoniert, bis ich gekommen bin und ihn am Ärmel gezupft habe.«

*

Die beiden Jungen, Thorsten Ehlers und Sven Radlowski, warteten in Sommerkorns Büro. Sie saßen auf den Besucherstühlen, sahen sich unbehaglich um und ergriffen ebenso ungehaglich das Wort.

»Ja, wir wollten was melden. Aber wir wollen niemanden anschwärzen,« eröffnete Thorsten, ein hochgeschossener Junge mit undefinierbarer Haarfarbe zwischen Mausbraun und Straßenköterblond, das Gespräch. Er erinnerte Sommerkorn an eine Kuh, was vielleicht an seinen mahlenden Kiefern lag, zwischen denen ein Kaugummi steckte.

»Wir wissen nicht, ob das überhaupt eine Rolle spielt ... Aber wo der Matti doch jetzt verschwunden ist ...«

Sven war kleiner als sein Kumpel und hatte eng zusammenstehende Augen, stechende Knopfaugen von einem seltsam rötlichen Braun.

»Wir sind für alle Hinweise dankbar und froh, dass Sie sich entschlossen haben, zu uns zu kommen. Und wir werden sehen, ob wir das, was Sie uns zu sagen haben, verwenden können. Zunächst aber ist es für uns wichtig, alles zu wissen.«

Die beiden wechselten einen raschen Blick, und Thorsten ergriff erneut als Erster das Wort.

»Ein paar Tage vor Leanders Tod muss das gewesen sein ...« Wieder ein Blick zu seinem Kumpel, der nickte.

»Auf jeden Fall hatte Leander wohl im Schüler-VZ jemanden kennengelernt, eine heiße Nummer, wie er sagte. Und dann hat er sich mit ihr verabredet oder, besser gesagt, sie sich mit ihm. Das war alles ziemlich eindeutig, was da abgehen sollte.«

»Was verstehen Sie unter *eindeutig*?«, hakte Sommerkorn nach.

»Na, was wohl?« Sven grinste Sommerkorn an. Was für ein unangenehmer Kerl, dachte er.

»Die beiden hatten sich also verabredet, um miteinander ins Bett zu gehen. Wo?«

»In einem Hotel in Bregenz. Die Tusse hat Leander Adresse, Datum und Uhrzeit gemailt und genaue Instruktionen geschickt, wie's abgehen sollte. Sie wollte ihn im Hotelzimmer erwarten, er sollte mit einem bestimmten Klopfzeichen auf sich aufmerksam machen. Heiße Sache, so zumindest hat sich das angehört.«

Thorsten kaute jetzt schneller. Sven fuhr fort: »Auf jeden Fall ist er da dann hin. Ich mein, die Tusse soll auf den Fotos echt heiß ausgesehen haben. Er hat, wie sie's wollte, an die Zimmertür geklopft. Ja und dann – Mann, das ist einfach der Hammer … Da war weit und breit keine Frau, sondern … der Walser! Und können Sie sich vorstellen, wie? Ohne Hose. Der stand in der Tür ohne Hose.«

»Walser? Ist das nicht Ihr Mathelehrer?«

»Exakt! Das ist ja der Punkt. Deshalb wussten wir auch erst nicht, ob wir das erzählen sollten. Der Walser ist nämlich auch unser Trainer im Karate und eigentlich ganz okay …«

Sommerkorn dachte einen Moment nach.

»Moment mal, Sie sagen, Leander wollte sich mit jemandem, der sich im Chat als Frau ausgab, in einem Hotel treffen. Und als er ankam, öffnete Ihr Lehrer die Tür, unbekleidet.«

»Korrekt! Zuerst dachten wir natürlich, die schwule Sau wollte sich an Leander ranmachen … Aber dann hat Walser mit Leander gesprochen und ihm gesagt, dass er verarscht worden sei von einer Frau, mit der er sich, na ja, verabredet habe.« Sven grinste.

»Wir wussten eben nicht, was wir von der ganzen Story halten sollten, aber nach allem, was passiert ist, dachten wir, es sei vielleicht das Beste, es Ihnen zu erzählen.«

»In welchem Hotel soll das stattgefunden haben?«

Die beiden sahen einander an. »Was hat Matti nochmal gesagt, wie der Puff hieß?«

Sven zuckte die Achseln. »Ich weiß nicht mehr, irgendwas mit Rosen oder so.«

»Wann hat Leander Ihnen diese Story erzählt?«

»Er hat sie uns gar nicht erzählt. Er hat sie Matti erzählt. Eben deshalb sind wir ja da. Weil Matti jetzt verschwunden ist.«

☺

Heute hat ER gesagt, wir müssten weitermachen. Es gäbe so viel zu tun. Ich hoffe, er meint damit eine neue Flugblattaktion. Ich werde nie wieder bei einer Aktion mitmachen, die einem Menschen schadet. Seit dem Vorfall sprechen sie nicht offen mit mir. Irgendwas ist anders.

Höhenluft

Medien berichteten mehrfach über Gewalt gegenüber Obdachlosen. Eine offizielle Statistik über Gewalt gegen Obdachlose wird in der Bundesrepublik Deutschland nicht geführt. Eine Auswertung der gemeldeten Straftaten zeigt, dass es sich bei den Tätern oftmals um kleine Gruppen von Jugendlichen mit rechtsextremem Hintergrund handelt (...) Aufgrund von öffentlicher Kritik werden seit dem Jahr 2001 offiziell die Übergriffe gegen Obdachlose als Politisch motivierte Kriminalität und Hasskriminalität gewertet.

(Wikipedia, die freie Enzyklopädie,
über die Obdachlosendiskriminierung, 26. 4. 2010)

Der Tag war grau und unfreundlich. Ein Wetter wie aus dem Waschwassertrog. Marie konnte es immer noch nicht fassen, was sie hier tat. Sie lag bäuchlings auf einem Rollbrett und führte Trockenübungen durch. Sie würde durch die Luft donnern, mit hundertachtzig Stundenkilometern auf die Erde zustürzen. Nein, nein, nein, so weit brauchte es ja nicht zu kommen. So weit würde es auf keinen Fall kommen!

»Okay«, sagte Stella. Sie war fit, motiviert und durchtrainiert und tat ein paar federnde Schritte auf das Flugzeug zu, das mit geöffneter Tür in der Halle stand. »Jetzt gehen wir alle Übungen von Level eins nochmal durch. Mit der rechten Hand haltet ihr euch außen am Türrahmen fest. Mit der linken innen. Ihr stellt den rechten Fuß raus aufs Absprungbrett, dann den linken. Dann lasst ihr den rechten Fuß baumeln. Ihr macht den Hotel-Check, also erst schaut ihr den inneren Lehrer an, sagt ›Check-in‹ und wartet, bis er sein Okay gibt.«

»Was ist, wenn wir das vergessen und einfach springen?« Hartmut, einer der drei Kursteilnehmer.

»Das solltet ihr nicht tun … Aber wenn's denn passiert … Wir sind drauf vorbereitet. Dann dreht ihr das Gesicht zum äußeren Lehrer, sagt ›Check-out‹, lehnt euch leicht raus, macht ein Hohlkreuz und seht zum Propeller vor. Und dann …« Sie machte eine Pause und sah Marie erwartungsvoll an.

»Dann gehe ich hoch, runter, mache einen Schritt zur Seite, bin draußen. Nehme sofort die Box-Position ein.«

»Können wir mal 'ne Kaffeepause machen?« Bernd, der Manager, dessen Handy andauernd klingelte.

»Klar.« Stella warf ihm einen nüchternen Blick zu. »Wir sind jetzt sowieso durch.« Sie wandte sich ab und steuerte auf die Kaffeemaschine zu.

»Möchtest du auch einen?«, fragte sie Marie.

»Ja, gern.« Marie nickte.

Stella reichte ihr den Becher.

»So wie's aussieht, können wir gleich den ersten Sprung machen.«

»Oh.« Heute schon. Das hatte Marie nicht erwartet.

»Ich spreche mal mit Ron, das ist unser Pilot.« Sie winkte zwei Männern zu, die sich in Bewegung setzten und nun auf sie zukamen.

»Hi! Ich bin Jojo«, sagte ein bezopfter Riese, der aussah, als sei die Hauptrolle in *Highlander* eigentlich ihm angedacht gewesen. Der andere, ein blond gelockter Typ mit Sommersprossen, lächelte breit. »Ich bin Ron.«

»Ron ist Absetzpilot, AFF-Lehrer und Tandemmaster. Jojo ist Tandemmaster und AFF-Coach, und der zweite Lehrer, der dafür sorgt, dass ihr sicher unten ankommt.«

Stella und Jojo sahen einander an. Ziemlich lange, fand Marie.

»Ich bin Marie. Freut mich ...« Marie lächelte starr und versuchte, sich vorzustellen, wie es ist, in viertausend Metern Höhe aus einem Flugzeug zu springen. Der ganze Plan war absurd. Bisher war es ihr noch nicht einmal gelungen, ein persönliches Wort mit Stella zu wechseln. Vielleicht wäre es wirklich besser, gleich wieder nach Hause zu fahren und die ganze Angelegenheit zu vergessen.

*

Es war kurz vor halb acht Uhr an diesem Dienstagmorgen. Die Wolken hatten sich zu einem müden Gastspiel entschlossen, und einzelne Schneeflocken taumelten im Scheinwerferlicht der Autos und Lastwagen auf die Bundesstraße 31.

Ein Anruf in der Schule hatte ergeben, dass Oberstudienrat Walser heute um kurz nach neun zum Unterricht erscheinen würde. Und so hatten Sommerkorn und Barbara entschieden, ihm zuvor zu Hause einen Besuch abzustatten.

Ansonsten war die Suche nach Matthias Wölfle im großen Stil angelaufen. An den Bushaltestellen hingen inzwischen Plakate, in der *Schwäbischen Zeitung* und im *Südkurier* waren Aufrufe an die Bevölkerung ergangen, mit einem Foto und einer genauen Beschreibung der Kleidung, die Matthias Wölfle am Nachmittag seines Verschwindens getragen hatte. Natürlich gab es immer noch eine geringe

Chance, dass der Junge einfach – aus welchem Grund auch immer – abgetaucht war und vielleicht, ehe man sich's versah, wieder erscheinen würde. Wenngleich Sommerkorn nicht daran glaubte. Noch im Krankenhaus hatte er Frau Wölfle den aufgezeichneten Anruf auf seiner Mobilbox vorgespielt, und sie war sofort sicher gewesen, dass die Stimme des Jungen, der Sommerkorn um eine Unterredung gebeten hatte, die ihres Sohnes war.

Walser wohnte, wie sie im Sekretariat des Gymnasiums erfahren hatten, mit Frau und Tochter in einem Einfamilienhaus in Kressbronn. Barbara, die am Steuer des Dienstwagens saß, nervös aufs Lenkrad trommelte und sich zum wiederholten Mal in eine Gegend wünschte, in der die Straßen frei waren, merkte nicht, dass Sommerkorn einen verkrampften Gesichtsausdruck hatte, als sie ausscherte, in den dritten Gang zurückschaltete und mit röhrendem Motor an einem LKW vorbeizog.

»Wir müssen doch sowieso gleich abbiegen.« Sommerkorns Einwand klang zögerlich, er wusste, dass Barbara Bemerkungen zu ihrem Fahrstil nicht sonderlich schätzte. Er nahm sich vor, später einen Vorwand hervorzukramen, der es ihm ermöglichte, auf der Rückfahrt den Platz hinter dem Steuer einzunehmen.

»Was ist los?«, fragte Barbara, überholte einen letzten LKW und schaffte es gerade noch, die Abfahrt nach Kressbronn zu nehmen. Am Kreisverkehr mit den Kressbronner Landmusikanten – wie Sommerkorn sie bei sich nannte –, die wohl in Anlehnung an die städtischen Bremer Vorbilder geschaffen worden waren, nahm sie die erste Ausfahrt, und beim nächsten Kreisverkehr, dem mit dem Kretzerhetzer, einem Boot, umgeben von Schilf, fuhr sie so schneidig in die Kurve, dass Sommerkorn fest gegen die Tür gepresst wurde.

Vielleicht hat sie Ärger mit Thomas, dem Aalglatten,

dachte Sommerkorn und schluckte ein paar Verwünschungen an den geschniegelten Jungingenieur hinunter. Sommerkorns Meinung nach war diese Beziehung ohnehin dem Untergang geweiht.

»Du weißt schon, dass die Bußgelder auch nicht mehr das sind, was sie mal waren«, unternahm Sommerkorn einen lahmen Versuch, als Barbara am *Lidl* scharf herunterbremste und nach rechts abbog.

»So. Hier muss es irgendwo sein«, sagte sie, ohne auf die Bemerkung ihres Vorgesetzten einzugehen.

Das Wohngebiet, das am Ortsrand von Kressbronn in den letzten Jahren entstanden war, bestand zum Großteil aus Doppelhaushälften oder Einfamilienhäusern im Stil der Zeit, wie Sommerkorn die Häuser auf ihren handtuchgroßen Grundstücken nannte. Man konnte um das eigene, frei stehende *Anwesen* herumgehen, was den Eigentümern hier besonders wichtig zu sein schien. Vorausgesetzt natürlich, man presste die Arme eng an den Körper.

Auch Walsers Haus war ein solches Exemplar. Bevor sie ausstiegen, betrachteten sie das Gebäude einen Moment lang im Schein der Straßenlaterne. Es unterschied sich durch nichts von den anderen Häusern der Siedlung. Auch dieses Grundstück war klein, das Haus wenn nicht neu, so doch neuwertig, akkurat. Langweilig, dachte Sommerkorn. Grauenhaft. Nie wieder wollte er so leben, eingekerkert in diese quadratische Enge. Er wusste, was sich hinter diesen säuberlichen Fassaden, den Kaffeehausgardinen, den Kränzen an den Haustüren verbergen konnte – oder verbarg.

Vor nicht allzu langer Zeit hatte auch er in einem Neubaugebiet gewohnt. Bis es zuerst mit Arlene und dann mit ihrer Ehe immer weiter bergab gegangen war, bis sich alles aufgelöst hatte. Und nun, im Nachhinein, mit dem Abstand von einigen Jahren, konnte er es Arlene gar nicht mehr verdenken, dass sie sich dort nie wohlgefühlt hatte. Er selbst hatte es ja auch nicht getan. Eigentlich hatte sich seine Ehe auch nicht aufgelöst, ach was, das war ein viel zu sanftes Wort für das, was geschehen war: Ihre Beziehung zerbarst, viele Male, in vielen hässlichen Explosionen zerbarst ihr Leben, ihre Dreisamkeit. Unerträglich hatte er die mitfühlenden Worte, echt oder unecht, derer gefunden, die in dieser Enge, dieser Unmittelbarkeit alles mit angesehen hatten. Die Zaungäste, die sich, ganz ehrlich gesprochen, nicht sehr hatten anstrengen müssen, das private Familiendrama der Sommerkorns mit anzusehen. Die Enge in diesem Haus war so groß gewesen, der räumliche Abstand zu den Nachbarn so gering, dass sie ihnen buchstäblich in den Suppentopf hatten schauen können. Nein – Sommerkorn machte eine abrupte Bewegung und spürte Barbaras überraschten Blick von der Seite. Diese Unkrautzupfer-Mentalität war nichts für ihn. Und wenn er je wieder umziehen würde, so niemals in einen Häuslebauerpfuhl.

»... siehst irgendwie angesäuert aus.« Barbaras Stimme drang an sein Ohr.

Er ignorierte ihre Bemerkung und drückte den Klingelknopf. Die Haustür wurde fast unmittelbar von einer kräftigen kleinen Frau geöffnet, die sie mit wachen, ja, wachsamen braunen Augen musterte.

»Ja?« Ihr Blick, der zwischen Sommerkorn und Barbara hin- und herwanderte, verriet ein tief sitzendes, wahrscheinlich angeborenes Misstrauen.

Sommerkorn und Barbara hielten ihr vorschriftsmäßig die Auweise hin.

»Frau Walser? Wir hätten gerne Ihren Mann gesprochen.«

Einen Moment lang schien sie zu zögern, ihr Blick huschte an Sommerkorn vorbei, tastete kurz die Straße hinter seinem Rücken ab. Sie wägt ab, kam es Sommerkorn in den Sinn, zwischen der Unnannehmlichkeit, die Polizei im Haus zu haben, und den Augen im Hintergrund, die hinter den Gardinen lauern, dachte er boshaft und unterdrückte ein Grinsen.

»Worum geht's denn?«

»Wir müssen Ihrem Mann ein paar Fragen stellen, im Zusammenhang mit Leander Martìns Tod.«

»So?« Erneut dieser Blick, mit dem sie die Straße abtastete, dann gab sie widerwillig ihren Posten in der Tür frei und trat beiseite.

»Ich hol ihn.«

Frau Walser ließ die beiden im Flur stehen und stampfte energisch die Treppe nach oben. Sommerkorn nutzte ihre Abwesenheit, sich umzusehen. Mit untrüglichem Instinkt erkannte er, dass in diesem Haus alles seinen Platz hatte. Die hier herrschende Ordnung würde sich in den Schränken fortsetzten, da war sich Sommerkorn sicher. Hinter der Tür zu seiner Rechten würde sich eine schicke und praktische Einbauküche verbergen – er tippte auf Weiß, Hochglanz mit einer Arbeitsplatte aus Echtholz, Buche mit abgerundetem Kantenprofil, auf der eine dieser vollautomatischen Kaffeemaschinen stehen würde, die auf Knopfdruck Kaffee produzierten, den er, Sommerkorn, in den meisten Fällen grauenvoll fand. Er selbst war vor nicht allzu langer Zeit wieder zum Aufbrühen des Kaffees mit einem Handfilter übergegangen.

Auf einmal hörten sie Schritte auf der Steintreppe, polierter Granit, und wenig später stand der Lehrer vor ihnen.

Wie Sommerkorn durch einen Seitenblick feststellte, reagierte Barbara genauso überrascht, wie er selbst einige Tage zuvor auf Walser reagiert hatte. Er entspricht so gar nicht dem Bild eines Oberstudienrats für Mathematik und

Physik, dachte er. Walser war mittelgroß, athletisch, hatte braunes, leicht gelocktes Haar und trug ein rosafarbenes Poloshirt von Lacoste. Sein Teint ließ in dieser lichtarmen Zeit darauf schließen, dass er regelmäßig ein Sonnenstudio aufsuchte. Seine Augen blitzten blau aus dem gebräunten Gesicht und das leicht fliehende Kinn zierte ein sorgfältig gestutzter Bart – einer von der Sorte, mit dem man sich täglich auseinandersetzen musste, wollte man ihn so bewahren, wie er war.

Walser gab ihnen die Hand und ging dann voraus ins Wohnzimmer. Wenn Sommerkorn mit den Jahren eine Aversion gegen etwas entwickelt hatte, dann waren es: geflieste Wohnzimmer. Auch ich habe mal in so einem Schwimmbad ferngesehen, dachte er und stellte nach einem zweiten Blick fest, dass das auch die einzige Ähnlichkeit blieb zwischen seinem ehemaligen Familienwohnsitz und diesem völlig in Creme gehaltenen Raum.

Walser forderte sie mit einer Geste auf, sich zu setzen.

»Wie kann ich Ihnen helfen?« Er hatte auf einem Sessel Sommerkorn gegenüber Platz genommen, seine Arme ruhten locker auf den Lehnen, die Hände hingen lose hinunter. »Ist Matthias Wölfle wiederaufgetaucht?«

Bevor Sommerkorn zu einer Erwiderung ansetzte, musterte er den Mann kurz und dachte an den Verdacht, der geäußert worden war. Was war dran an der Erzählung, dieser Mann habe in einer Hotelzimmertür halbnackt vor Leander Martìn gestanden?

»Kennen Sie den *Rosenhof* in Bregenz?«, fragte Sommerkorn.

Das eben noch zur Schau getragene Lächeln jovialer Bereitschaft sackte ein wenig tiefer, und Sommerkorn meinte im Blick des Lehrers ein Flackern zu erkennen.

Walser räusperte sich und seine Hände zitterten, als er sagte: »Nein. Ist mir nicht bekannt.«

Barbara wiederholte Sommerkorns Frage: »Sie kennen den *Rosenhof* in Bregenz also nicht?«

»N... nein.« Nicht mehr ganz so überzeugend.

»Es gibt Zeugen, die behaupten, Sie dort am zehnten November gesehen zu haben.«

Von der Tür her hörten sie ein Rascheln, dann Schritte. Frau Walser betrat den Raum und blieb neben dem Esstisch stehen. Walsers Gesichtsfarbe hatte inzwischen von Braun zu Rotbraun gewechselt, seine Ohren leuchteten.

»W... wer sagt denn das?«

»Das spielt zunächst keine Rolle. Diese Zeugen behaupten, dass Leander Martìn Sie einige Tage vor seinem Tod in diesem Hotel gesehen hat.«

»Das ist eine glatte Lüge«, stieß Walser aus, und Sommerkorn fand, dass der Mann selbst viel schlechter log.

»Wir gehen im Moment jeder Spur nach und sammeln alle Informationen, die wir bekommen können. Selbstverständlich müssen wir auch diesem Hinweis nachgehen. Vielleicht erinnern Sie sich noch, wo Sie an jenem Abend waren?«

Walser schnaubte sichtlich genervt. »Sie sind gut! Erinnern Sie sich denn noch, wo Sie an dem Abend waren?«

»Vielleicht haben Sie etwas in Ihrem Kalender eingetragen, das weiterhilft?«

Einen Augenblick herrschte absolute Stille im Raum, von draußen hörte man ein Scheppern, dann erklang Frau Walsers Stimme schräg hinter ihnen.

»Aber das war doch ein Dienstag. Da gehst du doch nach der Mittagsschule immer gleich zum Tennis. Und dann mit Jan noch einen trinken.«

Die kleine Frau hat offenbar ein besseres Gedächtnis als ihr Ehemann und in der Beziehung sicher die Hosen an, dachte Sommerkorn.

Walser, der sich zu seiner Frau umgedreht hatte und

diese wortlos betrachtete, wandte sich wieder um und starrte verbissen vor sich hin. Ein Schweißfilm hatte sich auf seiner Oberlippe gebildet, und auch seine Stirn glänzte leicht im Licht, das durch die Fenster fiel.

»Am zehnten November waren Sie also beim Tennis, wo?«

»In Langenargen.«

»Wir müssen Ihr Alibi natürlich überprüfen. Wie lange waren Sie beim Tennis?«

»Ich gehe nach der Mittagsschule direkt dorthin. Das Training geht von sieben bis halb neun.«

»Und dann sind Sie noch mit jemandem etwas trinken gegangen?«

»Ja – das heißt, ich weiß nicht, ob an diesem speziellen Abend auch. Ich erinnere mich nicht genau.«

»Aber das lässt sich doch klären«, beruhigte Barbara ihn. »Geben Sie uns einfach den Namen und die Telefonnummer Ihres Freundes, wir klären das dann ab.«

Walser räusperte sich: »Jan Bentele.« Er nannte die Nummer mit einem Ausdruck wachsender Resignation.

»Aber ich gehe nicht immer mit ihm was trinken. Vielleicht war ich an diesem Abend auch alleine in meiner Stammkneipe.«

»Um welche Uhrzeit waren Sie wieder zu Hause?«

Walser blickte hilfesuchend seine Frau an, die ihn ihrerseits zu durchbohren schien.

»Wie immer um elf«, sagte sie scharf.

»Und wo waren Sie am Freitagabend zwischen achtzehn und zweiundzwanzig Uhr?«

»Wie ... Warum wollen Sie das denn nun wissen?«

»Beantworten Sie bitte meine Frage.«

»Am Freitag war ich bei einem Lehrerstammtisch. Ich bin um kurz nach sechs von zu Hause losgefahren, nach Gießenbrücke, wenn Sie wissen, wo das ist. Dort treffen wir uns alle vier bis sechs Wochen. Ich kam da um kurz nach sechs an, es ist ja nicht weit.«

»Und wie lange sind Sie geblieben?«

Walser blies die Backen auf, Sommerkorn fixierte ihn und dachte, dass er wie ein Hamster aussah.

»Bis kurz nach elf.«

»Wie heißen die Kollegen, mit denen Sie zusammen waren?«

Walser sah von Barbara zu Sommerkorn, er zögerte kurz.

»Muss das sein, dass Sie die alle da mit hineinziehen?«

»Ja.«

Walser nannte fünf Namen und lehnte sich dann in seinem Sessel zurück.

Als Sommerkorn und Barbara wenig später wieder im Auto saßen – diesmal war Sommerkorn hinter dem Steuer –, sprach Barbara das aus, was beide dachten: »Für Freitagabend scheint er aus dem Schneider zu sein.«

»Ja. Er klang sehr sicher. Ich glaube nicht, dass es da was zu rütteln gibt.«

»Hm«, brummte Barbara und sah aus dem Fenster.

»Aber was die andere Sache angeht. Ich glaube, da lohnt es sich, ein wenig nachzubohren.«

☺

Heute haben sie mir gesagt, dass jeder einen Vertrauensbeweis antreten muss. Jeder soll etwas tun, um der Gruppe seine Treue und bedingungslose Hingabe zu zeigen. Vielleicht wird dann alles wieder gut. Wenn ich ihnen zeigen kann, dass ich einer von ihnen bin.

*

»Das ist Eva. Sie wohnt in der Wohnung neben mir.«

Stella zeigte auf eine blonde Frau, die über einen Fallschirm gebeugt dastand und mit konzentrierten Bewegungen geheimnisvolle Verrichtungen vornahm. Um Eva herum tanzte die kleine Cheyenne, Stellas und Eriks Tochter, die festes Mitglied der Fallschirmspringerclique zu sein schien.

»Sie ist Packwart und Coach und hat so viele Sprünge, dass sie aufgehört hat zu zählen. Hey, Eva!«

Stella lachte. Eva hatte ihre Tätigkeit unterbrochen und schaute zu ihnen herüber. Einen Moment lang sah sie Marie fragend an, machte dann einen großen Schritt über ihren Schirm hinweg und ging langsam auf die beiden zu. Die kleine Cheyenne zupfte Eva am Pullover, aber diese hielt ihren Blick konzentriert auf Marie.

»Ich wollte dir Marie vorstellen, ich hab dir doch von ihr erzählt. Sie war gestern bei mir im Laden.«

Eva nickte und streckte die rechte Hand aus, Marie ergriff sie und dachte im selben Moment: Was für eine hübsche Frau. So zierlich und grazil. Man kann sich kaum vorstellen, dass sie mit einem Fallschirm auf dem Rücken aus einem Flugzeug springt.

In der Tat sah Eva eher aus wie eine Tänzerin. Ihr Haar war in der Mitte gescheitelt, und sie hatte es im Nacken zu einem Knoten geschlungen. Sie trug weder Make-up noch Mascara, aber ihre Brauen und Wimpern waren so dicht und ihre Haut so zart und rosig, dass das auch nicht nötig war.

»Hey, Marie, freut mich, dass du auch dabei bist.«

Cheyenne zupfte wieder an Evas Pullover und sagte: »Bitte«. Eva griff in ihre Tasche, zog ein Bonbon hervor und reichte es dem Mädchen, ohne Marie aus den Augen zu lassen. So, als versuchte sie, Marie irgendwie einzuordnen. War sie etwa auch auf der Trauerfeier?, schoss es

Marie durch den Kopf. Vielleicht erinnert sie sich an mich! Marie bemühte sich, entspannt auszusehen, sie lächelte Stella und die kleine Cheyenne an. Auf einmal verschwand der verhaltene Ausdruck in Evas Blick, und sie erwiderte Maries Lächeln. Marie wurde ganz heiß vor Erleichterung. Doch gleich darauf tauchte wieder eine Stimme in ihr auf, ihr schlechtes Gewissen. Sie drang hier unter Vorspiegelung falscher Tatsachen ein und heuchelte ein Interesse, das sie gar nicht besaß.

»Und du machst jetzt deinen ersten Sprung?«, fragte Eva.

»Na ja, ich probier's …« Marie versuchte zu lächeln.

»Bist du schon mal gesprungen?«

»Einen Tandem-Sprung habe ich hinter mir.« Der Schneeball, aus dem eine Lawine wird, dachte Marie und fragte sich, bei welchen Lügen sie am Ende dieses Kurses angelangt sein würde.

»Gut. Wenn dich das nicht abgeschreckt hat, dann ist's was für dich. Lass dich übrigens von den Jungs nicht irritieren. Wir sind hier manchmal ein rauhes Völkchen.«

»Ach ja?«, fragte Marie verunsichert, die sich unter einem *rauhen Völkchen* nichts anderes als Grobiane und Säufer vorstellte. Proleten. Ihr Blick glitt über eine Pinnwand, auf der ein paar Ansichtskarten hingen. Auf einer war eine barbusige Frau zu sehen, die eine Eiswaffel zwischen ihre Brüste geklemmt hatte und daran leckte.

Stella folgte Maries Blick und lächelte entschuldigend: »Ich hab die nicht aufgehängt.« Sie blinzelte Marie zu. »Aber sonst sind sie gar nicht so … Würd mal sagen, hart, aber herzlich wäre das passende Motto.«

Marie lachte. Künstlich, wie sie fand. Eigentlich ist mir gar nicht zum Lachen zumute, dachte sie und sah sich um. Hier und da waren Springer mit dem Packen ihrer Schirme beschäftigt, Ron, der Lockenengel, machte sich am Flugzeug zu schaffen, eine Gruppe von drei Leuten stand vor einem Bildschirm, auf dem Springer in der Luft zu sehen waren, die sich an den Händen fassten und einen Stern bildeten.

»Die springen am Sonntag Formation«, erklärte Stella.

Marie nickte. Plötzlich hatte sie richtig Angst.

Eva hatte sich wieder ihrem Schirm zugewandt und Stella verschwand mit einem »Bin gleich wieder da« in einer Art Büro, das von der Halle abgetrennt war.

Maries Blick wanderte zurück zu den Formationsspringern vor dem Videobildschirm, die sich angeregt gestikulierend unterhielten. Maries Unbehagen wuchs zunehmend. Sie schluckte, und ihr Mund fühlte sich trocken an. Eine Stimme in ihr meldete sich zu Wort und raunte: Geh nach Hause, stell dich an deine Staffelei, male, beschäftige dich mit den Kleinen, verdammt nochmal, und lass diese Verrückten hier allein aus Flugzeugen springen. Was glaubst du, wer du bist, eine schwäbische Miss Marple? Und was glaubst du denn herausfinden zu können, was die Polizei nicht hat in Erfahrung bringen können? Aber dann tauchte ein anderes, ein unangenehmeres Bild vor ihr auf. Paula von hinten, in einen Korbsessel gekauert, das Haar am Hinterkopf plattgedrückt, ihr Kopf so klein, die Schultern so schmal. Aber das Schlimmste war, dass sie sich nicht regte, dass sie ganz still dasaß, den Blick geradeaus ins Leere gerichtet. Verdammt nochmal, dachte Marie und richtete sich auf, sie stand ganz gerade. Du bist nicht zum Vergnügen hier. Das Einzige, was zählt, ist dein Ziel. Wenn du beweisen kannst, dass es kein zweites Leben gegeben hat, wenn du beweisen kannst, dass es nur Paula für ihn gegeben hat … Aber konnte man so etwas überhaupt *beweisen*?

Sie linste hinüber zu dem Bürokasten, in dem Stella verschwunden war, und sah sie mit einer anderen Frau sprechen, einer mageren Blondierten mit eckiger Brille.

Sie musste ihre Zurückhaltung überwinden und endlich in die Offensive gehen, natürlich geschickt, aber sie durfte keine Zeit mehr verlieren. Immerhin gab es auch noch die Möglichkeit, mit ihrer Befragung bei den anderen anzufangen, vielleicht bei Jojo und Ron. Mal sehen, was die zu sagen hatten. Niemand hatte jedenfalls auch nur angedeutet, dass es hier vor kurzem einen Sprung mit tödlichem Ausgang gegeben hatte.

*

Walsers Alibi für den Freitagabend entpuppte sich tatsächlich als wasserdicht. Und der Anruf beim Tennisclub Langenargen bestätigte, dass Walser am zehnten November wie angegeben sein Training absolviert hatte. Die Nachfrage bei Jan Bentele, ob die beiden an dem Abend wie gewöhnlich auf ein Glas in ihrer Stammkneipe, dem *Bach*, eingekehrt waren, ergab jedoch, dass die Verabredung nicht stattgefunden hatte, da Walser das Treffen kurzfristig abgesagt hatte. Den Grund dafür konnte Bentele nicht mit Sicherheit nennen, meinte aber sich zu erinnern, dass Walser die längst überfällige Korrektur von Klassenarbeiten angegeben hatte.

Der Kollege von der Bregenzer Gendarmerie – ein Beamter mit dem saftigen Namen Heinz Fleisch –, den Sommerkorn bereits von früher her kannte und bei dem sie im Fall Leander Martìn um Amtshilfe ersucht hatten, erwartete sie bereits vor dem Hotel. Heinz Fleisch, ein behäbiger und gutmütiger Mann in den Vierzigern, nickte Barbara und Sommerkorn zu und betrat vor den beiden den *Rosenhof*, der etwas außerhalb, an der Straße nach Deutschland, lag. Sowohl das Hotel als auch das Viertel hatten vermutlich schon bessere Zeiten gesehen. Heinz

Fleisch hielt Barbara die Glastür auf und steuerte direkt auf die Rezeption zu, die nicht besetzt war. An der Wand hinter dem Tresen hingen Plakate der Bregenzer Festspiele, manche von ihnen verblasst mit aufgerollten Ecken. In einem Ständer rechts an der Wand warben Prospekte für die Pfänderbahn, die Sommerrodelbahn im Bregenzer Wald, die Karrenseilbahn und allerlei andere interessante Ausflugsziele. Ob das Klientel dieses Hotels sich für all das interessiert, sei dahingestellt, dachte Sommerkorn. Außerdem passte dieser Ort nicht zu dem gepflegten Walser im rosa Lacoste-Shirt.

Sie warteten eine Minute, sahen sich etwas verstohlen um, bis es Heinz Fleisch zu dumm wurde und er eine altmodische Messingglocke, die auf dem Tresen stand, betätigte. Ein heller Klang hallte in dem halbdunklen Raum wider und stand in vornehmem Gegensatz zu der muffigen Umgebung. Zwei Sekunden später tat sich eine Tür auf und ein etwa dreißigjähriger Mann in Hemd und – was die drei Kriminalbeamten überraschte – Krawatte und Weste erschien mit einer großen Tasse in der Hand. Die Tasse war schwarz und trug die Aufschrift ›Gothic Family‹, und ein zweiter Blick zeigte, dass Hemd und Weste im selben gruftigen Stil wie die Tasse gehalten waren. Unauffällig zwar, dennoch eigenartig.

»Bitt schön, die Herrschaften.« Der junge Mann hatte ein glattes, ausdrucksloses Gesicht, auf dem ein desinteressierter, ja fast apathischer Blick lag.

»Landespolizei Vorarlberg.« Heinz Fleisch hielt dem Mann seinen Ausweis hin. »Diese beiden Kollegen aus Deutschland ermitteln in einer Sache, bei der sich einige Fragen ergeben haben, die Sie eventuell beantworten können.«

Der Mann hinter dem Tresen antwortete mit einem Wiener Akzent: »Ich mache hier nur die Nachtschicht.« Er sprach langsam und dehnte die Vokale.

»Es geht um einen Gast, der hier am zehnten November ein Zimmer gebucht haben soll, Manfred Walser. Können Sie bitte mal nachschauen?«

Der Mann tippte auf der Tastatur, das Radio im Hintergrund plärrte ›Reif für die Insel‹.

»Am zehnten, sagn Sie?«

»Ja. Walser, Manfred.«

Der Mann tat noch ein paar Tastenschläge und sagte mit völlig ausdrucksloser Miene: »Joooderwordo.«

»Bitte?«, fragte Barbara irritiert. Immerhin war sie erst vor fünf Jahren von Köln an den See gezogen und hatte sich sprachlich noch nicht völlig an die dialektale Vielfalt des Dreiländerecks gewöhnt.

»Ja. Der. War. Da«, wiederholte der Mann. Sommerkorn grinste.

»Das ist ja fast zu schön, um wahr zu sein«, erwiderte Barbara jetzt.

»Die Reservierung ist online eingegangen, und der Mann hat das Zimmer bar bezahlt.«

»Erinnern Sie sich an den Gast?«, fragte Sommerkorn.

Der Mann hob seine müden Lider vom Bildschirm und heftete seinen Blick auf Sommerkorn.

»Na ja …«

Zähfließender Verkehr ist nichts gegen den, dachte Sommerkorn.

»Können Sie ihn beschreiben?«

»Wenn's der ist, an den ich denke. Er hatte kurze braune Haare und einen Bart. Mittelgroß, würde ich sagen. Trug eine braune Lederjoppe.«

»Kam er allein?«

Ein hintergründiges Lächeln öffnete sich auf dem blassen Gesicht des Mannes und ließ seine Gedanken erahnen.

»Zuerst schon.«

»Zuerst?«

»Ja, als er ankam.«

»Und dann? Hat er Besuch bekommen?«

»Als er ankam, sagte er, es würde noch jemand kommen. Das war alles. Ein wenig verhalten kam er mir da vor. Aber dann hab ich verstanden, warum.«

»Ja?«

»Ja. Irgendwann ist dann so ein junger Bursche gekommen, wollte hier einfach so durchmarschieren. Und da hab ich ihn gefragt, wo er denn hinwolle.«

»Und? Wo wollte er hin?«, fragte Barbara und versuchte mühsam, ihre Ungeduld zu unterdrücken.

»Auf Zimmer 112. Und er meinte, er werde dort erwartet. Ich fragte, ob ich für ihn anrufen solle, aber das wollte er nicht.«

»Und da ist der junge Mann dann auf Zimmer 112 gegangen? Können Sie ihn beschreiben?«

»Gut hat er ausgesehen, blass, groß, schlank, und er hatte blondes Haar.«

»War es dieser junge Mann?«

Als Sommerkorn das Foto aus seiner Manteltasche zog und es dem Mann hinhielt, nickte dieser. »Ja.«

»Der Gast, Walser, der das Zimmer reserviert und bezahlt hat, ist er das?«

Sommerkorn zeigte ihm das andere Foto. Und der Mann hinter dem Tresen nickte erneut. »Ja, das ist er.«

Sommerkorn und Barbara wechselten einen kurzen Blick.

»Um noch einmal darauf zurückzukommen: Der junge Mann ist dann also auf Zimmer 112 gegangen?«, fragte Barbara.

Der Mann nickte. »Zuerst schon. Aber der war so schnell wieder hier unten, so schnell hab ich gar nicht schauen können. Regelrecht rausgerannt ist er, als wenn der Deiwel hinter ihm hergewesen wär.«

☺

Unsere Städte versinken immer tiefer im Morast, wenn wir nicht endlich etwas tun. Sagt ER. Unten am Hafenbahnhof lungern Besoffene herum, an der Konzertmuschel am See, am Bahnhof. Bald werden es noch mehr sein. Wenn wir nicht Einhalt gebieten.

*

»Wer von euch dreien will denn zuerst springen?«

Ron blickte fragend von Hartmut zu Bernd, dann zu Marie. Marie zuckte die Achseln und lächelte. Wenn sie jetzt sofort verzichtete, würde sie nur unnötig Verdacht erregen. Schließlich glaubten alle, sie sei hier, weil sie Fallschirmspringen wollte.

Hartmut zog eine Streichholzschachtel aus der Hosentasche, brach ein Streichholz ab und ließ erst Marie, dann Bernd ziehen. Bernd hatte das kürzere gezogen. Er würde also bis zum nächsten Flug warten müssen, denn es konnten immer nur zwei springen.

Fünf Minuten später reichte Jojo Marie den Overall, ein hellblau und weinrot gemustertes Ding, sowie den Höhenmesser und die Brille.

Marie begann den Overall über ihre Jogginghose zu ziehen und legte sich den Höhenmesser um die Hand. Sie kontrollierte, ob er auf null stand. Jojo lächelte ihr zu, ganz lässig. Was für ein Typ, dachte sie, ein Riese, breitschultrig. Sie blickte hinüber zu Hartmut, der bereits mit dem Anlegen des Gurtes beschäftigt war. Jetzt oder nie, dachte sie und hob an: »Sag mal … Ich hab da was gehört. Dass hier vor kurzem ein Fallschirmspringer umgekommen ist. Stimmt das?«

Jojos Gesichtsausdruck verfinsterte sich. »Stimmt.«

»Aber …« Marie zögerte. Sie stieg in ihren Gurt und

versuchte gleichgültig auszusehen. »Wie ist denn das passiert?«

Jojo sah sich kurz um. »Wir sind eigentlich nicht scharf darauf, das an die große Glocke zu hängen. Der Mann, der da ums Leben gekommen ist, Erik, war ein sehr erfahrener Springer. Wir können das alle immer noch nicht fassen ...«

Marie zog die Beingurte fest, faltete die Überlängen und steckte sie weg, damit sie ihr nachher bei zweihundert Stundenkilometern keine blauen Flecken schlugen. Dabei betrachtete sie Jojo aus dem Augenwinkel. »Aber ... Wie konnte das dann passieren?«

»Er war unter Strom.«

Marie sah zu Jojo auf, ließ ihren Blick über sein Gesicht gleiten. »Unter Strom? Was meinst du damit?«

»Na ja, er hatte an dem Tag Drogen genommen.«

Marie schloss den Brustgurt. »Aber das ist ja Wahnsinn.«

»Exakt.« Jojo streckte die Hände nach ihrem Brustgurt aus und lockerte ihn wieder ein wenig. Flüchtig lächelte er sie an. »Wenn du ihn so eng machst, behindert er dich in der Box-Position.« Dann griff er nach ihrem Sicherungsautomaten und schaltete ihn ein.

Marie schwieg einen Moment. Sie wollte aber noch nicht lockerlassen. »Aber der Cypres ... Warum ist der Reserveschirm nicht aufgegangen?«

»Irgendwie hatte Erik verpennt, ihn umzustellen. Er war vorher am Mittelmeer springen.«

Marie dachte nach. Wie sollte sie das Gespräch weiterführen, wie auf Erik und sein Privatleben bringen? Mein Gott, wenn sie doch nicht so ungeschickt wäre in diesen Dingen. Sie holte Luft und sagte: »Wie schrecklich für die Angehörigen von ... wie hieß er noch ... Erik.«

Jojo nickte. Dann sagte er langsam, beinahe verhalten: »Ja.«

Marie betrachtete Jojo. Er wirkte bedrückt. Aber da war noch etwas, ein anderes Gefühl, eine Anspannung. Für einen Moment blickte er zu Stella, die über einen Schirm gebeugt dastand. Die kleine Cheyenne hüpfte um sie herum, rief irgendetwas. Sein Blick verdunkelte sich, und Marie fragte sich, woran er jetzt wohl dachte.

Der Kerosingeruch verursachte ihr Übelkeit. Vielleicht war es auch das Wissen, dass es gleich so weit war. Marie ging hinten um das Flugzeug herum, so, wie man es ihr eingebleut hatte. Ron, der Pilot, wartete bereits neben der Maschine. Sie setzte den Helm auf, ein weißes Ding mit integriertem Funkgerät. Der Höhenmesser an ihrer Hand stand auf null. Sie folgte Rons Blick, der auf Stella und auf Cheyenne gerichtet war, die ihrer Mutter einen Kuss auf die Backe gab.

»Niedlich, das Kind«, sagte Marie zu Ron.

Ron lächelte schief. »Ja. Sie ist ein lustiger kleiner Vogel. Unser Maskottchen. Freust du dich auf deinen ersten Sprung?«

Maries Lächeln war etwas unsicher.

»Klar. Deswegen bin ich hier.« Schweigen. Dann sahen die beiden wieder zu Stella und dem Mädchen hinüber. »Alle hier kümmern sich so nett um die Kleine. Besonders jetzt, wo sie's so schwer hat.« Marie hätte am liebsten die Augen zusammengekniffen, so beschämend fand sie ihre eigene Aufdringlichkeit.

»Du weißt davon?« Ron wirkte überrascht.

Marie nickte ernst. Sie versuchte, Anteil nehmend und besorgt auszusehen. »Die arme Kleine. Keinen Vater mehr zu haben.«

Ron kratzte sich am Kopf, er legte die Stirn in Falten und ließ Marie keine Sekunde aus den Augen. Dann wanderte sein Blick zu Stella, die jetzt in der Nähe des Büros stand und mit Jojo sprach. Oder war es ein Streit? Marie sah genauer hin. Auch Jojo trug bereits einen Overall, denn er und Stella würden sie auf ihrem ersten Sprung begleiten, mit ihr zusammen mit zweihundert Stundenkilometern auf die Erde zurasen. Marie schluckte. Worauf hatte sie sich da bloß eingelassen?

»Na ja«, hörte sie Ron plötzlich sagen. Es klang wie ein Seufzen. »So richtig in Depressionen werden die beiden nicht verfallen.«

»Wie meinst du das?«

»Sie hat soeben eine ziemlich fette Lebensversicherung kassiert. Da heilt so mancher Schmerz ziemlich schnell ziemlich narbenfrei.«

»Geld tritt doch bei so was erst mal in den Hintergrund.«

Ron lächelte. Er wirkte ein wenig traurig.

»Dass du so denkst, ehrt dich natürlich. Aber glaub mir, es gibt Frauen, die haben ein etwas anderes Weltbild als du.«

*

Noch am selben Nachmittag fand die Befragung von Oberstudienrat Walser in einem der Vernehmungsräume der Polizeidirektion Friedrichshafen statt. Das Zimmer war fensterlos, auf dem Tisch stand ein Aufnahmegerät. In dem Raum roch es nach neuen Möbeln, ein wenig schal.

Sommerkorn schaltete das Aufnahmegerät ein.

»Sie wissen, weshalb Sie hier sind.«

»N... nein.« Walsers Stimme vibrierte.

»Einer Ihrer Schüler, Leander Martìn, starb eines gewaltsamen Todes. Ein zweiter, der Leander sehr nahestand, wird seit Freitagabend vermisst. Zwei weitere Schüler haben ausgesagt, dass Leander behauptet habe, Sie am Abend des zehnten November im *Rosenhof* in

Zimmer 112 getroffen zu haben. Sie sollen unbekleidet gewesen sein, als Sie ihm die Tür öffneten.«

Walser reagierte nicht.

»Wäre es nicht am einfachsten, Sie würden alles der Reihe nach erzählen? Wir finden es ohnehin heraus. Also: Wie kam es, dass Leander und Sie sich im *Rosenhof* getroffen haben?«

Walser reagierte noch immer nicht.

»Herr Walser, parallel zu dieser Befragung findet eine Haussuchung bei Ihnen in Kressbronn statt, Ihr Wagen wird auch untersucht. Wenn es etwas zu entdecken gibt …«

»Das ist doch alles Quatsch«, fuhr es aus ihm heraus.

»… werden wir es finden«, beendete Sommerkorn betont gelassen seinen Satz.

Wieder Schweigen. Dann seufzte Walser.

»Das war alles ganz anders«, fing er an. »Das müssen Sie mir glauben. Aber meine Frau darf von alledem nichts erfahren!« Schweiß glänzte auf seiner Stirn und auf seiner Nase. Seine Finger, die er vor sich auf der Tischkante liegen hatte, zuckten.

»Natürlich werden wir im Zuge der Ermittlungen diskret vorgehen. Aber versprechen kann ich Ihnen nichts.«

»Wenn sie davon erfährt … Ich wollte mich doch nicht mit Leander Martìn treffen, um Himmels willen, das wäre ja Selbstmord – ein Lehrer, der …«

Sommerkorn schwieg und beobachtete den Mann, der vor ihm saß, genau.

Walser zog ein Taschentuch aus seiner Hosentasche und fuhr sich über Stirn und Nacken.

»Angefangen hatte alles vor ein paar Wochen in meiner Stammkneipe, in die ich nach dem Tennis immer gehe. Ich war mit Jan da, und eine Frau saß an der Bar und hat zu mir herübergesehen. Irgendwann ist Jan gegangen und ich habe noch ein Pils getrunken. Als ich mein Bier fast leer hatte, kam die Frau an meinen Tisch und wir sind miteinander ins Gespräch gekommen. Wir haben uns danach noch einmal getroffen, auf ein Glas, die Woche drauf.«

»Wo?«

»In einer Bar in Lindau.«

»Wie heißt diese Bar?«

»*Nana.*«

»Und dann?«

»Dann hat sie mir ein eindeutiges Angebot gemacht ... Sie wollte mich in einem Hotel treffen und hat mir gesagt, ich solle für den zehnten ein Zimmer – die 112 – reservieren und sie dort erwarten. Ich kann Ihnen sagen, die Frau war ganz schön ...«

»Ja?«

»Scharf ... Sie sagte, sie sei verheiratet und alles müsse sehr diskret sein. Anonym, verstehen Sie?«

»Wie heißt sie?«

»Aber das sagte ich Ihnen doch gerade: Alles fand anonym statt. Ich weiß nicht, wie sie heißt.«

»Aber wenn Sie sich mit ihr getroffen haben, müssen Sie doch wenigstens einen Vornamen haben.«

Walser seufzte etwas verzweifelt und ungeduldig. »Hab ich aber nicht. Zumindest keinen richtigen. Sie sagte zu mir, ich solle sie Tisiphone nennen.«

»Wie?«

»Tisiphone. Ja, das war ein bisschen außergewöhnlich, aber das waren die Spielregeln.«

»Die Spielregeln?«

»Ja, sie legte gewissermaßen die Regeln fest. Sie sagte, sie suche das Außergewöhnliche. Sie sei offen für alles.«

»Und da haben Sie sich mit dieser Frau, deren richtigen Namen Sie nicht kannten, über die Sie überhaupt wenig, fast nichts wussten, im *Rosenhof* in Bregenz verabredet?«

»Herrgott nochmal! Nun tun Sie doch nicht so naiv, schließlich sind Sie Polizist, da wissen Sie doch, wie so etwas funktioniert. Schlagen Sie mal die Zeitung auf, schauen Sie ins Internet. Die Welt ist voll von …« Walser verstummte abrupt.

»Ja?«

»Na ja, die Leute suchen den Kick, und diese anonymen Sexanzeigen sind eine Möglichkeit, sich das zu holen, was man will.« Walsers Gesicht hatte wieder eine unnatürlich rote Färbung angenommen, seine Ohren leuchteten.

»Wie gesagt: Sie wusste, was sie wollte. Sie sah umwerfend aus – und ich wollte es auch. Sie hat mir genaue Instruktionen gegeben, wie sie es sich vorstellte, was ich vorher besorgen sollte, wie ich sie empfangen sollte.«

»Und dann?«

»Ich habe die Zimmertür aufgemacht, und Leander Martìn stand vor mir.«

»Wie sah die Frau aus?«

»Langes rotes Haar. Grüne Augen. Fein geschnittenes Gesicht. Mittelgroß, würde ich sagen.«

»Alter?«

»Vielleicht dreißig? Sie war sehr schön.«

»Der glaubt doch nicht im Ernst, dass wir ihm das abkaufen?«, sagte Barbara eine Stunde später, nachdem sie sich die Aufzeichnung angehört hatte.

Sommerkorn betrachtete schweigend die Kritzeleien auf seinem Notizzettel. Er dachte, dass die Geschichte sich so abenteuerlich anhörte, dass sie fast wahr sein könnte. Aber eben nur fast.

☺

Es war schon dunkel, als wir uns am Bahnhof trafen. Und plötzlich sagten sie: »Heute bist du dran.« »Womit?«, fragte ich, aber sie lachten nur, und ER antwortete: »Das wirst du gleich sehen.«
Wir warteten hinter der Konzertmuschel. Die Zeit wollte nicht vergehen, aber irgendwann war es so weit. »Wir müssen sie uns einzeln vorknöpfen«, sagte Leander. Als nur noch einer dort herumlungerte und auch sonst niemand zu sehen war, sind wir zu ihm hin. »Du«, sagte ER plötzlich zu mir. »Das erledigst du.« »Was soll ich denn tun?«, fragte ich. »Ihm einen Denkzettel verpassen. Damit er für immer von hier verschwindet. Unsere Stadt soll schöner werden«, sagte ER, und dann lachten sie, als wollten sie gleich ersticken.
Der Mann war alt oder einfach nur fertig. Fertig vom Saufen, vom Leben, von allem. Wir haben ihn umzingelt, und er wusste erst gar nicht, wie ihm geschah. Dann sagte ich zu ihm: »Hau ab von hier. Und lass dich hier nicht wieder blicken.« Aber er war schon so blau, dass er mich gar nicht verstand. »Hä?« war alles, was er sagen konnte. Und dann sagte ich zu den anderen: »Der ist doch schon so fertig. Der checkt doch eh nichts mehr.« »Nicht fertig genug«, sagten sie dann und sahen mich auffordernd an. »Was meint ihr damit?« Ich konnt's nicht glauben. »Wir sind nicht zum Quatschen gekommen. Taten, wir wollen Taten sehen. Du bist doch einer von uns«, sagte ER, »oder etwa nicht?« – »Los, zeig's ihm, hau dem Penner eins in die Fresse«, sagten die anderen. Und dann schubsten sie mich gegen den Mann, der sofort umfiel. »Ich kann das nicht«, sagte ich. Dann lachten sie höhnisch und ich habe gemerkt, dass ich niemals einer von ihnen sein würde. Plötzlich ging alles ganz schnell. Ich sah ihre Füße, wie sie auf den Mann eintraten, und ich schrie »Aufhören!« und versuchte, sie wegzustoßen. Aber sie waren wie rasend. Ich bin dann weggerannt, gerannt, so schnell ich konnte. Ich habe den Mann einfach so dort liegen lassen. Habe ihn seinem Schicksal überlassen.

Ich rannte durch die Straßen wie durch einen bösen Traum. Der Mann, die Augen des Mannes, verfolgten mich. Ich weiß nicht mehr, wie lange ich herumirrte, aber irgendwann wählte ich die 110 und sagte: »An der Konzertmuschel liegt ein Mann. Er ist verletzt.«
Nun ist alles aus. Ich weiß, dass nun alles aus ist. Aber ich kann nicht einer von ihnen sein. Und ich will es auch nicht.

*

Sie rollten über die Startbahn, hoben ab, die Wiesen, Bäume, Straßen sanken tiefer. Marie beobachtete ihren Höhenmesser, dreihundert Meter, vierhundert, fünfhundert. Stella gab ihr ein Zeichen. Jetzt durfte sie den Helm absetzen. Das alles hat Erik zigtausendmal mitgemacht, dachte sie plötzlich und war mit einem Mal fassungslos. Wie man das verkraften kann, dachte sie. So etwas. Sie sah sich um, betrachtete Stella, Jojo, Hartmuts Hinterkopf, Hartmuts Sprungtrainer Michi und einen Typen, den alle nur *Easy* nannten. Sie registrierte die Stille, die auf einmal herrschte, die Gesichter, die plötzlich ernst waren.

Heute Abend sehe ich Sommerkorn, fiel Marie ein. Wenn ich dann noch lebe. Sie dachte daran, dass er in ihrem Haus mit Helen telefoniert hatte und ihr nichts davon gesagt hatte. Sie spürte, wie ihr Magen sich zusammenzog. Warum denke ich jetzt auch noch daran? Ist das alles nicht ohne Belang, letztlich? Auf einmal war ihr so elend, von ihren eigenen kleinlichen Gedanken, dass sie dachte: Ich pfeif drauf! Wenn ich tatsächlich noch lebe, werde ich ganz liebevoll sein und all meine blöden Bedenken und die Eifersucht und was mich noch alles in letzter Zeit betrübt hat, über Bord kippen.

Wieder beobachtete sie den Höhenmesser. Eintausend Meter, eintausendfünfhundert. Sie blickte auf, sah, dass

Jojo an die Tür gelehnt dasaß und ihr zulächelte. Sie lächelte zurück. In diesem Moment dachte sie: Wenn ich das heil überstehe, ist alles gut. Dann kann dir nichts und niemand, noch nicht einmal das Leben selbst, etwas anhaben. Ich werde das durchziehen, verdammt! Und wenn ich noch lebe, hinterher, nehme ich das als Zeichen von Gottes gutem Willen mir gegenüber.

Bei dreitausend Metern forderten Stella und Jojo sie ein letztes Mal auf, das Procedere zu rekapitulieren, die Zeichensprache, mit der sie sich jetzt gleich nach dem Absprung verständigen würden. Jojo streckte zwei Finger aus.

»Beine mehr strecken.«

Er winkelte die beiden Finger an. Marie lächelte, es fühlte sich zittrig an.

»Beine anziehen.«

Stella schloss Daumen und Zeigefinger zu einem Kreis, und Marie antwortete wie aus der Pistole geschossen: »Blick auf den Höhenmesser«, und dachte daran, was Ron vorhin über Stella gesagt hatte.

Die beiden nickten Marie zu. Sie sah, wie Hartmut und die anderen sich bereitmachten.

Die Tür wird aufgeschoben, es wird lauter. Marie sieht Michi rausklettern, er steht breitbeinig mit beiden Füßen auf dem Trittbrett, Hartmut kniet in der Tür, Easy links neben ihm. Er hält sich im Türrahmen fest, klettert raus. Wolkenfetzen ziehen vorbei. Marie wird bewusst, dass sie tatsächlich gleich aus einem Flugzeug springen wird. Sie sieht zu Hartmut hin. Wie in Trance und gleichzeitig überwach sieht sie ihn hoch- und runtergehen, vor lauter Aufregung hat er den Check-in und den Check-out vergessen. Und auf einmal verschwinden alle drei nach rechts. In viertausend Metern Höhe sind die drei einfach *ausgestiegen*. Es dauert nicht mal eine Sekunde, dann bekommt Marie den Befehl »In die Knie«. Stella hängt schon in der Tür, links neben ihr Jojo mit einem gelben Helm. Marie spürt eine Angst aufkommen, eine Urangst, wie sie sie nie zuvor gespürt hat. Doch irgendetwas treibt sie an, diese Angst hinter sich zu lassen, und einer inneren, einer eisernen, fast übermenschlichen Disziplin folgend tut sie, was sie gelernt hat. Sie hält sich fest, rechts und links, es ist so laut, sie spürt den Luftstrom von außen nach innen, die Geschwindigkeit, die wie ein Rausch ist. Sie setzt beide Füße raus, lässt den rechten hängen. Sieht nach links, zu Jojo, schreit »Check-in«, sieht Jojos Augen hinter dem Visier, der sie fest ansieht und nickt. Seine Lippen formen ein Okay. Sie sieht nach rechts, in Stellas Augen, schreit »Check-out«, sieht sie lächeln und Okay nicken. Marie lehnt sich schräg aus dem Flugzeug, geht mit dem Oberkörper hoch, wieder runter und tut einen Schritt zur Seite. Tritt hinaus ins Nichts.

*

Es war bereits nach neun Uhr abends und Sommerkorn saß immer noch in seinem Büro. Die Schreibtischlampe machte aus seinem Arbeitsplatz eine einsame Insel inmitten der Dunkelheit. Sommerkorn nahm seine Brille ab, fasste sich an die Schläfen und massierte sie mit kreisenden Bewegungen. Seine Augen brannten, sein Kopf schmerzte.

Die Durchsuchung von Walsers Haus und Arbeitsplatz im Lehrerzimmer hatte zu keinem Ergebnis geführt. Umso überraschter waren die Ermittler, als im Erste-Hilfe-Kasten seines Wagens, eines roten Renault Scenic, zwei selbstgebrannte Gay-DVDs gefunden wurden, zu deren Herkunft Oberstudienrat Walser keine Auskunft geben konnte oder wollte, sowie ein Büschel blonder Haare, die weder von Herrn Walser selbst stammen konnten, der kurzes braunes Haar hatte, noch von seiner Frau, die eine rötliche Kurzhaarfrisur trug, oder der Tochter, die langes rotblondes Haar hatte. Wenn es gut lief, dann hätten sie das Testergebnis der DNA-Analyse vom LKA schon morgen Abend vorliegen.

Sommerkorn lehnte sich auf seinem Schreibtischstuhl zurück, der ein ächzendes Geräusch von sich gab. So vieles ging ihm im Kopf herum, so viele Fragmente, die er dieses Mal nicht zu einem großen Ganzen zusammensetzen konnte. Paulas Gemütszustand machte ihm schwer zu schaffen, die Tatsache, dass keiner ihm sagen konnte, wann und ob seine Schwester wieder gesund werden würde. Sicher, der Psychiater hatte ihm heute bei einem kurzen zwischengeschobenen Telefonat erklärt, dass jemand, der davor ein stabiles Leben gehabt habe, die größten Chancen habe, zu dieser Stabilität zurückzufinden. Aber die Sorge blieb. Dann war da noch der Anruf beim Alten, den er dringend tätigen musste, er konnte sich aber in seiner momentanen Lage einfach nicht dazu durchringen. Und dann die Kinder, denen er viel mehr Zeit widmen musste, jetzt, da sie ihn so dringend brauchten. Und Marie, der er sich auf eine sehr zarte Weise genähert hatte und deren Bild immer wieder tags und vor allem nachts vor ihm auftauchte. Einige Minuten lang gab er sich dem Gedanken an ihren scheuen Blick, an ihre Zerbrechlichkeit hin, an die Szene auf dem Weihnachtsmarkt, bei der er sich unsicher wie ein Heranwachsender gefühlt hatte, als er versucht hatte, sie zu küssen, und dann so abrupt von Leni gestoppt worden war. Siedendheiß fiel ihm ein, dass er etwas vergessen hatte: das gemeinsame Abendessen mit Marie, Anna und Leni. Er hatte versprochen, spätestens um sieben da zu sein. Das war, bevor Walser alles andere beiseitegeschoben hatte. Eilig erhob er sich, griff nach seiner Jacke, löschte das Licht und verließ das Büro.

☺

»Wer macht so was, was sind das für Menschen?«, fragte Mam beim Frückstück. Ich musste raus, raus aus der Küche, denn sonst hätt ich schreien müssen: »Ich, ich, dein Sohn ist einer von denen, diesen Schweinen, diesen Drecksäuen, diesen Monstern, die sich über einen Wehrlosen hermachen.« Später, als sie weg war, las ich den Artikel. Und da stand es: »Obdachloser von Unbekannten schwer verletzt.«

*

»Geht es dir gut?«

»Aber ja«, beeilte Marie sich zu sagen.

»Du bist etwas blass um die Nase.«

Sie lächelte Sommerkorn an und hoffte, dass er das Thema nicht weiter vertiefen würde. Sie hatte keine Lust, jetzt über ihr Fallschirmabenteuer zu sprechen. Im Moment genügte ihr das Wissen, am Leben zu sein.

Eine Weile schwiegen sie. In der Ferne war ein Martinshorn zu hören, das langsam lauter wurde und dann wieder verklang. Marie dachte an den Vorsatz, den sie im Flugzeug gefasst hatte, die Sache mit dem Misstrauen, das sie über Bord hatte werfen wollen. Doch dann hörte sie sich sagen: »Du hast mir gar nicht erzählt, dass Helen gestern angerufen hat.« Ihre Stimme und ihre Worte hörten sich schrill an, sie kam sich vor wie eine misstrauische Ehefrau.

Sommerkorn runzelte die Stirn.

»Ach herrje, entschuldige!«, sagte er und klang zerknirscht. »Das hatte ich völlig vergessen.«

Marie öffnete den Kühlschrank und holte die kalten Reste der Abendmahlzeit heraus. »Was wollte sie?«

»Sie wollte dich zu einer Vernissage einladen, damit du einen Eindruck davon bekommst, wie das bei ihnen so abläuft. Ich habe vergessen, um welchen Künstler es geht. Tut mir leid.«

Marie nahm das Olivenöl, träufelte ein paar Spritzer in die Pfanne und gab die Penne al broccoli in das heiße Fett.

»Mich hat sie übrigens auch eingeladen.«

Marie nahm den Kochlöffel und rührte mit sorgsamen Bewegungen.

»Ach.«

»Ja.«

Marie begann, eine Tomate in kleine Stücke zu schneiden, gab die Salatblätter, die sie schon zuvor gewaschen hatte, mit den Tomaten in eine Schüssel, goss Dressing darüber und bestreute das Ganze zum Schluss mit ein paar Croutons. Ihre Bewegungen waren konzentriert und ruhig.

»Und? Wirst du hingehen?«, fragte sie.

»Ich dachte, wir könnten zusammen hinfahren.«

Spurenklauben

Der Spiegel *bezeichnete den* Landser *in einem Artikel einmal als »Fachorgan für die Verklärung der Wehrmacht«, und der Autor Ernst Antoni sieht ihn als »Einstiegsdroge in die Neonazi-Szene«.*

(Wikipedia, die freie Enzyklopädie,
über die wöchentlich erscheinenden Romanhefte
Der Landser, 2. 5. 2010)

Der Termin für die Besprechung war für acht Uhr anberaumt und verschob sich etwas nach hinten, da der IT-Spezialist des LKA, den die SOKO Martìn angefordert hatte, im Stau auf der B31 stand. Eine halbe Stunde später waren alle Beteiligten anwesend, und der Erste Kriminalhauptkommissar Andreas Sommerkorn gab für den neu hinzugekommenen Kollegen eine knappe Zusammenfassung der Ereignisse.

Es gab eine Gruppe im Team, die der Meinung war, im Fall Martìn kurz vor dem Durchbruch zu stehen; sie lehnten sich gewissermaßen bereits zurück und warteten nur noch auf das Ergebnis der DNA-Analyse und die damit einhergehende Verhaftung von Oberstudienrat Walser. Doch Sommerkorn ließ sich nicht beirren und verfolgte weiter den eingeschlagenen Kurs: die Ausleuchtung des Umfelds von Matthias Wölfle. Dazu gehörte auch die Sichtung dessen, was der Junge mit seinem PC tagein, tagaus getrieben hatte.

Als die Besprechung gegen halb zehn zu Ende war und die Aufgaben für den Tag verteilt waren, machten sich Sommerkorn und der IT-Kollege des LKA auf den Weg zur Wohnung von Frau Wölfle. Hinter dem Steuer des Dienstfahrzeugs fiel Sommerkorn wieder ein, dass er dringend den Alten anrufen musste. Er wird immer unwirscher, wenn da eine Steigerung überhaupt noch möglich ist, dachte er. Und hoffentlich würde er es heute Abend rechtzeitig auf die Vernissage schaffen. Der Event selbst war ihm zwar herzlich gleichgültig, aber es war eine willkommene Gelegenheit, einmal mit Marie allein zu sein. Heute Abend, so hatte er sich fest vorgenommen, würde er ihr zeigen, wie sehr er sie mochte. Und da Sommerkorn kein Mann großer Worte war, blieb ihm wohl nichts anderes übrig, als sie einfach zu küssen.

Die nächsten Stunden verbrachte er an der Seite von Ralf Engelmann, dem Beamten des LKA, einem schmalen und bebrillten Computerfreak, der aussah wie ein spätpubertierender Hacker, nach seinem Dienstgrad zu urteilen jedoch mindestens Mitte bis Ende zwanzig sein musste. Ralf Engelmann hatte, wie sich bald zeigen sollte, einen eigenen, um nicht zu sagen schrulligen Humor, den Sommerkorn erst nach einer Weile zu deuten in der Lage war. Jedenfalls wurde den beiden Kollegen schnell klar, dass Matthias Wölfle sich gut mit seinem PC auskannte und dass der PC professionell gesichert war. Der Junge besaß Tools zum Generieren von Internetseiten und jede Menge Musik, die sich nach ein paar Liedzeilen als rechtsextremer Unfug der schlimmsten Sorte entpuppte. Nach einem Blick auf die Songtitel glaubte Sommerkorn, diese schon einmal gesehen zu haben. In Leanders Zimmer, erinnerte er sich. Viktoria hatte also zumindest in diesem Punkt die Wahrheit gesagt.

Welche Sites Matthias im Internet besucht hatte, konnte Engelmann nicht feststellen, da der Junge, unmittelbar bevor er am Freitagnachmittag die Wohnung verlassen hatte, alle gespeicherten Daten gelöscht hatte. Die zuletzt in Word geöffnete Datei hieß Ex-List.doc, konnte aber nicht geöffnet werden, da Matthias sie extern gespeichert hatte. Sommerkorn öffnete die Schreibtischschubladen der Reihe nach. Er fand Büromaterial und allerlei Kleinkram, aber keinen USB-Stick.

»Der Typ ist ein Listenfreak«, sagte Engelmann nach einer Weile, während er eine Datei nach der anderen öffnete. Sommerkorn, der inzwischen bei Matthias' Schrankwand angelangt war, trat näher und warf einen Blick auf den Bildschirm.

»Der hat alles aufgelistet. Hier sogar eine Packliste. Muss für eine Rucksacktour oder so gewesen sein. Er hat alles abgewogen wie für eine Expediton auf den Nanga Parbat.«

Sommerkorn las: »Socken: 193,87 g, Lasagne: 275,00 g.«

Engelmann machte einen Doppelklick. »Und hier hat er die Hefte verzeichnet, die er im letzten Schuljahr gekauft hat ... Ein Kontrollneurotiker ist nichts gegen den.«

Sommerkorn trat wieder an die Schrankwand und setzte seine Suche nach dem Stick fort. Der Junge hatte mindestens fünfzig *Landser*-Hefte im Regal. Einer von Sommerkorns Kumpel zu Schulzeiten hatte auch ein paar von den Heften besessen, und Sommerkorn hatte diese schon damals als den reinsten Müll empfunden. Aber die Inhalte waren unter manchen noch heute aktuell und hatten seit der Wende einen Aufschwung erlebt. Sommerkorn blätterte in den Kriegsgeschichten der deutschen Wehrmacht, als er Engelmann hinter sich lachen hörte. »... Öffnungszeiten hat der aufgelistet ...«

»Wie bitte?« Sommerkorn senkte das Heft.

»Der Junge hat Öffnungszeiten von Dönerbuden hier in der Gegend festgehalten. Wie beim Generalstab. Aber was das in der letzten Spalte bedeutet – ›ex‹?«

Sommerkorn legte das Heft ins Regal zurück; mit zwei Schritten stand er hinter Engelmann. In der Tabelle waren Namen und Adressen sämtlicher Dönerbuden in der näheren Umgebung von Friedrichshafen aufgelistet.

»Darf ich mal?« Sommerkorn beugte sich hinunter und suchte die Liste durch. Sie bestand aus vier Spalten, in der ersten stand der Name der Dönerbude, in der zweiten die Adresse, in der dritten – das war die umfangreichste – eine genaue Wegbeschreibung samt Busverbindung zu der jeweiligen Dönerbude. Die vierte Spalte war die schmalste, die Überschrift lautete »ex«, und in drei Zeilen war in diesem Feld ein Kreuz. Sommerkorn starrte auf die Namen der drei markierten Dönerbuden: Sultanimbiss, Ahmet Döner und Ötztürk's – die Imbisswagen, die in den vergangenen sechs Wochen in Flammen aufgegangen waren.

☺

Ich bin krank. Sitze im Bett, habe Fieber und Mam ist besorgt. Einmal war ich drauf und dran, ihr alles zu erzählen. Aber ich habe es nicht getan. Denn ich habe Angst. Angst vor ihrem Blick, dem Unglauben, den ich darin lesen würde. Angst vor ihrer Reaktion. Ich bin mir sicher, wenn ich ihr alles verrate, bin ich dran. Sie würde sofort zur Polizei gehen, und dann würden sie mich weichkochen. Mich zwingen, eine Aussage zu machen. Dann wäre ich dran. So oder so. Ich weiß, dass ER alles daransetzen würde, mich fertigzumachen. Ich habe gesehen, wozu sie fähig sind. Ich habe Angst, wieder in die Schule zu gehen.

*

Die Station, auf der Paula lag, war eine Welt aus Watte. Hier sprach man gedämpft, und Geräusche hatten keine Chance, sich zu entwickeln. Aber Lärm erzeugen wollte hier ohnehin niemand. Die Insassen lebten in ihrem nach außen hin völlig abgeschlossenen Kokon, zu dem die Welt keinen Zutritt hatte. Doch das Seltsame daran war, dass man hier in einer Struktur lebte, die gänzlich von außen bestimmt war. Wie übergestülpt. Der Tagesrhythmus war künstlich, von anderen geschaffen. Natürlich lebte heute fast jeder nach einem Rhythmus, den Arbeitgeber, bestimmte Öffnungszeiten und Termine für einen vorsahen. Nur stand dahinter der Zweck des Geldverdienens und der Lebenserhaltung. Hier war vieles sinnlos und diente nur dem Zweck selbst: die Zeit rumzukriegen. Hier sagten einem andere, was man wann zu tun hatte. Und den meisten war es völlig egal. Wie Paula.

Sie aß, wenn andere ihr ein Tablett hinstellten. Sie trottete zur Beschäftigungstherapie, wenn andere es ihr sagten. Sie malte, wenn andere ihr einen Pinsel in die Hand drückten. Einzig das Klangbett löste etwas in ihr aus. Das An- und Abschwellen der Töne strömte wie Wasser durch sie hindurch, sie fühlte sich schwerelos und alles schien fern, unendlich. Die Töne vibrierten in ihren Armen und Beinen und sie verspürte den Wunsch, sich in ihnen aufzulösen. Auf dem Klangbett vergaß sie sogar die leidige Frage nach der Asche.

Gestern hatte ihr Bruder wieder angerufen und gefragt, wo denn nun das Grab sein solle, was sie persönlich denn wolle. Sie müsse sich langsam entscheiden, denn die Urne solle zugestellt werden – was für eine Formulierung – und dann müsse klar sein, was damit geschehe.

»Lass mich in Ruhe damit«, hatte Paula gesagt.

»Ich kann das nicht allein entscheiden«, hatte ihr Bruder gesagt.

»Dieser Mann war ein Lügner.«

»Er war dein Mann, und du musst das entscheiden.«

»Mach damit, was du willst.«

»Du brauchst einen Ort, an dem du trauern kannst.«

»Ich trauere schon genug. Ich tu ja nichts anderes mehr. Ich trauere um mein beschissenes Leben.«

»Vielleicht solltest du auch mal an die Kinder denken.«

»Er war doch ohnehin nie da.«

»Paula! Ich kann das nicht entscheiden!«

»Ich will diese Asche nicht.«

*

»Das ist aber eine nette Überraschung!«, sagte Eva und stieg von einem schwarzen Rad, das mit kleinen rosa Blumen bemalt war.

Marie versuchte ihrem Lächeln die richtige Mischung aus Erstaunen und Freude zu geben.

»Ja, das ist es. Was machst du hier?«, fragte Marie, als ob sie das nicht schon längst wüsste.

Eva deutete auf ihren Fahrradkorb. »Ich muss ein paar Bücher zurückgeben.«

Marie nickte. Bis dahin wusste sie Bescheid. Immerhin drückte sie sich hier bereits seit Stunden in der Kälte herum, immer gewahr, gleich Evas Gestalt auftauchen zu sehen und sie mit einem unverfänglichen Lächeln auf den Lippen anzusprechen.

Als sie gestern unbemerkt ein Gespräch zwischen Eva und Stella mit angehört hatte, hatte sie erfahren, dass Eva heute im Laufe des Tages ins Medienhaus am See gehen würde. Irgendwann im Laufe des Tages. Sie hatte schließlich einige Stunden flanierend zwischen der Anlegestelle des Katamarans und der Pizzeria an der Ecke verbracht, die Augen immer auf den Eingang des *Kiesel* geheftet. Sie hatte versucht, dabei möglichst beiläufig auszusehen, was ihr zunächst leichtgefallen war, nach einer Stunde nicht mehr ganz so leicht, und seitdem an der Ecke ein Zeuge Jehovas seine Hefte vor sich ausgebreitet hatte, war es um ihre Nonchalance nicht mehr ganz so gut bestellt gewesen. Am Ende hatte sie einen Bogen um den Herrn geschlagen, weil ihr Bedarf an religiöser Aufklärung nach dem zwanzigsten Vorübergehen gedeckt war. Ihre Finger hatten sich in kältestarre Klauen verwandelt, und sie sehnte sich nach einem heißen Kaffee. Zur Not hätte es sogar ein Tee getan. Aber aus Sorge, Eva zu verpassen, hatte sie es noch nicht einmal gewagt, sich einen Coffee-to-go zu holen.

»Wenn du Zeit hast, gebe ich schnell die Bücher zurück, und wir gehen noch einen Kaffee trinken. Was meinst du?« Evas Vorschlag klang wie Musik in Maries Ohren.

Zwei Fliegen mit einer Klappe, jubelte Marie innerlich und lächelte dabei bedauernd.

»Im Prinzip wahnsinnig gerne. Nur muss ich leider zum Bahnhof, ich habe heute kein Auto. Deshalb muss ich irgendwie versuchen, mit dem Zug nach Leutkirch zu kommen.«

Eva zögerte einen kurzen Moment.

»Aber warum hast du denn gestern nichts gesagt? Natürlich kannst du mit Stella und mir fahren!«

»Echt? Na dann – zweimal ja! Ich fahre gern mit euch, und einen Kaffee könnte ich auch gut gebrauchen.«

Vor dem *Kiesel* stellte Eva ihr Rad ab, holte die Bücher aus dem Korb, und Seite an Seite betraten sie das Gebäude.

»Ein toller Bau«, stellte Marie fest und sah sich um.

»Ja, das ist es«, stimmte Eva zu, während sie durch das helle Foyer gingen und das Medienhaus betraten. Am Schalter legte Eva ihre Bücher auf den Tresen, allesamt Sachbücher über Trauerarbeit und Abschied. Marie räusperte sich.

»Das sind interessante Themen.«

Eva schob das letzte Buch auf die Scannerfläche und lächelte schwach.

»Ja.«

»Hast du die alle gelesen?«

»Bis auf dieses habe ich alle gelesen.« Eva grinste verlegen und zuckte die Achseln.

Im Café nebenan wurde gerade ein Tisch frei, und Eva und Marie steuerten zielstrebig darauf zu.

»Was möchtest du? Ich lade dich ein«, sagte Eva.

»Ach komm. Lass mich das machen«, gab Marie zurück.

»Nein, ich mach das. Der Latte macchiato ist hier ausgezeichnet. Drei Schichten, wie's sein soll.«

»Na, dann gerne.« Marie zog ihr Cape aus und ließ sich auf dem Sofa nieder. Sie ließ den Blick schweifen. Schweres braunes Leder, grobes Holz, gedämpfte Farben – das ganze Interieur war perfekt aufeinander abgestimmt. Der Innenarchitekt hat einen Preis verdient, dachte Marie. Kaffee- und Brotkultur, eine wunderbare Idee! Als Eva wenig später ein Tablett mit zwei Milchkaffees und zwei Gläsern Wasser brachte, fiel Marie auf, dass auch der Milchkaffee ins Farbkonzept passte. Es war schön, sich auf solche Dinge zu konzentrieren, anstatt ständig über schwerwiegenden Problemen zu grübeln. Für einen Moment fühlte sie sich wieder wie die Marie, die sie kannte, die gemütlich mit einer Freundin im Kaffeehaus saß.

Eva setzte sich übers Eck auf einen der Lederhocker. Marie griff nach dem Glas und war einen Moment lang einfach nur dankbar für das warme Getränk in ihren Händen, den Kaffeeduft und die behagliche Atmosphäre. Sie wusste, dass sie diese Gelegenheit würde nutzen müssen, um weitere Details über Stella zu erfahren. Und schnell war die gefühlte Normalität wieder verschwunden.

Marie nahm den ersten Schluck und überlegte, wie sie das Gespräch am geschicktesten eröffnen und unauffällig auf Stella und Erik lenken konnte, als Eva fragte: »Was machst du eigentlich beruflich?«

Marie leckte sich den Schaum von der Oberlippe. »Was ich beruflich mache? Ich bin Malerin.«

»Du arbeitest in einem Malerbetrieb?«

»Ich habe meinen eigenen Malerbetrieb, wenn du so willst.«

»Donnerwetter, eine Frau in einem Männerberuf! Es lebe das Handwerk!«

»Nein, nein …« Marie musste lachen. »Ich bin Kunstmalerin. Ich male Bilder, und ich habe eine Werkstatt für Trompe-l'œil-Malerei.«

»Was ist das, wenn man fragen darf?«

»Man darf. Vielleicht sagt dir Illusionsmalerei etwas?«

»Das sind doch diese Treppen, bei denen die Stufen nicht richtig zueinanderpassen.«

»Das kann es auch sein. Bei Trompe-l'œil geht es um optische Täuschungen.«

»Toll. Malst du mit Ölfarben?«

»Mit Acryl, Kreide, Ölkreide. Ich habe auch gerade eine Serie beendet: vierzig Kreidezeichnungen – Seestimmungen.«

»Wow! Kann man die irgendwo sehen?«

»Bald. Eine Ausstellung in Konstanz ist in Vorbereitung.«

»Echt? Na, da werde ich auch kommen. Wann ist die denn?«

Da erst merkte Marie, dass das Gespräch eine völlig andere Richtung eingeschlagen hatte als geplant. Sie hatte Eva unauffällig aushorchen wollen und nun war sie es, die Eva mit Informationen versorgte. Was war sie doch für ein Kamel! Marie, der Hercule Poirot vom Bodensee. Man stelle sich vor, wenn plötzlich Eva und Stella auf dieser Ausstellung auftauchten. Am besten wäre dann natürlich, wenn sie auch noch gleich Paula dazubitten würde!

»Äh ... Das genaue Datum steht noch nicht fest ...«

»Sag mir Bescheid, wenn du's weißt. Das interessiert mich.«

»Klar ... mach ich.« Marie nickte erleichtert. In der Regel vergaßen die Leute bei so etwas nachzufragen. Sie straffte die Schultern. »Und was machst du so?« Sie nahm ihren Kaffee, trank einen großen Schluck und stellte das Glas auf dem Steintisch ab.

»Nichts so Spektakuläres wie du. Ich bin Altenpflegerin.«

»Du? Aber ...«

»Aber was?«

»Ist das nicht ganz schön schwer?«

»Es ist in erster Linie sinnvoll.«

»Ach deshalb die Bücher ... Das ist natürlich ein Thema, mit dem du ständig konfrontiert wirst ...« Marie dachte nach. »Aber irgendwie stelle ich mir das in körperlicher Hinsicht schwer vor. Du siehst so zart aus.«

»Das täuscht. Ich bin zwar nicht sonderlich groß und nicht sonderlich breit, aber ein zäher Knochen.«

»Für mich siehst du aus wie eine Tänzerin.«

»Ja ... Ich habe auch mal getanzt. Aber das ist lange her.«

»Warum hast du aufgehört?«

»Die Gelenke.«

»Und das Fallschirmspringen ist besser für die Gelenke?«

»Wenn du rechtzeitig flarest, schon.« Eva lächelte.

»Aber wie bist du vom Tanzen aufs Springen gekommen? Liegt ja nicht gerade nah beieinander.«

»Mein damaliger Freund war Springer. Da hab ich's auch mal probiert – und habe es für mich entdeckt.«

»Und da hast du auch Stella kennengelernt?«

»Ja.«

»Wie lange springst du schon?«

»Zwölf Jahre.«

»Und so lange kennt ihr euch?«

»Ja.«

»Ich dachte, ihr habt euch dort im Haus kennengelernt. Weil ihr doch beide Tür an Tür wohnt.«

»Nein. Als Stella schwanger wurde, haben wir ganz bewusst nach etwas gesucht, wo wir quasi zusammen wohnen können, aber doch nicht aufeinandersitzen. Wir haben erst an eine WG gedacht. Aber dann hat sich das mit den beiden Wohnungen ergeben.«

»Wie alt ist Cheyenne eigentlich?«

»Sie ist drei.«

»Und Stella ist also allein erziehend?« Ich darf nicht zu neugierig klingen, dachte Marie, aber wo wir endlich mal beim Thema sind. Jetzt oder nie. »Stell ich mir ganz schön anstrengend vor.«

»Das ist es«, antwortete Eva ernst. Sie sah traurig aus. »Deshalb wollten wir auch nah beieinander wohnen.«

»Eine Freundin von mir ist auch allein erziehend. Noch dazu hat der Kindsvater sich ins Ausland abgesetzt, und so bekommt sie noch nicht einmal Unterhalt.«

»Das Problem hat Stella wenigstens nicht.«

»Das ist ja schon mal was. Also ist Cheyennes Vater wenigstens zuverlässig.«

Marie fühlte Evas aufmerksamen Blick auf sich. Nichts überstürzen, dachte sie und lächelte so unverfänglich wie möglich.

»Meine Freundin war manchmal ganz schön fertig. Aber jetzt ist das Kind ja schon zehn.« Immer noch dieser wachsame Blick. Hastig fuhr sie fort. »Aber um nochmal auf deine Arbeit zurückzukommen …«

Das weitere Gespräch verlief unspektakulär und es gelang Marie, das Gleichgewicht in dem Frage- und Antwortspiel wieder herzustellen.

Ich muss vorsichtig sein, dachte sie. Ich darf keinen Verdacht erregen. Stück für Stück. Sonst stürzt mein Kartenhaus schneller zusammen, als ich schauen kann.

*

Die Vernehmung der beiden Schüler, Thorsten Ehlers und Sven Radlowski, die kurz vor dreizehn Uhr begann, wurde begleitet von Hausdurchsuchungen, bei denen einzelne Materialien, die man für die Herstellung von Molotow-Cocktails benötigte, sowie diverse aus dem Internet heruntergeladene Anleitungen zum Bau von Bomben sichergestellt wurden. Die beiden Jugendlichen, die nach einem zweistündigen Verhör immer noch leugneten, an den Brandanschlägen auf die drei Dönerbuden im Raum Friedrichshafen beteiligt gewesen zu sein, wurden in Untersuchungshaft genommen und die weitere Vernehmung auf den nächsten Tag verlegt. Während die beiden aus dem Verhörzimmer geführt wurden, dachte Sommerkorn mit grimmiger Miene daran, dass der Inhaber der Dönerbude, die vor rund einem Jahr gebrannt hatte, nur knapp mit dem Leben davongekommen war. Der Mann hatte seinerzeit ausgesagt, vier oder fünf maskierte Männer hätten etwa gegen Mitternacht einen Brandsatz auf seinen Stand geworfen, das Feuer habe sofort seine Kleidung erfasst und nur der Geistesgegenwart eines Passanten habe er es zu verdanken, dass er nicht bei lebendigem Leib verbrannt sei.

In der großen Besprechung am Nachmittag wurden die gesammelten Informationen zusammengetragen. Es gab unzählige Hinweise aus der Bevölkerung zum Verbleib von Matthias Wölfle, aber keiner brachte Erfolg.

Gegen sechzehn Uhr saß Sommerkorn an seinem Schreibtisch im Büro in einer unheimlich stillen Polizeidirektion – fast alle Kollegen waren ausgerückt, um weiteren Hinweisen aus der Bevölkerung nachzugehen. Er hatte einige Blätter mit Stichpunkten vollgeschrieben, einzelne Punkte umkringelt, Pfeile von einem zum anderen gezeichnet. Seine Lider waren schwer, der fehlende Schlaf letzte Nacht machte sich bemerkbar. Er setzte seine Brille ab und rieb sich die Augen, streckte sich, stand auf und tat ein paar Schritte. Allen guten Vorsätzen für eine gesundheitsbewusste Lebensführung zum Trotz, kochte er einen großen Becher starken Kaffee, um doch noch einen halbwegs brauchbaren Gedanken zustande zu bringen. Während er den Wasserkocher unter den Hahn hielt, fiel ihm ein, dass er heute Abend Marie sehen würde, und ein Lächeln huschte über sein Gesicht.

Mit dem frischen Kaffee in der Hand wagte sich Sommerkorn noch einmal an den Fall. Eines Abends nimmt Leander Martìn den Wagen seiner Eltern und fährt weg. Der Junge wird mit K.-o.-Tropfen außer Gefecht gesetzt, jemand wickelt ihm Stacheldraht um die Handgelenke, erstickt ihn. Er geht das beträchtliche Risiko ein, den Jungen auf den Friedhof zu locken, ihn dort zu töten und zu inszenieren. Wenn Walser tatsächlich der Täter ist, warum hätte er sich dieser Gefahr aussetzen sollen? Sommerkorn erhob sich. Der Ort. Das Motiv musste mit dem Ort zusammenhängen. Mit einem Mal fühlte er sich wieder wach, um nicht zu sagen, überwach. Er schnappte sich seinen Mantel und holte den Fotoapparat aus der Schreibtischschublade. Ja, dachte er, so muss es sein. Der Ort. Er spielt eine sehr viel größere Rolle, als wir bisher gedacht haben. Wenn wir die Symbolik des Ortes verstehen, dann verstehen wir auch das Motiv.

Es hatte bereits zu dämmern begonnen, als Sommerkorn durch die Grabreihen streifte. Der Friedhof lag in spätherbstlicher Vergessenheit da, und Sommerkorn war der einzige Besucher, der sich an diesem regnerischen Dezembernachmittag aufgemacht hatte, den Toten Gesellschaft zu leisten. Als er das Grab, das er suchte, schließlich erreicht hatte, blieb er stehen und lauschte. Die Stille dieses Ortes, mitten in der Stadt, war fast mit den Händen greifbar. Hier gab es nur die Grabsteine, die Eiben und den Regen, dachte Sommerkorn. Im Gegensatz zu Arlene hatte er Friedhöfe immer gemocht. Er mochte den endgültigen Frieden, der diesen Orten innewohnte und der durch – fast – nichts zu erschüttern war. Warum hatte jemand versucht, diesen Frieden zu stören? Sommerkorn hatte das schier übermächtige Gefühl, auf der richtigen Spur zu sein. Der Ort. Ja, auf einmal glaubte er zu wissen, dass der Ort in untrennbarer Weise mit dem Motiv verknüpft war. Sein Blick glitt über den grauen Stein, die Buchsbaumhecken, die Gestecke. Hier hatte er gesessen, der schöne Junge, der disziplinierte Schüler, der so mustergültig nicht gewesen war. Hatte Leander seine Mitschüler drangsaliert? War er es, der die Website des Salemer Internats mit rechtsradikalem Gedankengut manipuliert hatte? Stimmten die Vorwürfe des schwarzen Jungen, Liam? Hatte Leander ihn über Bord geworfen? Und Viktoria, was war dran an ihren Behauptungen?

Langsam ließ Sommerkorn den Blick schweifen. Vom Grab vor sich über das Nachbargrab, über die Gräber auf der anderen Seite. Er zog die Kamera aus der Manteltasche, stellte sich ein paar Meter vor das Grab und fotografierte von dort aus alles, was er mit einer 360°-Drehung erblicken konnte.

Eine halbe Stunde später kehrte er mit nassen Haaren und feuchtem Wollmantel ins Büro zurück. Von Unruhe getrieben tätigte er als Erstes einen Anruf beim LKA, nur um zu erfahren, dass das Ergebnis der DNA-Analyse nun doch erst am nächsten Tag vorläge. Dann spielte er die Fotos auf seine Festplatte und klickte sich durch die Bilder. In diesem von einer Hecke umgebenen Abschnitt des Friedhofs befanden sich einander gegenüberliegend zwei mal fünf Gräber. Bei den Toten, die dort zur Ruhe gebettet worden waren, handelte es sich um fünf alte Frauen, die jüngste von ihnen war sechsundsiebzig Jahre alt geworden, die älteste war im achtundneunzigsten Lebensjahr gestorben. Auf zweien der Gräber war kein Datum verzeichnet. Auf den restlichen drei Grabsteinen waren Männernamen zu sehen. Einer der Männer war in den Dreißigern verstorben, die beiden anderen in den Siebzigern. Sommerkorn schaute sich noch einmal alle Grabinschriften an und verweilte kurz bei den Namen, die ihm allesamt nichts sagten. Er wurde das Gefühl nicht los, irgendetwas Wesentliches zu übersehen.

☺

Sie lassen mich in Ruhe, Gott sei Dank!!! Heute war mein erster Tag in der Schule nach der Sache mit dem Penner. Sie haben gar nicht mit mir geredet. Das ist das Beste, was mir passieren kann. Und doch. Jedes Mal, wenn ich mich umgedreht habe, haben sie mich angesehen.

*

Es hatte wieder zu regnen begonnen, ein feiner Nieselregen, und die Welt draußen war hinter einem Schleier aus Wasserschlieren und Dunst verborgen. Die Scheibenwischer von Evas kleinem Wagen bewegten sich rhythmisch hin und her, und Marie hatte Mühe, sich ihrer hypnotischen

Wirkung zu entziehen. Sie war so unendlich müde. Die Angst vor einem neuen Sprung war einer maßlosen Erleichterung gewichen. Das Wetter hatte für sie entschieden. Für heute war der Sprungbetrieb eingestellt worden. Sie hatten ein paar Trockenübungen absolviert, Check-in, Check-out, hatten in einem Gurt gehangen und das Ziehen trainiert, waren in der Halle herumgestanden und hatten auf eine Wetterbesserung gewartet. Später waren sie zu Maries höchstem Glück unverrichteter Dinge wieder abgefahren. Dennoch war sie knapp dran und hatte Sommerkorn von Leutkirch aus angerufen und gesagt, sie würde sich etwas verspäten, er solle allein hinfahren, und sie würden sich dann in der Galerie treffen. Im ersten Moment hatte Marie sich über die Verspätung geärgert, doch dann hatte eine glückliche Fügung es gewollt, dass Eva und sie auf dem Rückweg allein im Wagen saßen, ohne Stella, und Maries Laune hatte sich schlagartig gebessert. So hatte Marie endlich wieder Gelegenheit, zu ihrem Thema zurückzukehren.

Während sie noch krampfhaft überlegte, wie sie das Gespräch elegant und unauffällig auf Stella und Cheyenne lenken konnte, hörte sie sich schon selbst sagen: »Die kleine Cheyenne ist ja wirklich ein pflegeleichtes Kind. Sie turnt da zwischen den Springern und Schirmen herum, als gehöre sie zum Inventar.«

»Tut sie ja auch. Stella bringt sie jedes Mal mit. Und jedes Mal findet sich auch jemand, der auf die Kleine aufpasst, während Stella springt.«

»Es ist schön, dass ihr alle so zusammenhaltet. Und du passt ja auch immer wieder mal auf Cheyenne auf. Zu Hause, meine ich. Da hat Stella ein bisschen mehr Zeit für sich.« Marie sah hinüber zu Eva, die Maries Blick gleichgültig erwiderte.

»Das Thema scheint dir ja mächtig zu imponieren.«

Marie spürte, wie eine heiße Röte ihre Wangen überzog, und senkte das Gesicht leicht, so dass die Locken ihr Profil verdeckten.

»Das tut es. Aber ich weiß auch ein bisschen, wovon ich spreche. Diese Freundin von mir, die allein Erziehende, von der ich dir erzählt habe, hat das früher fast nicht gepackt.«

Marie sandte ein Stoßgebet zum Himmel und hoffte, dass all die Lügen, die sie in den letzten Tagen verbreitet hatte, ihr verziehen würden, da doch der Zweck die Mittel heiligte. So war es doch? Sie staunte darüber, wie leicht ihr all diese Halb- und Unwahrheiten mittlerweile über die Lippen kamen, ja, sie hatte darin nahezu eine Eleganz, eine Routine entwickelt, die sie von sich nicht erwartet hätte.

»Irgendwie wird das auch überbewertet.« Eva stellte den Scheibenwischer eine Stufe schneller.

»Wie meinst du das?«

»Ich meine das so, wie ich es sage. So viele dieser Mütter jammern herum. Aber letztlich bringt ihnen das Kind doch auch eine Menge Freude.«

Evas Stimme klang scharf. Marie betrachtete sie von der Seite. Das ebenmäßige Profil, die gerade Nase, die vollen Lippen. Eva ist eine so schöne Frau, ging es Marie durch den Sinn.

»Klar. Aber wenn man alleine ist, dann geht es doch unweigerlich um die Frage Zeit oder Geld. Du brauchst Geld, also musst du arbeiten gehen, also hast du weniger Zeit für das Kind. Und wenn's dann mal krank ist, wird's noch schwieriger. Wie schafft Stella das nur? Besonders jetzt … da Cheyennes Vater doch tot ist.« So, jetzt war's heraus. Direkt und unverblümt. Vorsichtig linste Marie zu Eva hinüber. Eine Pause entstand.

»Das weißt du?«, fragte Eva nach einer Weile. »Wer hat es dir denn erzählt?«

»Ich weiß gar nicht mehr … Ron, glaube ich.«

Evas Miene blieb unbeweglich, als sie sagte: »Ron quatscht ein bisschen viel.« Dann schien sie sich zu besinnen und fuhr etwas freundlicher fort: »Wir wollten das eigentlich nicht an die große Glocke hängen.«

Marie nickte. »Wie verkraftet Stella das denn alles?«, fragte sie.

»Erst mal war das natürlich unfassbar. Und dabei ging es in der Tat auch ums Geld. Er war sehr zuverlässig, was die Unterhaltszahlungen anging.«

»Na ja, das ist das eine. Aber wie geht es ihr?«

»Du meinst, ob sie trauert?«

Was für eine sonderbare Frage, dachte Marie. Als ob man da eine Wahl hätte. »Ja.«

Gischt und Regen prasselten in einem Schwall gegen die Windschutzscheibe, als sie sich einem LKW näherten. Eva sah in den Rückspiegel, setzte den Blinker und scherte aus.

»Würde wohl sagen: auf ihre Art.«

Marie fühlte ihr Herz schneller schlagen. Sie richtete sich innerlich auf, alle Sinne auf das konzentriert, was sie gleich hören würde. Sie fuhren jetzt neben dem LKW, in einem Nebel aus Gischt, als plötzlich das gigantische Fahrzeug neben ihnen die Markierung überfuhr und sich dem PKW näherte. Marie zuckte zusammen und rutschte nach links. Eva reagierte prompt, drückte das Gaspedal durch und gleichzeitig wie wild auf die Hupe. »Dieser Idiot!«, rief sie, und sie schafften es im letzten Moment, vorbeizukommen, bevor der Riese ganz auf ihre Spur wechselte.

Als die Gefahr vorüber war, hatte sich auch die Gelegenheit, mehr über Stella zu erfahren, verflüchtigt. Marie wagte nicht, noch einmal auf das Thema zurückzukommen.

Ich war so nah am Ziel, so nah, dachte sie. Und nun kann ich wieder von vorne anfangen.

*

Schon von weitem sah man, dass es eine Abendveranstaltung der eleganten Art war. Die Villa, in der Marlene Kattus die Werke von Tiffany Haushofer zeigte, war groß und alt, und das Gelände war zugeparkt mit Karossen der Marken Mercedes, Jaguar und BMW. Sommerkorn umrundete das Zentrum seines Interesses zweimal und parkte den Landrover dann etwas weiter entfernt in einer Seitenstraße.

»Hier fühlst du dich wohler, nicht wahr, mein Freund?« Er stieg aus dem bulligen Fahrzeug aus und schlug die Tür mit einem kräftigen Stoß zu.

Es war ein milder Dezemberabend, einer von jenen, an denen der Föhn Wolken wie Tiere über den schwarzen Himmel jagte und der Vollmond das Spektakel wie ein Scheinwerfer beleuchtete. Der Wind zerrte an Sommerkorns Haar, und seine Schritte machten ein gedämpftes Geräusch auf dem nassen Asphalt. Voll nervöser Vorfreude dachte er an Marie, die er heute ganz für sich haben würde. Sommerkorn ging so gut wie nie zu Ausstellungen, und sein Verhältnis zu moderner Kunst war äußerst gespalten. Er konnte nicht viel anfangen mit Spiegeleiern im Sturm, und auch weiße Motive auf weißem Grund entlockten ihm keinerlei Begeisterung. Doch diesmal hatte er sich fest vorgenommen, seine Ablehnung und brummigen Kommentare für sich zu behalten und sich von Marie das eine oder andere erklären zu lassen. Vielleicht verstand er ja tatsächlich vieles einfach nicht, wie Paula immer behauptete. Hauptsache war, er würde mit Marie zusammen sein, dafür würde er auch ein paar Spiegeleier in Kauf nehmen.

Schon an der Tür bemerkte er, dass er definitiv underdressed war. Die Damen steckten in Kostümen, Cocktail- oder Abendkleidern und die Herren trugen – ohne Ausnahme – schwarze Anzüge oder Smoking. Sogar die Jungen vom Partyservice hatten sich für diesen Anlass perfekt zurechtgemacht. Beim Eintreten beschlug Sommerkorns Brille. Während er noch dastand und sie polierte und mit zusammengekniffenen Augen in die Runde schaute, spürte er eine sachte Berührung am Arm. Marie?

»Wie schön, dass Sie kommen konnten«, hauchte eine fremde Stimme. Er setzte die Brille wieder auf und erkannte die Gastgeberin, die in einem dunkelblauen Samtkleid steckte und ihn aus dramatisch geschminkten Augen anblickte. Ihre Schuhe waren so hoch, dass er sich einen Moment lang fragte, wie sie es in den Dingern bis hierher geschafft hatte. Sie streckte ihm die Hand entgegen, und Sommerkorn lächelte etwas betreten.

»Wo ist Marie? Kommt sie nicht?« Helen richtete einen fragenden Blick auf ihn.

»Doch, doch, wir sind hier verabredet.«

»Dann wird sie sicher bald eintreffen. Kommen Sie, ich möchte Ihnen Tiffany vorstellen.«

Blitzschnell hakte Helen sich bei ihm unter und führte ihn durch den Raum auf eine Frau in bodenlangem Ethno-Rock zu, die mit zwei Männern in eine angeregte Diskussion verstrickt war.

»Tiffy, Liebste, darf ich dir einen Freund vorstellen? Das ist Tiffany Haushofer, unsere Künstlerin. Und das ist Andreas Sommerkorn, ein echter Kriminalpolizist.«

Tiffany Haushofer, deren Haar mit einem Turban hochgebunden war, blickte Sommerkorn aus schwarz umrandeten Augen an. Sie erinnerte ihn an jemanden aus den Siebzigerjahren, aber an wen?

»Freut mich, dass auch die Exekutive sich für Kunst interessiert.« Ihr Tonfall war schleppend und sie streckte nachlässig ihre Rechte aus, die Sommerkorn ergriff und die schlaff in seiner Hand lag.

Sommerkorn lächelte höflich und murmelte: »Aber ja«,

während er den Blick durch den Raum und wieder zur Tür wandern ließ. Wo blieb bloß Marie? Da hatte ihn Helen bereits wieder untergehakt.

»Und genau diese Kunst werde ich Ihnen jetzt ein wenig zeigen.«

Sommerkorn sah sich selbst nicht als Kunstbanause – immerhin gab es einen Michelangelo und einen Leonardo da Vinci, deren Werke ihn mit Ehrfurcht ergriffen. Doch fing sein Verständnis für Kunst bereits bei den Expressionisten zu blättern an, und spätestens beim Kubismus konnte er nur noch den Kopf schütteln. Mit dem Œuvre Tiffany Haushofers konnte er wenig, um nicht zu sagen nichts anfagen. Vor einem zwei mal zwei Meter großen Ding, bei dem es sich Sommerkorns Expertenmeinung nach um eine Collage handeln musste, versuchte er mit gerunzelter Stirn die Worte in den Sprechblasen zu entziffern und kam irritiert zu dem Schluss, dass zwischen den blümchenumrankten Satzfetzen tatsächlich die Worte »fuck« und »anal« zu lesen waren. Was ihn jedoch am meisten irritierte, war nicht die Grobheit dieser Sprache, sondern die für ihn völlig unverständliche Ummantelung derselben mit Blumengirlanden. Helen betrachtete ihn von der Seite und lächelte.

»Die Rolle der Frau – oder wie man sie gerne hätte. Das sind die Blümchen«, erklärte sie ihm.

»Dann stehen die Kraftausdrücke bestimmt für die Befreiung der modernen Frau aus den traditionellen Zwängen.«

»Sie haben ein gutes Gespür für Kunst.«

»Ein Renaissancefresko ist mir da schon lieber.« Wieder sah er sich um und behielt mit einem Auge die Tür im Blick.

»Dann kommen Sie mich mal in Umbrien besuchen. Die Hälfte des Jahres schreibe ich in meinem Haus in Spoleto, und in der Gegend gibt es einige unglaubliche Fresken.«

Sommerkorn nickte zerstreut. Wo Marie nur blieb? Wieder spürte er Helens Hand auf seinem Arm, sie führte ihn zum nächsten Bild. Es tat ihm fast ein wenig leid, dass er gar keinen Sinn für diese Dinge hatte. Sie gingen in den nächsten Raum. Vor einem Gemälde mit einer überlebensgroßen mageren Frau mit winzigen Brüsten und einer Torte mit brennenden Kerzen auf dem Kopf machten sie halt. Zwischen den Beinen der Gestalt kroch eine Schlange heraus. Sommerkorn verzog angewidert das Gesicht.

»Ich glaube, ich würde gerne auf das Angebot mit den umbrischen Kirchen zurückkommen …« Er zog eine Augenbraue hoch.

Helen lächelte ihn an. »Dann ist das abgemacht.«

*

Natürlich fuhren die Busse um diese Uhrzeit im Abstand von Jahren. Sie war schließlich in der Provinz, und irgendwie musste sich das ja bemerkbar machen, dachte Marie bitter. Sie würde also zu spät kommen. Da sie nicht wie andere Leute im Zeitalter der grenzenlosen Kommunikation ständig ein Mobiltelefon mit sich führte, konnte sie Sommerkorn nicht Bescheid sagen oder ihn bitten, sie abzuholen. Ohne eigenes Auto war es wirklich kompliziert, zurechtzukommen, besonders jetzt, da die Mädchen bei ihr wohnten. Sie hatte Sommerkorn gesagt, er solle sie in der Galerie treffen – was für ein Leichtsinn! Nun blieb ihr nichts anderes übrig, als im Schweinsgalopp durch die ausgestorbenen Randbezirke der Stadt zu marschieren. Wenigstens war es nicht kalt, und es regnete auch nicht mehr. Eigentlich war es sogar ein ganz wunderbarer Abend – der Mond tauchte die Wolken in ein bizarres Licht, und diese gaben hin und wieder den Blick auf einen sternenübersäten Himmel frei. Marie atmete tief, sie schritt rasch aus, und nach einer Weile bedauerte sie es, nicht die gesamte Nacht hindurch gehen zu können, weiter und weiter, und die prickelnde Feuchtigkeit auf ihrem Gesicht und in ihrem Haar zu spüren. Die Frische und auch die Bewegung taten ihr gut, nachdem sie die restliche Fahrt neben Eva darüber nachgegrübelt hatte, wie sie die Rede am geschicktesten wieder auf Stella und Erik bringen konnte. Die Gelegenheit hatte sich nicht ergeben, und so war Marie mit einem vor geistiger Anstrengung dröhnenden Schädel aus dem Wagen gestiegen. Natürlich hatte sie auch ein schlechtes Gewissen den Mädchen gegenüber. Den Nachmittag hatten die beiden bei einer Kindergartenfreundin verbracht, wo sie auch übernachten durften. Die Kinder brauchen mich, dachte sie plötzlich. Und ich bin auf einem Flugplatz und betreibe irgendwelche dubiosen Investigationen, die vielleicht niemals ein Ergebnis zeitigen werden. Aber nein. Sie hatte das Gefühl, dass es da etwas zu entdecken gab, auch zwischen den Fallschirmspringern glaubte sie eine Spannung gespürt zu haben. Rons Worte waren ja auch nur allzu deutlich gewesen. Er hatte Stella als kalt und berechnend dargestellt. Aber war sie das? Marie selbst konnte das nicht bestätigen. Und nun würde sie Sommerkorn gleich wiedersehen. Sie sah sein Gesicht vor sich, seine Augen, dunkel und unergründlich, seinen Mund und – ja, diesen besonderen Blick, mit dem er sie manchmal betrachtete. Einen Moment lang war sie bereit, alle Bedenken über Bord zu werfen, und wünschte sich einfach nur, von ihm berührt zu werden und mit ihm in einer einzigen großen Umarmung zu verschmelzen.

Im Näherkommen bemerkte sie die Wagen, und ein mulmiges Gefühl in puncto Kleiderordnung beschlich sie. Natürlich hätte sie sich gerne noch geduscht und umgezogen. Aber dafür war keine Zeit mehr gewesen. Eva hatte sie an einer Bushaltestelle abgesetzt – sich nach Hause fahren zu lassen, war Marie zu riskant erschienen. Also war sie nach Hause gehetzt, in einen grauen Mohairpullover mit überdimensionalem Rollkragen geschlüpft, hatte die Kette mit den dicken grünen Glasperlen aus der Schublade geholt, umgehängt und war losgeeilt. Vor dem Spiegel auf dem Katamaran war sie kurz stehen geblieben, war sich mit allen zehn Fingern durchs Haar gefahren und hatte – als sich ihr Spiegelbild weder verbesserte noch irgendwie sonst veränderte – mit den Schultern gezuckt und war schließlich von Bord gegangen. Der Anblick ihres brutal gestutzten Haares bedrückte sie immer noch. Im letzten November, als sie in die Fänge dieses Psychopathen geraten war, hatte sie ihr bis dahin fast hüftlanges lockiges Haar verloren, mit einem einzigen Schnitt.

Als Marie ihre Einladung vorzeigte, dachte sie kurz daran, dass Helen die Kleiderordnung für diesen Abend hätte erwähnen können. Beim Anblick der Gäste musste Marie schlucken. Das war es eigentlich nicht, was sie nach einem langen und anstrengenden Tag brauchte. Es wäre schöner gewesen, sich mit Sommerkorn in einer kleinen Pizzeria bei Wein und Kerzenschein zu treffen.

Sie betrat das Foyer und sofort wurde sie von wohliger Wärme umhüllt. Mit ihrem Mantel in der Hand blieb sie eine Weile stehen und ließ den Blick schweifen auf der Suche nach dem vertrauten Anblick. Sommerkorn, der alle anderen überragen und mit seiner Brille auf der Nase und einem belustigten Funkeln in den dunklen Augen die Szenerie betrachten würde. Bestimmt trägt er wieder den grauen Tweedmantel, der ihm so gut steht, dachte sie. Die passende Schulter zum Anlehnen. Ein bisschen wie Rock Hudson in *Pillow Talk*, nur mit Brille. Sie musste lächeln.

Da sie ihn nicht erblickte, gab sie Mantel und Tasche an der Garderobe ab und mischte sich unter die Gäste.

Vor einigen Bildern blieb sie kurz stehen und warf einen

flüchtigen Blick darauf. Vielleicht hatte auch er sich verspätet, obgleich das gar nicht seiner Art entsprach. Eine Frau mit einem Turban und einem bunten Patchwork-Rock, die sie an Frida Kahlo erinnerte, kreuzte ihren Blick und lächelte ihr zu, doch Marie ging weiter, in Richtung des angrenzenden Raumes. Dann sah sie ihn. Er stand in einer Ecke vor einem Bild mit einer Torte. Dicht bei ihm stand Helen, einen guten Kopf kleiner als er, und hatte sich bei ihm untergehakt. Marie starrte zu ihnen hinüber, völlig überrumpelt. So vertraut, dachte sie. Die beiden wirken so vertraut, als seien sie ein Paar. Helen lachte und redete, und Sommerkorn sah sie konzentriert und aufmerksam an.

Marie fühlte Übelkeit in sich aufsteigen, ein dumpfer Druck im Magen, als hätte ihr jemand die Faust hineingerammt. Alles wiederholt sich, dachte sie, immer dieselbe Szene. Lorenz der Herrliche, seines Zeichens Frauenschwarm und Held zahlreicher Studentinnen – sie sah ihn plötzlich vor sich. Wie lange hatte sie damals zugesehen, passiv das Schauspiel betrachtet, das Lorenz gab. Die Darstellerinnen wechselten, der Protagonist war immer derselbe. Und das Publikum auch: sie, Marie. Sie musste weg hier, raus, allein sein und in die Dunkelheit eintauchen, wo niemand ihre brennenden Wangen oder gar ihre Tränen sah. Sie wollte sich gerade abwenden, da blickte Sommerkorn auf und ein Lächeln breitete sich auf seinem Gesicht aus.

Fünf Minuten später stand sie neben Sommerkorn und hielt sich an einem Sektglas fest, den Blick auf Marlene Kattus gerichtet, die in ihrer Rede zur Eröffnung der Ausstellung gerade über die extraordinäre Expressivität in Tiffany Haushofers gegenständlichem Werk sprach. Also war die Frau mit dem Turban, die auf Frida Kahlo machte, die Künstlerin. Maries Gedanken schweiften ab, die Worte zogen an ihr vorüber wie Spruchbänder. Mit sinnlosen

Phrasen, die sie nicht einordnen konnte. Am liebsten wäre sie jetzt zu Hause bei den Kleinen. Würde neben ihnen auf dem Boden sitzen und Barbies an- und ausziehen und mit dem Barbiemobil eine Runde durchs Kinderzimmer drehen. Aber ohne Ken.

Sie spürte, wie sich ihre Kiefermuskulatur anspannte. Dann erst bemerkte sie einen Blick auf sich und sah, dass Sommerkorn sie von der Seite betrachtete. Soll er doch ansehen, wen er will, dachte sie und wandte trotzig den Blick ab. Warum hatte sie just in diesem Moment den Raum betreten? Andererseits, dachte sie und stellte sich noch ein wenig aufrechter hin, soll das eben so sein. Es soll so sein, um mir die Augen zu öffnen und mir zu zeigen, was ich in meiner gegenwärtigen Lebenslage nicht gebrauchen kann und nie wieder brauchen werde. Sie streckte den Rücken durch und hob das Kinn ein wenig höher. Nein, dachte Marie grimmig, die Zeiten, sich von einem Mann an der Nase herumführen zu lassen, sind vorbei. Niemand wird mich je wieder täuschen, und wenn ich dafür auf eine Insel ziehen muss.

Etwas verspätet merkte Marie, dass alle zu klatschen begonnen hatten, und bemühte sich, es ihnen gleichzutun, was sich schwierig gestaltete, da sie immer noch das Sektglas in der Hand hielt. Jetzt trat Tiffany Haushofer an das Rednerpult, bedankte sich artig bei allen möglichen Leuten und fing an, von ihrem künstlerischen Werdegang zu sprechen. Als sie die Kunstakademie in München erwähnte, an der Marie studiert hatte und an der Lorenz noch immer unterrichtete, horchte Marie kurz auf. Tiffany Haushofer hatte ein Gastsemester in München verbracht. Marie betrachtete sie genauer. Sie mochte etwas älter sein als sie selbst, vielleicht Anfang bis Mitte vierzig. Sie muss Lorenz kennen, schoss es ihr durch den Kopf. Sie würde sich nachher einmal mit ihr unterhalten.

Wieder applaudierten alle, und Musik setzte ein. Eine üppige Dame sang zu einem Kontrabass, eine eigenwillige, aber schöne Klangmischung. Als die Musik verklungen war, löste sich die große Gruppe von Zuschauern in viele kleine Grüppchen auf. Sommerkorn wandte sich Marie zu.

»Du hättest mir Bescheid geben können, ich hätte dich an der Anlegestelle abgeholt.« Er lächelte gewinnend.

»Nächstes Mal«, beschied Marie und sah ostentativ an ihm vorbei.

»Hast du eine Idee, wo wir nachher was trinken gehen können?«

»Nein.«

»Vielleicht in der Innenstadt?«

Marie zuckte die Achseln. In dem Moment trat Helen an ihre Seite.

»Halloooo, schön, dass Sie kommen konnten.«

Helen blickte Marie mit einem strahlenden Lächeln an. Marie bemerkte, dass der dunkelviolette Samt ihres Kleides genau die Farbe ihrer Augen hatte und dass Marie trotz Helens hochhackigen Schuhen immer noch auf sie hinuntersehen konnte. Sie gehörte zu jener Sorte Frau, neben der Marie sich schon immer wie ein Bauerntölpel gefühlt hatte. Dass Marie jetzt in ihren derben braunen Lederstiefeln dastand, total verschwitzt unter ihrem Mohairpullover, trug nicht gerade dazu bei, sich femininer zu fühlen. War nicht das Rehlein auch so ein Typ gewesen, Lorenz' letzte *Dame de Cœur*?

»Haben Sie die Künstlerin schon kennengelernt?«

»Nein«, antwortete Marie knapp.

»Dann kommen Sie.«

Helen hakte sich bei Marie ein und führte sie mit sanftem Druck zu Tiffany Haushofer, was Marie das Gefühl vermittelte, ein unter Kontaktarmut leidender Trampel zu sein, der dringend Nachhilfe in Sachen Sozialkompetenz nötig hatte.

Tiffany Haushofer – »Bitte nenn mich doch Tiffy« – stellte sich als sympathische und unkomplizierte Gesprächspartnerin heraus, die erstaunlich wenig mit ihren zum Teil düsteren Motiven gemein zu haben schien. Als Tiffy hörte, dass Marie eine Malerkollegin war und mit ihren Werken Marlene Kattus' nächste Ausstellung bestreiten würde, tauschten sie Adressen aus und versprachen, sich demnächst gegenseitig zu besuchen. Einen Moment lang fühlte sich Marie gut, ja beschwingt. Dieses Gefühl verschwand abrupt, als sie sich von Tiffy verabschiedet hatte und sich auf den Weg zu Sommerkorn machte.

Wieder stand Sommerkorn in ein angeregtes Gespräch mit Helen vertieft, diesmal an der Bar, wo er gerade zwei Gläser Champagner in Empfang nahm. Marie straffte die Schultern, atmete tief ein und wieder aus. Ganz so einfach werde ich es dir nicht machen, dachte sie plötzlich grimmig und setzte ihren Weg fort.

»Das ist bestimmt für mich«, knurrte Marie und näherte sich Sommerkorn, wobei sie nicht versäumte, den Arm um seine Schulter zu legen und ihm etwas ins Ohr zu flüstern. Dann trat Marie zwischen die beiden, nahm Sommerkorn einen der beiden Champagnerkelche ab und lächelte breit.

»Tiffy und ich haben festgestellt, dass wir *wahnsinnig* viele gemeinsame Bekannte haben.« Marie nahm einen großen Schluck, lächelte noch breiter und fügte dann hinzu: »In der Münchner Kunstszene.«

Helens Lächeln war inzwischen nicht mehr ganz so strahlend, es wirkte ganz im Gegenteil etwas starr. Marie beschloss, ihren Vorsprung in diesem Spiel noch etwas auszubauen, und führte Sommerkorn und Helen von Bild zu Bild und gab zusätzliche Erklärungen zu der Technik ab, mit der Tiffy arbeitete. Sie schweifte ab und hielt einen detailreichen Vortrag über figürliche und abstrakte Kunst, der erst endete, als sie an der Garderobe angekommen waren, um ihre Mäntel entgegenzunehmen. Während Sommerkorn Marie in ihren Mantel half, sah Marie, wie etwas in Helens Blick aufblitzte.

»Tja, dann wollen wir mal. Also vielen Dank für die Einladung. Es war … interessant.« Sommerkorn grinste.

Helen ließ erneut ihre perlengleichen Zähne sehen und sah Sommerkorn tief in die Augen. Was für ein herzzerreißender Anblick, dachte Marie. Die zarte Schönheit, die zu ihrem Helden emporsehen muss.

»Ja, also …« Marie streckte Helen die Hand hin. »Vielen Dank. Dann habe ich nun einen Eindruck. Wird meine Ausstellung auch in diesen Räumlichkeiten stattfinden?«

»Das werden Mutter und ich noch entscheiden. Die andere Alternative ist natürlich die Galerie unten in der Stadt. Bei Tiffys Format und Popularität hätten wir da unten natürlich niemals alle Gäste untergebracht.« Dann wandte Helen sich erneut Sommerkorn zu, lächelte verführerisch und sagte: »Wie gesagt, mein Angebot steht: In meinem Haus in Spoleto ist immer ein Zimmer frei.«

*

Um kurz nach neun am nächsten Morgen kam der Anruf vom LKA: Die Haare in Oberstudienrat Walsers Auto gehörten Leander Martìn, und die Spuren auf der Zigarettenkippe vom Friedhof stimmten mit Walsers DNA überein. Um kurz nach zehn wurde Oberstudienrat Walser von zwei Beamten der Polizeidirektion Friedrichshafen unter dem dringenden Tatverdacht des Mordes an dem Schüler Leander Martìn festgenommen. Während der darauf folgenden zweistündigen Vernehmung leugnete der Verdächtige, stritt jede Schuld an dem ihm zur Last gelegten Verbrechen ab und blieb bei der Variante, die er bereits bei der früheren Einvernahme hatte verlauten lassen, eine ihm unbekannte Frau habe ihn unter Vorspiegelung falscher Tatsachen in den *Rosenhof* in Bregenz gelockt, wo er dann Leander Martìn begegnet sei. Auf die Frage, wie die Haare des Schülers in seinen Kofferraum und eine Zigarette mit seiner DNA an den Fundort der Leiche gelangt seien, schwieg er zunächst. Später schrie er die Polizeibeamten an, er sei das Opfer eines Komplotts, man wolle ihn als möglichen Nachfolger des amtierenden Direktors aus dem Weg räumen, und man solle sich einmal bei gewissen Kollegen umhören. Auf den Einwand der Polizeibeamten, ob ein Mord zum Zwecke der Postenregulierung nicht ein wenig krass sei, schwieg er erneut, um schließlich einen Nervenzusammenbruch zu erleiden, so dass ein Arzt herbeigerufen werden musste, um dem hyperventilierenden Lehrer eine Beruhigungsspritze zu verabreichen.

»Der ist bald fällig.« Barbara hielt ein kleines Schaumgummiflugzeug mit der Aufschrift EADS in ihren Händen und knetete es mit langsamen Bewegungen. Sie hob den Blick. Sommerkorn nahm ihr das Modell aus der Hand.

Martin Inkat nickte. »Ist nur noch eine Frage der Zeit, bis der gesteht. Und die beiden Jungs haben nun auch alles zugegeben.«

Barbara griff erneut nach dem Flugzeug. »Schade nur, dass Walser mit dem Verschwinden des anderen Jungen nichts zu tun haben kann. Ich war mir so sicher, dass diese beiden Fälle zusammenhängen.«

Inkat zuckte die Achseln. »Das war ich mir auch. Aber vielleicht ist Matthias einfach abgehauen.«

»Er war ja in die Brandgeschichte verwickelt. Möglicherweise fürchtete er, dass wir ihnen in der Sache auf die Schliche kommen würden.« Barbara knickte die Tragflächen erst nach unten, dann nach oben.

Inkat trommelte auf Sommerkorns Computertisch. »Nee, das ergibt ja keinen Sinn. Wenn er nicht verschwunden wäre, hätten wir doch nicht sein Zimmer durchsucht.«

»Vielleicht dachte er, wir hätten was in Leanders Zimmer gefunden.«

»Ja, wahrscheinlich ist es so, und er ist wirklich untergetaucht.«

Einen Moment lang schwiegen alle. Auf dem Korridor hörte man Schritte, die sich näherten und wieder verklangen. Im Nachbarbüro klingelte ein Telefon.

»Jedenfalls sollten wir froh sein, dass wir den Fall so schnell lösen konnten«, sagte Barbara.

»Die Fälle. Immerhin haben uns diese Budenbrände ganz schön auf Trab gehalten.« Inkat sah aus dem Fenster.

Sommerkorn, der die ganze Zeit über nachdenklich vor sich hin gestarrt hatte, nahm Barbara erneut das Flugzeug aus der Hand.

»Freu dich doch«, sagte Barbara zu ihm. »Jetzt kannst du endlich ein paar Tage frei nehmen und dich um deine Nichten kümmern.«

Sie stand auf und ging zur Tür, drückte die Klinke hinunter und hielt einen Moment inne, sah von Sommerkorn zu Inkat. Dieser blickte Sommerkorn an.

»Was ist denn los? Wir haben zwei Fälle gelöst!«

Sommerkorn reagierte immer noch nicht.

»Wie viele Beweise gegen Walser brauchst du eigentlich noch? Klarer kann doch die Schuld gar nicht erwiesen sein.«

Sommerkorn seufzte, griff nach der Maus, klickte ein paarmal darauf herum, und sie hörten, wie der PC heruntergefahren wurde.

»Das mag alles stimmen. Dennoch werde ich das Gefühl nicht los, dass wir etwas übersehen haben«, sagte er.

»Was denn?« Inkat sah Sommerkorn ungeduldig an.

Sommerkorn blies die Backen auf und ließ die Luft geräuschvoll entweichen.

Die beiden Kollegen betrachteten ihn, registrierten seinen verschlossenen Gesichtsausdruck, die angespannte Haltung. Das kannten sie. Er brütete etwas aus. Und wenn das so war, ließ man ihn am besten in Ruhe.

»Ich werde das Gefühl nicht los, dass wir nicht gründlich genug vorgegangen sind. Dass es da etwas gibt – irgendetwas, eine Spur, der wir nicht nachgegangen sind. Außerdem haben wir kein Geständnis.«

»Du meine Güte! Wenn wir immer erst darauf warten würden.« Barbara öffnete die Tür, trat zur Seite und ließ Sommerkorn vorbei.

»Wo willst du hin?«

»Ich muss die Mädels vom Kindergarten abholen. Ich hab den Rest des Tages frei. Aber das dürfte ja kein Problem sein, da die beiden Fälle doch gelöst sind.«

☺

In den Nächten habe ich diese Träume. Alles wiederholt sich, Nacht für Nacht. Und wenn ich aufwache, weiß ich: Das war kein Traum, das war Wirklichkeit. Ein zur Wirklichkeit gewordener Albtraum. Aber sie lassen mich in Ruhe. Die anderen denken vielleicht, dass ich immer noch zu ihnen gehöre. Nur Vicky nicht. Ich sehe in ihren Augen, dass sie es weiß. Anyway, ich bin wieder frei, mich auf die Schule zu konzentrieren. Frau Bärlach scheint sich zu freuen: »Schön, dass du wieder mit dabei bist«, sagte sie heute. Und auch das Thema, das wir in Deutsch behandeln, scheint vielversprechend. Wir machen eine Projektwoche, Experimente mit kreativem Schreiben. Als erste Aufgabe sollen wir etwas über ein

Foto schreiben, auf dem eine griechische Statue zu sehen ist, ein Diskuswerfer. Die alten Griechen liegen mir eh. Wir sollen ein Gedicht schreiben.

*

Im Vergleich zu gestern konnte man den heutigen Tag fast strahlend nennen. Sommerkorn bog vom Parkplatz seiner Dienststelle auf die Ehlersstraße und fädelte sich in den Verkehr ein. Zum wiederholten Mal fragte er sich, was ihn an dem Gedanken, dass Walser der Täter war, störte. Sicher, sie hatten noch kein Geständnis. Aber das kam schließlich nicht zum ersten Mal vor. Warum war er nicht einfach zufrieden und erleichtert, so wie die anderen auch. Ein Gewaltverbrechen war begangen worden, und der Polizeidirektion Friedrichshafen war es gelungen, den Täter innerhalb kürzester Zeit dingfest zu machen. Ein schneller, sauberer Ermittlungserfolg, so hatte es Oehl am Telefon genannt. Barbara und Martin Inkat waren zudem der festen Überzeugung, dass es nur mehr eine Frage der Zeit sei, bis Walser einknicke und sie sein Geständnis in Händen hielten. Er seufzte. Er konnte es drehen und wenden, wie er wollte, die Beweislast gegen Walser sprach eine eindeutige Sprache. Aber warum um alles in der Welt sollte Walser sich die Mühe gemacht haben, Leander gegen einen Grabstein zu lehnen wie ein Kunstwerk? Es gab nur zwei Möglichkeiten: Entweder Walser war doch nicht der Täter – oder es gab da etwas ganz Entscheidendes, das sie nicht wussten.

Sommerkorn nahm sich fest vor, für den Rest des Tages nicht weiter über den Fall nachzugrübeln. Stattdessen dachte er immer wieder an Marie und den gestrigen Abend. Oder vielmehr an das Ende des gestrigen Abends.

Durch die Dunkelheit waren sie auf einer ungewöhnlich leeren B31 zurückgefahren, und er hatte versucht, ein Gespräch in Gang zu bringen, aber aus irgendeinem Grund, den er nicht verstand, war er gescheitert. Marie war einsilbig gewesen, und, ja, man konnte es nicht anders nennen, abweisend. Als er sich vor Maries Haus von ihr verabschiedet und sie nach einem Abendessen beim Chinesen in der Riedleparkstraße gefragt hatte, hatte sie nur den Kopf geschüttelt und halblaut »schlecht zur Zeit« gesagt.

Zum Mittagessen kochte er Miracoli-Spaghetti für sich und die Kinder, spielte Verstecken, malte Pilze und Blumen vor, die Leni ausmalte, und fuhr dann mit den Kindern nach Lindau zu einer Vorstellung des Marionettentheaters. Als das Licht ausging und die Puppen zu tanzen anfingen, wanderten Sommerkorns Gedanken – trotz der zuvor gefassten guten Vorsätze – doch wieder zu Leander Martìn. Wohl zum hundertsten Mal dachte er über den Ablauf des Tatabends nach.

Leander fährt zum *ZF*-Betriebsparkplatz, lässt den Wagen stehen, steigt in Walsers Auto ein. Sie fahren zum Friedhof. Weder auf dem Weg noch an Leanders Bekleidung konnten Schleifspuren entdeckt werden, also musste Leander gelebt haben, als sie auf dem Friedhof angekommen waren. Aber warum trifft Leander sich mit Walser auf diesem Parkplatz? Da gibt es doch nur eine Möglichkeit: Leander wollte seinen Lehrer erpressen – oder ihn mit der *Rosenhof*-Geschichte zumindest unter Druck setzen. Aber weshalb? Leanders Noten waren tadellos in allen Fächern. Und wenn Leander seinen Lehrer tatsächlich erpresst hatte, dann hätte der sich doch nicht die Mühe gemacht, Leander auf einem Grab auszurichten. Oder war es gar andersherum gewesen: Hatte Walser etwas über Leander herausgefunden, vielleicht die Sache mit den Brandanschlägen? Und es war zu einem Streit zwischen den beiden gekommen, dem Leander zum Opfer gefallen war? Wie er es auch drehte und wendete, es gab da immer ein Teil, das nicht zu den anderen passte. Schließlich war da noch dieses diffuse Gefühl, irgendetwas übersehen zu haben.

»Rufen!« Leni zupfte ihn am Ärmel und riss ihn aus seinen Überlegungen. Nun begann auch er, in den Chor der Stimmen um ihn einzufallen, die die Fragen der Marionetten abwechselnd mit »Ja« und mit »Nein« beantworteten.

Erst als er auf der Rückfahrt kurz hinter der Ortseinfahrt Friedrichshafen mit knapp achtzig Stundenkilometern geblitzt wurde, fiel ihm ein, was er die ganze Zeit mit sich herumgetragen hatte – seit dem Abend, an dem Matthias Wölfle ihn an den Yachthafen bestellt hatte.

☺

Die Träume, immer wieder dieselben Träume, meine Nächte sind meist gegen drei zu Ende. Und in der Schule bin ich nun immer müde. Es sind die Augen des Mannes, die ich sehe, sein armes, zerschundenes Gesicht. Seinen fassungslosen Ausdruck. Er war doch sowieso schon ganz unten. Manchmal habe ich das Gefühl, verrückt zu werden. Einzig das Schreiben lenkt mich ein wenig ab. Aber auf Mathe kann ich mich nicht mehr richtig konzentrieren, auch nicht auf Physik. Ich fühle mich so schwach. Und natürlich merkt der Walser das. Es ist ihm ein Vergnügen. MICH FERTIGZUMACHEN.

*

Von Evas Wohnzimmerfenster aus sah Marie auf das chinesische Restaurant, in das Sommerkorn sie hatte einladen wollen. Sie schluckte. Nein, sie war nicht bereit, über eine Sache nachzugrübeln, die keine Zukunft hatte.

Und sie war auch nicht mehr bereit, den Spielregeln anderer zu folgen.

Den ganzen Vormittag hatte sie in Leutkirch auf dem Sprungplatz verbracht, ein paar Trockenübungen und einen Sprung absolviert, bei dem sie ein paar Sekunden zu früh geflaret und sich deshalb beim Aufkommen am Boden zweimal überschlagen hatte. Wie schon am Tag zuvor war sie mit Eva nach Leutkirch gefahren, die sie dann auch wieder mit zurück nach Friedrichshafen genommen hatte. Da ihr der Schreck – und die Erleichterung darüber, dass sie außer ein paar blauen Flecken nichts abbekommen hatte – noch in den Gliedern saß, hatte sie diesmal nicht versucht, während der Autofahrt Informationen über Stella zu erlangen. Stattdessen machten sich massive Zweifel darüber breit, ob ihr Plan überhaupt die geringste Aussicht auf Erfolg hatte. Eva hatte ihre Grübeleien unterbrochen und sie überraschenderweise zum Tee zu sich nach Hause eingeladen.

Marie hörte die Zimmertür und drehte sich um. Eva kam herein und balancierte ein Tablett vor sich her. Rasch sammelte Marie die Zeitungsseiten zusammen, die über den Tisch verteilt lagen, und legte sie beiseite.

»Das wird dir guttun«, sagte Eva, stellte Teller und Tassen auf den Tisch, zündete das Teelicht im Stövchen an und platzierte die Glaskanne darauf. Sie reichte Marie ein Stück Apfelkuchen.

»Ich erinnere mich an meinen ersten Alleinsprung, als wenn's gestern gewesen wäre. Aber nimm doch Platz.«

Marie setzte sich. Sie war erschöpft, aber auch erleichtert und dankbar, ja, vor allem war sie dankbar dafür, dass sie noch lebte. Sie war sich nicht sicher, wie lange sie noch in der Lage sein würde, dieses Theater weiter zu spielen: Marie Glücklich, die Fallschirmspringerbraut, eine Heldin der Lüfte, die keine Angst kannte.

»Auch ich hab damals – genau wie du – zu früh geflaret. Aber ich hatte nicht so viel Glück wie du.« Eva griff nach der Teekanne und hielt einen Moment lang inne.

»Ich hab mir damals ziemlich übel den Knöchel verstaucht.«

»Und du hast trotzdem weitergemacht?«, fragte Marie, der ihr harter Aufprall noch in den Knochen saß.

Eva schenkte Maries Tasse voll. »Aber ja! Ich musste! Das war wie ein Zwang. Zuerst dachte ich natürlich auch – das war's, lass die Finger davon, das ist nichts für dich. Aber nach ein, zwei Wochen wurde ich nervös. Da bin ich einfach wieder hingefahren und gesprungen. Und damit war der Knoten geplatzt.«

Marie beobachtete Evas offenes Gesicht, ihre feinen Züge, den zarten Mund, die Augen, die trotz der Lachfältchen so traurig wirkten. Sie betrachtete Eva wie eine Fotografie und fragte sich das erste Mal, was es eigentlich für ein Leben war, das Eva führte. Hier, in dieser Wohnung, mit diesem extremen Hobby, das ihr alles zu sein schien. Im Grunde kenne ich sie gar nicht, dachte Marie. Ich weiß nichts über sie, so konzentriert bin ich auf Stella und Erik. Vielleicht wird es Zeit, sich auf etwas anderes auszurichten, die Toten ruhen zu lassen und aufzuhören, die Frage von Schuld oder Unschuld zu stellen.

»Der Schreck scheint dir jedenfalls noch ziemlich in den Gliedern zu stecken.« Eva hielt ihr Zucker und Sahne hin, und Marie tat von beidem reichlich in ihren Tee, der nun die Farbe von Karamell annahm. Sie rührte gründlich um und nahm einen Schluck.

»Das tut gut.« Sie fühlte, wie die Hitze des Tees sich in ihr ausbreitete und das Koffein bald seine belebende Wirkung entfaltete. Ja, dachte sie, ich sollte mich wirklich wieder auf anderes konzentrieren, auf mein eigenes Leben, auf die Menschen um mich. Ihr Blick wanderte zu Eva, die schweigend kaute und ihr dabei aufmunternd zuzwinkerte. Marie griff nach ihrer Gabel und nahm einen Bissen Apfelkuchen.

»Hmmm, der schmeckt ja wie bei Muttern! Das Rezept musst du mir geben.« Sie nickte anerkennend.

Eva reagierte nicht. Sie aß weiter konzentriert ihren Kuchen, Happen für Happen. Irgendetwas ist anders, dachte Marie und sah noch einmal zu Eva. Ein Schatten hatte sich über ihr Gesicht gelegt, und ihr Blick hatte plötzlich etwas Starres. Marie wurde unsicher. Hatte sie etwas Falsches gesagt? Aber was? Ich werde immer komplizierter, dachte sie, das ist nun das Ergebnis meiner Recherche. Hinter allem vermute ich etwas. Es wird wirklich Zeit, wieder in mein Leben zurückzukehren.

*

Er hielt an der Bushaltestelle gleich hinter dem Ortsschild. Ja, das war es. Das hatten sie versäumt. Er blieb etwa dreißig Sekunden dort stehen, den Blick auf die Straßenlaterne gerichtet, dann setzte er den Blinker und wendete. Ein Blick über die Schulter zeigte ihm, warum es die letzten zehn Minuten so still im Wagen gewesen war. Anna und Leni waren eingeschlafen.

Das Haus der Martìns lag in tiefes Dunkel gehüllt. Es wirkte so, als wären seine Bewohner schon vor langer Zeit gegangen. Einen Augenblick blieb Sommerkorn im Wagen sitzen, den Blick auf das Haus gerichtet, dann sah er auf die Uhr und fuhr wieder los. Den Berg hinunter, dann auf die B31 beim *Dehner* vorbei, weiter über die Brücke. Den Flughafen ließ er rechter Hand hinter sich und verließ die Umgehung an der Ausfahrt, die zum *Bodenseecenter* führte. Nach dem Kreisverkehr bog er auf den Betriebsparkplatz der *ZF* ein und fuhr bis zu der Stelle, an der der schwarze

Porsche Cayenne gestanden hatte. Er stellte den Motor ab und schaltete die Scheinwerfer aus. Er sah auf die Uhr; er hatte sechzehn Minuten gebraucht. Fünf Minuten später fuhr er wieder los, am *Bodenseecenter* vorüber zum Friedhof.

Später, als er die Kinder, die über Nacht bei ihm blieben, ins Bett gebracht hatte, schaltete er seinen PC ein, rief Google Maps auf, gab die Daten Graf-Soden-Platz als Startpunkt und Hochstraße als Ziel ein und druckte die berechnete Route aus. Dann griff er zum Hörer und rief Josef Hochberger, einen Kollegen von der Verkehrspolizei an, nannte ihm die in Frage kommenden Straßennamen und bat ihn, herauszufinden, wo am Abend des zwanzigsten November Radaranlagen, feste und mobile, platziert gewesen waren. Sommerkorn wollte außerdem sämtliche an jenem Abend geschossenen Aufnahmen einsehen. Sie vereinbarten einen Termin für den nächsten Morgen.

☺

Beim Frühstück sieht mich Mam an und fragt: Was ist los? Willst du mir nicht endlich erzählen, was los ist? Und die Schule, die Noten? Irgendwas ist doch faul, du warst doch immer so gut. Aber wie könnte ich es ihr erzählen? Wie könnte ich je erzählen, was ich getan habe? Dass ich einer von ihnen war.

*

Marie lief nach unten und hatte die Haustür bereits erreicht, als sie Stimmen aus dem Keller hörte. War das nicht Stella? Statt nach draußen zu Evas Wagen zu gehen, stieg sie die Kellerstufen hinunter, zögerlich zunächst, dann entschieden.

»… muss hier irgendwo sein.« Das war Stella. Dann ein Klappern, Kramen, Stille.

»Hier, ich hab ihn. Hoffentlich bist du jetzt zufrieden.«

Wieder Stille. Dann sagte ein Mann, dessen Stimme Marie bekannt vorkam: »Warum sollte ich jetzt schon zufrieden sein?«

»Wie meinst du das?«

»Ich hole mir ja nur das zurück, was ohnehin mir gehört. Aber du hast so richtig fett abkassiert.«

»Wie bitte? Hast du sie nicht alle?«

»Du musst mich nicht für blöd halten. Inzwischen weiß es doch jeder im Club, dass du das ganz große Los gezogen hast.«

Schweigen, etwas klapperte, eine Schranktür schlug zu. Marie wagte kaum zu atmen.

»Das geht dich nichts an.«

»Das sehe ich anders. So eine Sache geht jeden etwas an.«

»Was meinst du mit ›so eine Sache‹?«

»Na – ist das etwa nicht eine Angelegenheit der Allgemeinheit, wenn jemand unter solchen Umständen ums Leben kommt wie Erik?«

»Es war ein Unfall. Er war in Schwierigkeiten.«

»Tja. Das ist die offizielle Version, nicht wahr?« Die Stimme klang gedämpft. Marie tat noch ein paar Schritte die Treppe hinunter und spitzte die Ohren.

»Sag mal, was willst du mir eigentlich sagen?«

Wieder ein Rascheln, dann hörte sie, wie der Mann halblaut sagte: »Ich erinnere mich daran, wer noch vor wenigen Wochen mit diesen Haschkeksen herumexperimentiert hat.« Noch einmal senkte der Mann die Stimme, bis Marie nur mehr ein Raunen wahrnahm. Atemlos lauschte sie, als der Mann fortfuhr: »Was, wenn Erik gar nicht wusste, was er da aß? Was, wenn jemand ihm – liebevoll – von seinen selbstgebackenen Keksen angeboten hat?«

»Du spinnst ja, du spinnst total. So was muss ich mir nicht anhören!«

»Ist der Gedanke denn so absurd?«

»Erik wäre doch nie und nimmer gesprungen, wenn er sich nicht wohlgefühlt hätte.«

»Tja … gesprungen vielleicht nicht. Aber möglicherweise gab es ja jemanden, der ihm – wie soll ich sagen – beim Aussteigen geholfen hat.«

»Wer sollte denn so was tun?«

»Jemand, der scharf auf das Geld ist und auf einen anderen Typen.«

Auf diese Worte folgte ein Schweigen, das kein Ende zu nehmen schien. Irgendwo auf dem Hof bellte ein Hund, in der Wohnung über ihnen war ein Klopfen zu hören. Dann wieder Stille.

Schließlich sagte der Mann: »Es wissen doch alle, dass da was läuft. Und ganz nebenbei … bist du jetzt frei – frei, das zu tun, was du immer tun wolltest. Und Gedanken ums Geld brauchst du dir nie mehr zu machen.«

Marie schnappte nach Luft. Um ja kein Wort zu versäumen, hatte sie so flach wie möglich geatmet, und nun fühlte sie sich so, als wäre sie gerannt, sie war völlig außer Atem. Dann hörte sie wieder ein Geräusch, aber diesmal kam es von unten. Schritte, gezischelte Worte, die sie nicht verstand. Eilig lief sie aus dem Haus, zu Evas kleinem Wagen, holte das Fläschchen mit den Arnica-Globuli aus dem Handschuhfach und lief, so schnell und leise sie konnte, nach oben in Evas Wohnung zurück.

»Ich wollte schon einen Suchtrupp losschicken.«

»Entschuldige, ich habe draußen einen Bekannten getroffen.«

»Ach ja?«

»Ja …«

»Jemand, der hier im Haus wohnt?«

»Nein, nein. War nur zu Besuch im Nachbarhaus.«

»Ach so.«

Ja, dachte Marie und trat ans Fenster, das zur Hofeinfahrt ging. Und ich bekomme einen Preis als beste Lügnerin des Jahres.

»Magst du mir mal die Butter aus dem Kühlschrank geben?«

»Klar«, antwortete Marie und sah, gerade als sie sich abwandte, den Mann aus dem Haus kommen und auf den schwarzen Jeep zusteuern. Es war Ron, der Pilot.

☺

Was ist es, was träumst du jede Nacht? Junge, sprich mit mir. Was quält dich? Ich will mich ablenken, will lernen. Und manchmal schaffe ich es auch, und einzelne Sachen lenken mich ab. Nur Mathe, ich kann nicht mehr denken. Immer wieder sehe ich diese Augen. Lernen, nicht denken, nicht denken.

*

Nicht zum ersten Mal dachte Sommerkorn, dass auf den Fotos eines Radargeräts selbst der harmloseste Zeitgenosse den Eindruck eines flüchtigen Bankräubers vermittelte.

In dieser Nacht hatte er schlecht geschlafen. Die meiste Zeit hatte er wach gelegen und dem Regen gelauscht, der unaufhörlich an sein Fenster klopfte. Immer wieder war er in kurze Schlafphasen gesunken, in denen er Leanders bleiches Gesicht, die Wundmale an seinen Handgelenken und die in grelles Scheinwerferlicht getauchten Grabsteine sah. Und jedes Mal wachte er mit dem Gefühl auf, einen Gedanken festhalten zu wollen, was ihm jedoch nie gelang. Erst gegen Morgen sank er in einen bleiernen

Schlaf, aus dem der Wecker ihn zu bald schon wieder herausriss. Um halb acht weckte er die Mädchen, kochte auf ihren Wunsch hin Haferbrei mit Zimt und Sahne und fuhr sie zum Kindergarten. Auf dem Weg zur Verkehrspolizei versuchte er, sich an die Szenerie in seinen Träumen zu erinnern, doch die Traumbilder waren verschwommen und zurück blieb nur ein vages Gefühl, dass es da etwas gab, das hinter diesen Träumen verborgen lag.

Nun saß er im Besprechungszimmer gleich neben Josef Hochbergers Büro und sichtete die Fotos der beiden Radargeräte, die am Abend des zwanzigsten November auf der Strecke zwischen dem Betriebsparkplatz und dem Friedhof gemacht worden waren. Nach einer halben Stunde legte er die Papiere beiseite. Er war müde und enttäuscht. Dieser Gedanke hatte ihn jedenfalls nicht weitergebracht. Zurück blieb wieder nur dieses vage Gefühl, dass irgendetwas nicht passte.

Als er wenig später die Diensträume der Verkehrspolizei verließ, war er erleichtert und irritiert zugleich. Er hatte nichts herausfinden können, was Walsers Schuld in Frage stellte. Ein Anruf bei Martin Inkat ergab, dass Walser immer noch nicht gestanden hatte. Und von Matthias Wölfle gab es noch immer kein Lebenszeichen.

Sommerkorn fuhr nach Hause, zog sich seine Laufsachen an und drehte eine Runde im Wald. Als er aus der Dusche kam, war es halb elf. Er hatte noch zwei Stunden Zeit, bis er Leni und Anna vom Kindergarten abholen musste. Bis dahin wollte er noch einmal – ein letztes Mal – gründlich über alles nachdenken. Er kochte sich eine Kanne Kaffee, setzte sich an den Küchentisch, nahm Block und Stift und begann alles zu notieren, was im Entferntesten mit Leander Martìn, Matthias Wölfle und Walser zu tun hatte.

Eine Stunde später saß er mit zehn vollgeschriebenen Seiten da und hatte so gut wie keine neue Erkenntnis hinzugewonnen. Vielmehr kehrten seine Gedanken immer wieder zu einem Punkt zurück: dem Fundort der Leiche. Warum hätte Walser sich die Mühe machen sollen? Es war diese Frage, die ihm plötzlich so wichtig erschien, dass sie alles andere verdrängte. Diese Inszenierung ist der Kernpunkt, um den sich alles dreht, ging es ihm durch den Kopf. Das ist weder die Handlung ei-nes Mannes, der seine homoerotischen Phantasien auslebt, noch die einer Person, die erpresst wird. Diese Inszenierung deutet auf ein zutiefst persönliches Motiv hin. Da sollte nicht einfach ein Mensch ausgeschaltet werden. Die Welt sollte diese Inszenierung sehen. Dieses Arrangement war eine Botschaft, wurde Sommerkorn in diesem Moment bewusst. Doch was war das Motiv hinter dieser Botschaft? Hass? Rache? Eifersucht?

Das Telefon riss ihn aus seinen Gedanken. Im ersten Moment wollte er den Anrufer schon wegdrücken, doch dann erkannte er die Nummer von Josef Hochberger.

»Hallo Josef! Was gibt's?«

»Mir ist noch etwas zu den Radarbildern eingefallen.«

»Ja?«

»Ich hab mich umgehört. In der Nacht des zwanzigsten November war der Citytunnel vorübergehend wegen Reinigungsarbeiten gesperrt. Ab zweiundzwanzig Uhr. Das heißt, euer Freund musste die Ailingerstraße nehmen, um zum Friedhof zu gelangen.«

»Verstehe.« Eine Pause enstand, und Sommerkorn wollte schon nachfragen, ob es sonst noch etwas gäbe.

Da fuhr Hochberger bereits fort: »In der Ailinger Straße hatten wir an diesem Abend zusätzlich zum stationären Ampelblitzer auch ein mobiles Radargerät für Tempo fünfzig stehen.«

Sommerkorn rauschte das Blut in den Ohren. Plötzlich war er hellwach.

»Wenn du gleich vorbeikommen möchtest. Ich hab die Bilder schon vorliegen.«

Zehn Minuten später saß Sommerkorn vor Hochbergers PC. Bei den Personen, die zwischen zweiundzwanzig und dreiundzwanzig Uhr in die Falle gegangen waren, war kein Oberstudienrat Walser in einem roten Renault Scenic dabei. Da dieser laut Aussage seiner Frau gegen dreiundzwanzig Uhr wieder zu Hause gewesen war, gab es keinen Grund, sich noch weitere Fotos anzuschauen. Sommerkorn klickte noch durch die nächsten paar Bilder – mehr aus Pflichtgefühl, denn die Hoffnung, noch etwas zu finden, hatte er bereits aufgegeben. Plötzlich erstarrte er. Er klickte noch einmal zurück, setzte seine Brille ab und beugte sich nach vorne, näher an den Bildschirm heran. Was er dort sah, war so unglaublich, dass er die nächsten Sekunden schweigend darauf starrte.

☺

Heute haben wir die Texte besprochen, die wir zum Diskuswerfer des Myron geschrieben haben. Frau Bärlach hat ein paar vorlesen lassen, mich auch. Nachdem ich gelesen hatte, lag eine große Stille über dem Raum. Frau Bärlach hat mich angesehen, irgendwie war's wohl gut. Sie hat von großer Sensibilität gesprochen. Und ob ich mir bewusst sei, welches Talent ich mitbekommen hätte. Frau Bärlach sagte, mein Gedicht »atmet die Schönheit und Perfektion dieses männlichen Körpers, die Sehnsucht nach Ewigkeit hervorruft«. Ich finde das Gedicht selbst gelungen, und ich hätte beim Schreiben tatsächlich Lust bekommen, noch mehr zu schreiben, nicht nur Tagebuch. Aber nach dem Unterricht, als wir den Klassenraum verließen, gab es wieder die übliche Frotzelei. Irgendwie haben sie jetzt wohl doch mitgekriegt, dass ich nicht mehr mit ihnen zusammen bin. Und irgendjemand rief: Ich wusste gar nicht, dass du ne Schwuchtel bist! Und ein anderer ist gleich auf den Zug aufgesprungen: Tolles Gedicht, Schwuchtel!

*

Es war zehn vor acht Uhr morgens, und wie meistens war Marie auch diesmal zu früh dran und wartete seit ein paar Minuten im Hof. In zehn Minuten würde sie mit Stella nach Leutkirch fahren, zu ihrem letzten Sprung. Sie hatten sich vor dem Haus verabredet, doch als eine Frau auf den Hof trat und Marie lächelnd die Haustür aufhielt, entschied diese, nach oben zu gehen und an Stellas Wohnung zu klingeln.

Stella öffnete und stand mit verquollenen Augen da, auf ihren Wangen hatten sich schwarze Spuren gebildet.

»Was ist passiert?«, fragte Marie erschrocken.

»Es tut mir leid, aber ich kann heute nicht nach Leutkirch fahren.« Sie wischte sich die Nase mit einem zusammengeknüllten Papiertaschentuch ab.

Marie wusste nicht, was sie sagen sollte. »Aber ... das macht ja nichts«, erwiderte sie lahm. Unbehaglich trat sie von einem Fuß auf den anderen. »Wenn ich dir irgendwie helfen kann.«

Stella blickte Marie an. »Ich habe mit Jojo gestritten«, stammelte sie.

»Mit Jojo?«

Stellas zittriger Atem ging in ein Schluchzen über. Sie wandte sich ab und verschwand durch eine Tür. Einen Moment lang zögerte Marie, dann betrat sie die Wohnung, schloss die Tür und folgte Stella in die Küche. Mit hängenden Schultern, die dann und wann zuckten, stand diese da, und Marie blieb einfach vor ihr stehen mit einem

Gesichtsausdruck, der zuversichtlich sein sollte. Nach einer Weile legte sie einen Arm um Stella.

»Wenn du reden willst.«

Das Weinen ebbte ab, Stella schnaubte in ihr Taschentuch und wischte die Tränen weg. »Es ist alles so kompliziert. Jojo ist völlig ausgerastet und einfach gegangen.«

Stella sah über Maries Schulter hinweg ins Leere und ihr Kinn begann erneut zu zucken.

»Bestimmt renkt sich alles wieder ein«, sagte Marie rasch. »Ich kenne Jojo ja nicht gut, aber er kommt mir sehr impulsiv vor. Und impulsive Leute sagen oft Dinge, die ihnen hinterher leidtun.«

Stella seufzte. »Wenn es so einfach wäre ...«

»So lapidar es klingen mag: Manche Dinge brauchen einfach Zeit.« Marie, die Expertin in Beziehungsfragen. Sie kam sich verlogen und hinterhältig vor, als sie hinzufügte: »Manchmal hilft es, sich bei einer Tasse Tee alles von der Seele zu reden. Und noch besser hilft es, wenn der Gesprächspartner ein neutraler Dritter ist.« Wenn das mal nicht zu dick aufgetragen war, dachte Marie.

»Vielleicht hast du ja recht. Möchtest du denn einen Tee?«

Im Gegensatz zu Evas Küche war Stellas wesentlich knapper bestückt. Statt ostfriesischen Sonntagstee, Glaskanne und Stövchen gab es hier nur eine ziemlich ramponiert wirkende, ehemals weiße Thermoskanne und Beuteltee, die Billigmarke. Überhaupt wirkte Stellas Küche provisorisch – als bliebe hier die meiste Zeit die Küche kalt. Dieser Eindruck verfestigte sich, als Marie im Kühlschrank Sahne oder Milch für den Tee suchte und nur ein paar Fertiggerichte für die Mikrowelle entdeckte.

»Moment, ich glaub, ich hab noch eine Tüte H-Milch irgendwo im Schrank«, sagte Stella und lächelte entschuldigend.

Müsste nicht diese Küche hier Eva als Single bewohnen und Stella, die ja außer sich selbst noch ein Kind zu versorgen hatte, Evas großzügige, gut ausgestattete Küche bewirtschaften? Aber so ist es halt im Leben, dachte Marie, als sie die Kanne auf dem Wohnzimmertisch platzierte. Nichts ist so, wie es auf den ersten Blick scheint. Ich lebe mit zwei kleinen Mädchen, die nicht meine sind, und ab und zu kommt ein Mann vorbei, der nicht der Vater, sondern der Onkel der Kleinen ist. Und ihre Mutter kommt nicht mehr zurecht und sitzt in einer psychiatrischen Anstalt.

Sie setzte sich Stella gegenüber in einen Sessel. Neugierig sah sie sich im Raum um. Ein Sofa, über das ein Webteppich ausgebreitet war, ein paar Kelimkissen und an den Wänden riesige bunte Drucke mit naiven Tiermotiven. Ein buntes und exotisch anmutendes Zimmer, ein völlig unkonventioneller Mix aus allem Möglichen, das aber ein harmonisches Ganzes ergab. Stella schenkte Tee ein und stellte die Kanne etwas zu laut auf dem runden Tischchen vor ihnen ab.

»Es tut mir leid, dass es für dich nicht so gut läuft gerade«, fing Marie vorsichtig an.

Stella hob den Kopf und sah Marie direkt und mit großen Augen an.

»Ja«, sagte sie leise. »Es läuft in der Tat nicht besonders gut für mich.«

»Du und Jojo, ihr seid … zusammen?«

Als Antwort lachte Stella, aber es klang bitter.

»Weißt du, wie das ist, wenn man eines Tages merkt, dass man alles verbockt hat? Aus Dummheit oder Naivität oder aus welchem gottverdammten Grund auch immer!«

Marie rührte Zucker in den Tee – eine dunkle, unappetitliche Brühe mit etwas Schaum an der Oberfläche. Typischer Kaffeetrinker-Tee, schoss es Marie durch den Kopf. Dann kippte sie Milch dazu und betrachtete das Ergebnis, das jetzt nicht nur unappetitlich, sondern noch dazu krank aussah. Erinnert mich an die Farbe eines alten Pflasters, dachte sie. Sie räusperte sich.

»Ja, dieses Gefühl, alles falsch gemacht zu haben, habe ich eigentlich für mich gepachtet.«

Stella hob den Blick und lachte ungläubig. Sie schien amüsiert. »So?«

»Ja, aber jetzt erzähl erst mal du. Mein Elend hat auch noch Zeit bis später.« Marie lächelte aufmunternd.

»Es ist eine recht verworrene Geschichte. Oder vielleicht auch nicht.« Stella hielt inne und schien nachzugrübeln. »Vor ein paar Jahren, als ich mit dem Springen anfing, habe ich einen Mann kennengelernt«, fuhr sie fort.

Marie spürte, wie ihr Herz auf einmal schneller schlug, wie ihre Finger sich um die Tasse krampften. Endlich, schoss es ihr durch den Kopf. Und ich muss nie wieder so tun, als würde es mir Spaß machen, aus einem Flugzeug zu springen.

»Einer von den Springern?«

»Ja. Er hieß Erik.«

Marie schluckte. »Erik«, wiederholte sie. Ihr Mund fühlte sich trocken an. »Aber warum *hieß*? Was ist mit ihm?«

»Er … ist tot. Beim Springen verunglückt.«

»Das ist ja entsetzlich. Das … ich …« Meine Güte, bin ich nicht in der Lage, einen korrekten Satz zu formulieren. Marie nahm einen großen Schluck von dem pflasterfarbenen Gebräu. In dem Moment glaubte sie irgendwo tief in ihrem Inneren so etwas wie ein Flirren zu spüren, und plötzlich wusste sie, dass sie zum ersten Mal ganz nah dran war. Sie richtete sich auf, räusperte sich und wollte gerade nachhaken, als das Telefon zu läuten begann. Stella zuckte zusammen. Sie stand abrupt auf und griff nach dem Hörer. Maries Hände ballten sich zu Fäusten.

*

Die Müdigkeit war allgegenwärtig. Die Sehnsucht, sich im Schlaf aufzulösen, im Schlaf, der doch nie kommen wollte, so richtig. Und dann die Pillenfresserei. »Warum?«, hatte Paula die Pflegerin gefragt, als man ihr die erste Tablette in die Hand gedrückt hatte. Was ändert sich dadurch? Die werden Ihnen helfen. Wie denn, hatte sie gefragt, aber die Antwort nicht abgewartet und das Ding geschluckt. Mit Wasser hinuntergewürgt. An sich hatte sie nichts gegen Tabletten. Warum sollte man sich das Leben nicht ein wenig erleichtern. Aber in ihrem Fall? Was sollten diese Tabletten denn bewirken. Es war geradezu grotesk! Pillen, die Tote auferstehen ließen, Lügen beseitigten und Häuser zurückholten. Und einmal die Woche Gesprächstherapie. Da saßen dann all die Gestalten im Kreis, traurige Menschen mit traurigen Gesichtern. Was sollte dabei schon herauskommen, wenn jeder im eigenen Leid wühlte. Und immer wieder das Echo der Frage, die langsam zu einer fixen Idee zu werden schien. Ausnahmsweise nicht ihre fixe Idee, sondern die von Sommerkorn und Marie. Was mit der Asche zu geschehen habe, verdammt!

Natürlich musste sie eine Lösung finden. Und sie hatte auch schon einmal versucht, darüber nachzudenken. Aber mit den Medikamenten im Blut fiel ihr das Denken so verdammt schwer. Wo sollte sie ihn beerdigen lassen? Auf dem Aeschacher Friedhof? Sie würde nie wieder in Schachen wohnen, das war wahrscheinlich die einzige Gewissheit in ihrem Leben, die sie besaß. Ein Haus, ach was, eine Wohnung in Schachen würde sie sich nie wieder leisten können. Oder gab es da Luxuswohneinheiten für Hartz-IV-Empfänger? Denn das war sie jetzt. Vom Tellerwäscher zum Millionär – nur umgekehrt. Aber auf welchem Friedhof sonst? In Bad Tölz, wo Erik herkam? Niemals, dann konnte sie die

Asche gleich in alle Winde zerstreuen. Friedrichshafen. Das hatte Andreas vorgeschlagen. Aber was hatte der Friedhof in Friedrichshafen mit Erik zu tun? Wer weiß, wie lange sie dort wohnen würde. Wenn sie jemals hier herauskäme. Aber das war ja ohnehin egal. Sie war so müde.

☺

Es ist so fürchterlich, am liebsten würde ich nie wieder in die Schule gehen. Ich habe von nichts gewusst! Eigentlich hätte mir gleich bei den Fahrradständern ein Licht aufgehen müssen. Als der Erste mich ansah, mit so einem unglaublich breiten Grinsen. Als ich über den Schulhof zum Eingang ging, haben sie sich gegenseitig Rippenstöße verpasst und losgeprustet. Dann hat mir einer, den ich gar nicht kenne, zugebrüllt, aber so, dass es alle hören konnten: »Hey, bei mir ist am Wochenende ne Bare-Back-Party, wir könnten noch einen guten Mann gebrauchen!«
In der Klasse haben sie sich gar nicht mehr eingekriegt. Sie haben sich kaputtgelacht. Und ich saß da, ganz allein, und habe nichts gecheckt. Irgendwann bin ich dann abgehauen. Vicky ist mir nachgekommen und hat mir erst mal erklärt, worum es eigentlich ging. Ich hab ihr zugehört und konnt's nicht glauben. Bin dann sofort nach Haus und hab's mir angesehen.
Irgendso ne Sau muss mich mit nem Handy heimlich gefilmt haben, als ich das Gedicht vorlas. Und dann hat dieses Schwein ein Video draus gemacht, ein Schwulenvideo, und bei YouTube reingestellt. Er hat meinen Vortrag geschnitten und so mit Bildern kombiniert, dass ich wie ein Homo rüberkomm. Und alle – alle – in der Schule haben es gesehen. Ich bin fertig. Brauch mich in der Schule nie mehr sehen zu lassen.

Wendepunkte

Cyber-Mobbing avanciert zu einem neuen Gesellschaftsspiel. Die große weite Welt des Internets und das kleine Display omnipräsenter Mobiltelefone sind die ideale Plattform für verbale Prügeleien ohne Vermummungsverbot. Täter und Opfer kennen sich meist aus dem wirklichen Leben, nur weiß das leider oft nur einer von beiden. Und Genugtuung durch Bestrafung und Schmerzensgeld gewähren die Gerichte nur, wenn der Täter auch dingfest gemacht werden kann.

(Tobias H. Strömer, Rechtsanwalt)

Als Stella den Hörer auf die Gabel legte und sich wieder zu Marie setzte, war ihre Miene verschlossen. Während des Telefonats hatte sie abwesend geklungen, hatte abwechselnd »Ja« und »Nein« gesagt oder einfach nur geschwiegen. Noch immer ärgerte Marie sich, dass just in dem Moment das Telefon geklingelt hatte, als Stella gerade zum Wesentlichen gekommen war.

Marie nahm den letzten Schluck kalten Tee und verzog das Gesicht. Sie spürte Stellas Blick, deren Miene sich ganz plötzlich entspannte, als sie sagte: »Der Tee ist nicht besonders, was?«

Marie zuckte die Achseln. »Ehrlich gesagt – nein.«

»Möchtest du vielleicht lieber noch einen Kaffee?«

Marie jubelte innerlich. Also war doch noch nicht Hopfen und Malz verloren. Erleichtert lächelte sie: »Ja, wahnsinnig gern.«

Als Stella wenig später zwei dampfende Becher Kaffee auf den Tisch stellte, hatte Marie beschlossen, aufs Ganze zu gehen. Sie setzte sich auf ihrem Stuhl aufrecht hin, ein wenig umständlich, und nahm einen Schluck Kaffee.

»Ich wollte dir vorhin nicht zu nahetreten. Es tut mir leid, wenn ich da …«, begann sie.

Stella sah überrascht auf. »Aber nein … du hast nicht … Ich …« Sie fuhr sich durch ihre blonden Haarstacheln. »Erik und ich … wir …« Sie verstummte abermals, schien mit sich zu ringen, beugte sich vor und rieb sich das Gesicht mit den Händen. Dann, ganz plötzlich, als habe sie einen Entschluss gefasst, sagte sie mit fester Stimme: »Damals, vor vier Jahren, hat Jojo seine Abschiedsparty gegeben, er ist für ein paar Jahre in die USA gegangen. Bei der Fete ist eine Menge Alkohol geflossen. Ich habe ziemlich viel getrunken …«

Maries Herz hämmerte in der Brust. Sie wusste, sie war jetzt ganz nah dran. Gleich würde sie die Wahrheit erfahren. Und dann – dann konnte sie Paula vielleicht aus ihrem Loch herausholen. Nicht sofort, das war ihr klar, dafür steckte Paula zu tief drinnen. Aber nach und nach, wenn diese unumstößliche Wahrheit den Panzer der Depression zerfressen würde.

»Erik hat nicht so viel getrunken wie ich. Oder er hat einfach mehr vertragen. Das Ganze fand in Lindau in einer Kneipe statt und – na ja – irgendwann hatte ich einfach genug und wollte gehen, da hat Erik mir angeboten, dass ich bei ihm zu Hause übernachten könnte. Seine Frau hätte bestimmt nichts dagegen.«

Marie fühlte ein heißes, ein mächtiges Aufwallen, das ihr fast den Atem nahm. Sie war froh, dass Stella nicht erwartete, dass sie etwas erwiderte, denn sie hätte nichts herausgebracht.

»Aber ich wollte nicht in Eriks Haus übernachten. Also fuhr er mich nach Hause. Und dann ist es einfach passiert.«

Marie zwang sich, ganz ruhig ein- und wieder auszuatmen. *Dann ist es einfach passiert.* Sie musste an sich halten, um nicht noch weiter nachzufragen, wie genau so etwas »passieren« konnte. Als würde man sich mal eben am Arm berühren.

»Also habt ihr – du und dieser Erik – miteinander geschlafen.« Marie kam es vor, als würde sie die Worte überdeutlich formulieren.

»Wie es so ist, wenn Alkohol im Spiel ist …«

Marie hatte Mühe, jetzt nicht mit den Zähnen zu knirschen.

»Aber ihr wart … verliebt?« Die Alles-oder-nichts-Frage. Mit hämmerndem Herzen wartete Marie auf die Antwort.

Nach einer Weile sagte Stella schließlich – sie schien Mühe zu haben, die richtigen Worte zu finden: »Aber nein. Das war … ist ja das Schlimme.«

»Du warst also nicht in ihn verliebt, aber er in dich?«

»Nein. Er war auch nicht in mich verliebt. Wir waren eigentlich nur zwei angetrunkene Idioten …«

Marie atmete hörbar aus. Erstaunt sah Stella sie an.

»Was ist mit dir?«

»Na ja, das … das erleichtert die Sache ja ungemein … die Sache mit dir und Jojo, meine ich.«

Stella wandte sich wieder ihrer Tasse zu. Der Kaffee war längst kalt geworden. Sie nahm einen Schluck und verzog das Gesicht.

»Erik war ein anständiger Kerl. Er hat Unterhalt gezahlt – für die Kleine und für mich. Viel mehr, als er hätte zahlen müssen. Er hatte eine eigene Firma, es ging ihm gut, finanziell, meine ich. Zumindest habe ich das immer geglaubt.«

»Und jetzt ist er tot. Aber – entschuldige die Frage – wie kommst du denn nun zurecht?«

»Das ist es ja, was die anderen so gegen mich aufgebracht hat. Erik hatte eine Lebensversicherung zugunsten von Cheyenne abgeschlossen. Und ich habe jetzt eine Million Euro auf dem Konto.«

Marie pfiff durch die Zähne. Gleichzeitig dachte sie, dass sie den Beruf wechseln sollte. Schauspielerin, das wär vielleicht doch was für mich.

»Ist doch nicht der schlechteste Start ins Leben mit einer Million.«

»Das mag sein. Nur ist Jojo jetzt überzeugt, dass da noch mehr war zwischen Erik und mir.«

»Aber da war nichts – all die Jahre nicht?«

»Nichts. Es war nur so ... Als Jojo aus den Staaten zurückkehrte, im letzten Frühjahr, da fühlte ich mich sofort wieder zu ihm hingezogen. Und ich hatte Angst, dass ...«

Marie wartete darauf, dass Stella weitersprach, doch diese schien endgültig verstummt. Sie stand auf und trat ans Fenster, den Blick in den dämmrigen Nachmittag gerichtet.

»Ich hatte Angst, dass Erik nicht mehr zahlen würde. Ich meine, er hat sich wirklich nicht lumpen lassen, so musste ich auch nur dreimal die Woche arbeiten. Und das nur halbtags. Ich dachte, wenn Erik Jojo und mich sieht, fängt er an, zwei und zwei zusammenzuzählen. Damals, vor drei Jahren war ich auch mit Jojo zusammen. Ich hatte einfach Angst, dass irgendwie herauskommt, dass das Kind gar nicht von Erik ist, sondern von Jojo. So, jetzt ist es raus.«

Marie spürte, wie die Ungeheuerlichkeit dieser Aussage wie durch einen dichten Nebel zu ihr drang. Einen Moment lang saß sie von Fassungslosigkeit wie gelähmt da und war unfähig zu denken, geschweige denn zu sprechen. Dieses Kind – Cheyenne Cameron – war nicht Eriks Tochter.

»Weiß Jojo, dass Cheyenne sein Kind ist?«

Langsam wandte sich Stella vom Fenster ab und wieder Marie zu. Wie aus einer weiten Ferne kehrte ihr Blick zurück.

»Ich habe es ihm nie gesagt. Ich habe damals einen Vaterschaftstest machen lassen. Weil ich es selbst wissen wollte. Erik war da und hat gesagt, er hilft mir. Jojo ist einfach abgehauen, nach Arizona. Ich dachte, ich sehe ihn nie wieder. Und plötzlich steht er wieder da. Ich war so allein, ich hatte solche Angst, dass ich das nicht packe. Erik hat sich gekümmert. Damals dachte ich, es wäre besser...« Stella straffte die Schultern und stand sehr aufrecht, wie um sich gegen etwas zu wappnen.

»... es wäre besser, einen Vater für das Kind zu haben, auch wenn es nicht der eigentliche ist«, brachte Marie den begonnenen Satz zu Ende.

»Ja, verdammt! Das habe ich gedacht. Für Männer wie Jojo ist das alles so einfach.« Stella machte eine wegwerfende Handbewegung. Ihre Stimme war laut und scharf, ihre Wangen gerötet. Dann wurde sie plötzlich ganz ruhig und nachdenklich »In letzter Zeit habe ich den Eindruck, er ahnt es.«

»Dass er der leibliche Vater ist?«

Stella nickte. »Dabei geht ihn das im Grunde gar nichts an. Immerhin ist er damals abgehauen, obwohl wir zusammen waren, die Monate vorher, meine ich, und ich hab schauen können, wo ich bleibe ... Zum Glück hatte ich damals Eva.«

»Weiß sie denn davon?«

»Dass Erik gar nicht der Vater ist? Nein. Dass ich wieder was mit Jojo angefangen habe, ja. Ich denke, wenn man so nah beieinanderlebt, kriegt man so was zwangsläufig mit. Obwohl ich sie mit meinem Krempel nicht belasten will. Sie hat genug eigene Probleme, die sie stemmen muss. Ich glaube nicht, dass sie im Moment ...« Stella verstummte, machte eine vage Handbewegung, dann fuhr sie fort: »... die Konzentration aufbringt, sich auf meine Belange einzustellen.«

»Wieso nicht? Ich dachte ...« Marie war ehrlich verblüfft. Eva war ihr immer so gelassen erschienen, in sich ruhend.

»Du weißt das natürlich nicht, weil keiner von uns drüber spricht. Und sie natürlich auch nicht.«

»Worüber?«

Stella schüttelte den Kopf. »Eine schlimme Geschichte, das Schlimmste, was einer Mutter passieren kann. Eva hatte einen Sohn, Tommy, der sich im Oktober das Leben genommen hat. Das war so furchtbar. Sie hat uns alle gebeten, in ihrem Beisein niemals darüber zu sprechen. Wir halten uns natürlich daran.«

»Oh, mein Gott!«, war das Einzige, was Marie dazu sagen konnte. Sie hielt ihre Hand vor den Mund. Sie hatte geglaubt, dieser Frau in den Tagen nähergekommen zu sein. Wie konnte man sich täuschen. Im Grunde wusste sie gar nichts über Eva.

»Das Schlimmste ist, sie will einfach nicht glauben, dass Tommy da runtergesprungen ist.«

»Aber – was glaubt sie denn?«

»Ich weiß es nicht. Wir sprechen ja nie darüber. Nur damals, ganz am Anfang ... Irgendwie hatte ich den Eindruck, als würde sie jemand anderem die Schuld geben.«

Marie sah Stella mit großen Augen an: »Wie meinst du das? Dass sie glaubt, dass jemand nachgeholfen hat?«

Stella zuckte die Achseln. Dann machte sie eine Bewegung, als wollte sie das Thema wechseln. »Ach, ich weiß auch nicht. Aber wenn du mich fragst, dann hatte der Junge ein Problem.«

»Und was für eines?«

»Der hing dauernd am Computer, war zu nichts anderem mehr zu gebrauchen. Dabei war er vorher ein so brillanter Schüler.«

»Aber hängen nicht die meisten Jugendlichen ziemlich viel vor dem PC rum?«

»Wahrscheinlich. Jedenfalls hat Erik – der hatte eine Softwarefirma – dem Jungen irgendwann mal ein Spiel geschenkt. Ich glaub, da hat sich Tommy ziemlich reingesteigert. Eva war jedenfalls nicht gerade begeistert davon, dass ihr Junge immer diesen Egoshooter-Mist gespielt hat.«

Marie schwirrte der Kopf. Cheyenne ist nicht Eriks Tochter, und Eva hatte einmal einen Sohn. *Hatte.*

*

Auf dem Radarfoto waren zwei Personen zu sehen. Bei der Person auf dem Beifahrersitz handelte es sich mit sehr hoher Wahrscheinlichkeit um Leander Martìn; die Person hinter dem Steuer war eine Frau mit langen Haaren, deren Gesichtszüge kaum erkennbar waren, da sie eine große dunkle Sonnenbrille trug und eine Hand vor den Mund hielt. Bei dem Wagen handelte es sich um ein kleineres Modell, wahrscheinlich um einen Toyota Corolla. Das Nummernschild war allerdings nicht lesbar, es war geschwärzt. Was aber das eigentlich Verblüffende an dieser Aufnahme war, war die Uhrzeit: Das Foto war um 23.57 Uhr geschossen worden. Um diese Zeit war Oberstudienrat Walser längst zu Hause gewesen.

Möller grinste. »Walser mit Perücke? Das denkt ihr aber nicht im Ernst.«

»Nee, das sieht nicht nach ’nem verkleideten Kerl aus. Niemals.«

»Dann haben wir jetzt aber ein Problem.«

»Das. Und keinen Täter mehr.«

»Also geht alles wieder von vorne los.« Barbara lehnte ganz hinten an der Wand.

»Walsers Alibi ab dreiundzwanzig Uhr ist absolut wasserdicht.« Sommerkorn stand vorne vor versammelter Mannschaft. »Er war sogar noch vor elf zu Hause, denn aus den Verbindungsdaten seines Telefonanschlusses geht hervor, dass er um 22.54 Uhr mit seinen Eltern in Stuttgart telefoniert hat. Das bestätigen die Eltern, die Ehefrau – und die Telefondaten.«

»Also hatte er eine Komplizin?«

Stille breitete sich bei den Mitarbeitern der SOKO Martìn aus und jeder sann einen Augenblick über diese neue Entwicklung nach. Martin Inkat brach das Schweigen und brachte zum Ausdruck, was jeder im Raum dachte.

»Wenn Leander Martìn um 23.57 Uhr am Leben ist und Walser sich ab dreiundzwanzig Uhr zu Hause befindet: Wie kommen dann die Haare in seinen Kofferraum und seine Kippe auf den Friedhof?«

»Hat schon mal jemand daran gedacht, dass Walser die Wahrheit gesagt haben könnte?«, fragte Barbara.

»Was meinst du?«

»Na, über die ominöse Rothaarige, die ihn in den *Rosenhof* gelockt hat. Hier fährt sie.« Barbara deutete auf das Foto an der Magnettafel.

»Wir haben da eine Person, die rotblondes Haar hat und ziemlich schlecht auf Leander zu sprechen war.« Martin Inkat klopfte mit dem Kugelschreiber auf den Tisch.

»Du meinst aber nicht …«

»… die kleine Viktoria.«

Alle Augen richteten sich erneut auf die grobkörnige Fotografie.

»Ausschließen können wir das natürlich nicht. Aber viel ist auf dem Bild nicht von ihr zu sehen. Auf jeden Fall werden wir abklären, welches Auto die Eltern haben.«

Gemurmel machte sich im Raum breit, das aufbrandete und wieder abebbte. Sommerkorn klopfte an die Tafel.

»Wir werden uns zunächst auf zwei Dinge konzentrieren: Auf den Wagen. Dazu ermitteln wir in Leanders Umfeld, wer so einen Toyota fährt. Ich bin mir mittlerweile ganz sicher, dass der Täter eine enge Beziehung zu Leander hatte. Diese Inszenierung auf dem Friedhof – der Zettel, die Fesselungsspuren – all das deutet darauf hin, dass da jemand eine starke persönliche Abneigung gegen Leander hatte.«

»Einen psychisch kranken Täter schließt du aus?« Barbara betrachtete Sommerkorn gespannt.

»Ich schließe eine Willkürtat aus. Ich glaube fest daran, dass Leander den Täter gut kannte und dass dieser in Form der Hinrichtung seinen Hass gegen Leander auslebte.«

»Also Hass als Motiv?«, fragte Inkat.

»Hass, ja. Aber nicht grundloser Hass. Es muss eine Beziehung gegeben haben. Also Hass auf der Grundlage von Eifersucht. Oder Rache.«

»Und das andere? Du sagtest, wir konzentrieren uns auf zwei Dinge. Den Wagen und?«

»Die Opfer.« Sommerkorn ging zur Tafel und schrieb Leanders Name auf. Dann zog er einen Kreis darum und begann nacheinander andere Namen aufzulisten, die er mit je einem kurzen Strich mit dem Kreis verband.

»Das sind die Opfer, die wir bereits kennen. Selim, Benjamin Bienzle, Viktoria etc. Wir werden uns mit allen noch einmal ausführlich unterhalten müssen. Dann war da noch dieser Junge. Viktoria erzählte, er sei eine Zeit lang in der Clique gewesen, bis er auf eine andere Schule wechselte. Wie hieß er noch gleich? Sei's drum. Damit werden wir uns also zunächst beschäftigen. Noch Fragen?«

☺

»Das ist eine kleine Gedächtnisstütze für dich, damit du daran denkst, dass alles nur schlimmer wird, wenn man den Mund nicht halten kann.« SIE waren das, ich kann es nicht fassen. »Damit du lernst, was mit einem Verräter passieren kann.« Sie müssen gesehen haben, wie Vicky mit mir gesprochen hat. Wahrscheinlich haben sie gedacht, da findet so eine Art Austausch statt.

*

Es war nicht Eriks Kind – das kleine Mädchen mit diesem seltsamen Indianernamen. Und es war tatsächlich nicht mehr gewesen als ein One-Night-Stand im Alkoholrausch. Marie hörte ihr Blut in den Ohren rauschen. Es war nicht der *ganz große Verrat* gewesen, nicht die *ganz große Lüge*. Es ist einfach geschehen, was schlimm genug war. Aber es hatte keine Bedeutung für ihn gehabt. Und für sie auch nicht. Marie ging, so schnell sie konnte. Über ihr berührten sich die Kronen der alten Lindenbäume wie Arme von Riesen, die links und rechts des Weges Spalier standen. Stellas Erzählung über Eva und ihr Schicksal hatte Marie endgültig aus dem Konzept gebracht. Marie knöpfte ihren Mantel auf und bog ab auf die Gruber-Insel.

Nach dem Gespräch mit Stella war sie sofort nach Hause gefahren, auf einem alten Hollandrad, das bei jedem Pedaltritt schrummte und klackerte. Kaum war sie zu Hause angelangt, hatte ein Anruf von Sommerkorn sie ereilt. Ob sie die Kinder mittags vom Kindergarten abholen könne, es sei dringend, er würde sie ansonsten nicht darum bitten. Er würde heute Abend kommen und sie wieder abholen, morgen sei ja schließlich Samstag, und er würde morgen Nachmittag mit den Kindern Paula besuchen. Später hatte er ihr seinen Landrover vor die Tür gestellt, war in einen Dienstwagen gestiegen und mit Barbara davongebraust. Beide hatten ernst und blass ausgesehen. Marie war bald in Richtung Lindau losgefahren, um noch eine kleine Runde im Lindenhofpark zu drehen, bevor die Kinder aus dem Kindergarten kämen, in der Hoffnung, die Bewegung und die Umgebung würden ihr dabei helfen, ihre Gedanken zu ordnen.

Marie blieb am Ufer stehen. Das kleine Hafenbecken des Lindenhofparks war von einer moosbewachsenen Mauer und hölzernen Pfählen gesäumt, und es hatte sich so viel Treibholz darin gesammelt, dass man den Eindruck hatte, darauf gehen zu können. Nur in der Mitte glänzte das Wasser und zeigte dem Betrachter, dass es nur eine Illusion war und dass man schon beim Betreten hinabsinken würde ins Bodenlose. Marie fuhr sich unter den Rollkragen. Sie schwitzte. Sie war viel zu warm angezogen für diesen fast frühlingshaften Morgen. Man hätte nicht gemeint, dass es auf Weihnachten zuging. Vielmehr erstrahlte der Tag in österlicher Milde. Der Weg, der auf die kleine Halbinsel hinausführte, war von leuchtend rostrotem Laub gesäumt. Marie blieb vor dem Gruber'schen Gedenkstein stehen und las: »Rastlos vorwärts musst du streben …« Sie wandte sich ab und trat an die Uferbrüstung. Wie friedlich, beinahe feierlich der See in seinem Bett lag, ein matter, ein blinder Spiegel, der heute – trotz Sonnenschein – ins Nichts zu führen schien. Wie seltsam, dachte Marie. Warum sieht man das Schweizer Ufer nicht, wo doch die Sonne scheint und der Tag so klar ist? Der Himmel über ihr leuchtete in einem satten Blau, doch zum Horizont hin zerfloss das

Strahlen, wurde immer kraftloser und verschwand schließlich ganz.

Nach ihrem Gespräch mit Stella hatte Marie noch kurz bei Eva klingeln wollen, doch dann hatte sie die Hand, die bereits über dem Klingelknopf schwebte, wieder sinken lassen. Nein, sie musste ein wenig Abstand gewinnen. Über allem war da die grandiose, die umwerfende Botschaft gewesen, die Marie erst verarbeiten musste. Erik war nicht der Vater. Das hatte sie sich noch nicht einmal träumen lassen, in ihrer Vorstellung vom Happy End! Sie musste so bald wie möglich nach Weißenau, sie musste Paula sehen und ihr die Nachricht überbringen. Vielleicht würde diese Wahrheit Paula ein klein wenig helfen, und sie konnte eine Zukunft aufbauen, in der Gewissheit, dass ihr das Glück der Vergangenheit blieb und dass es keine jahrelangen Lügen gegeben hatte. Erik hatte sie – und nur sie – geliebt und darüber hinaus eine Pflicht erfüllt, der er sich nicht hatte entziehen können, weil er tatsächlich der anständige Kerl gewesen war, den Paula in ihm gesehen hatte.

Marie fuhr zusammen, als sie dicht hinter sich Schritte hörte. Sie drehte sich um und sah in das mürrische Gesicht eines alten Mannes, der sich auf die rote Bank hinter ihr setzte und ihr einen vorwurfsvollen Blick zuwarf. Sie ging den Weg zurück, den sie gekommen war. Auf einem über die Mauer auf den See hinausragenden Ast, der wie ein abgewinkelter Arm zum Sitzen einlud, wippte ein rothaariger Junge auf und ab.

Dann waren da noch all die anderen Informationen, die sie gesammelt hatte und die sie nicht so recht einordnen konnte. Ron, dem Erik offenbar eine Menge Geld geliehen hatte, das er noch nicht zurückgezahlt hatte und das jetzt Paula zustand. Und wie verhielt sich das mit der Lebensversicherung, rein rechtlich? Was war mit Rons Verdacht, dass Stella etwas mit Eriks Unfall zu tun hatte? Marie schwirrte der Kopf. Was sollte sie mit all diesen Informationen nur anfangen? Wie sollte sie jetzt weiter vorgehen, sollte sie überhaupt weiter vorgehen? Schließlich hatte sie nun herausgefunden, was sie wissen wollte. Natürlich könnte sie nochmal mit Sommerkorn über alles reden, ihm das, was sie herausgefunden hatte, erzählen. Sicher wüsste er besser, was zu tun wäre. Schließlich hatte er es ständig mit Informationen zu tun, die man irgendwie ordnen und auswerten musste. Ihr fiel wieder der letzte Satz von Lady Helen ein, den sie auf der Vernissage gesagt hatte. Was lief da zwischen ihr und Sommerkorn?

Marie war inzwischen am *Hotel Bad Schachen* angelangt und steuerte auf den Landesteg zu. Das Hotel würde erst im Frühjahr wieder seine Türen öffnen. Die von gestutzten Platanen gesäumte Terrasse lag verlassen da, von vereinzelten braunen Blättern geschmückt. Eine Stimmung wie im Fin de Siècle, dachte Marie. Elegant, dekadent und auch ein wenig traurig. Maries Blick streifte die pfirsichfarbene Fassade, die unzähligen Balkone mit ihren weißen Brüstungen, die Fenster mit ihren heruntergelassenen Rollläden, die wie geschlossene Lider aussahen. Und über allem schwebte ein quadratisches Türmchen mit leuchtend grünem Kupferdach. Links am Weg verströmten weiße Blütenknäuel einen leisen und süßen Duft. Irgendwie spielt die Natur verrückt, dachte Marie. Blütenzauber im Dezember! Sie betrat den hölzernen Steg, der weit auf den See hinausführte. Ihre Schritte hallten in der trägen Stille des Vormittags. Hinter dem Häuschen neben der Landungsbrücke blieb Marie stehen, schloss einen Moment lang die Augen und genoss die Wärme auf ihrem Gesicht. Was für ein Ort der Ruhe jetzt im Winter. Sie blinzelte und sah vor sich die Lindauer Insel aus dem Dunst herausragen. Am Rand erkannte sie die Silhouette des Pulverturms, daneben die ehemalige Luitpoldkaserne, die man in ein Dienstleistungszentrum verwandelt hatte. Und noch etwas weiter links die Türme der Stephanskirche und des Münsters *Unserer Lieben Frau*.

Im Vorübergehen warf Marie noch einen Blick ins Wasser. Jetzt schien die Sonne bis auf den Grund und beleuchtete eine Sandlandschaft, die an eine Miniaturwüste erinnerte. Schwemmholz lag da und warf seltsame Schatten auf diese Unterwasser-Sahara. Maries Gedanken kehrten wieder zurück zu Eva. Ja, dachte sie, ich möchte mit ihr sprechen, vielleicht kann ich ihr ja irgendwie helfen. Sie warf einen Blick auf ihre Armbanduhr und schritt rascher aus.

☺

Ich weiß nicht, was ich tun soll. Wenn ich mich ganz unauffällig verhalte, lassen sie mich vielleicht in Ruhe. Und wenn ich mich von Vicky fernhalte. Aber seit der Sache mit dem Penner weiß ich, dass sie zu allem fähig sind.

*

Die Wände des winzigen Zimmers waren fast ganz von Twilight-Postern bedeckt. Edward und Bella waren auf den meisten zu sehen, aber es gab auch welche mit mehreren Personen.

»Hallo, Viktoria!« Sommerkorn und Barbara waren an der Tür stehen geblieben. Viktoria saß an ihrem Schreibtisch, hatte sich halb zu ihnen umgewandt und maß sie mit gleichgültigem Blick. In ihren Augen war weder Beunruhigung noch Erstaunen zu sehen. Auch heute trug sie ihr rotblondes Haar zu zwei dicken Zöpfen geflochten.

»Wir müssen noch einmal mit dir sprechen.«

Viktoria zuckte die Achseln, sagte aber nichts.

»Du hast ein paar Sachen gesagt, die jetzt vielleicht wichtig für uns sein könnten.«

Immer noch keine Reaktion. Sommerkorn tat einen Schritt ins Zimmer, und da es außer dem Bett und Viktorias Schreibtischstuhl keine Sitzgelegenheit gab, fragte er etwas hilfslos: »Wo können wir uns unterhalten? In Ruhe, meine ich.«

Viktoria zuckte erneut die Achseln und sah sich ein wenig ratlos um.

»Hier. Nehme ich an.«

»Kann ich mich setzen?«

»Wieso nicht.«

»Du hast uns letztes Mal von ein paar Mitschülern erzählt, die unter Leander und seiner, sagen wir mal: Bande gelitten haben. Erinnerst du dich?«

Viktoria hatte sich wieder umgedreht. Sie saß nun mit dem Rücken zu Sommerkorn, der steif auf dem Bettrand saß, und Barbara, die immer noch im Türrahmen stand, weil einfach kein Platz im Zimmer war. So wird das nie etwas, dachte Sommerkorn.

»Hier ist es ziemlich eng für drei Leute. Wir können unsere Unterhaltung auch bei einem kleinen Spaziergang fortsetzen.«

Auf einmal fuhr Viktoria herum, und die Gleichgültigkeit auf ihrem Gesicht war einer unverhohlenen Aggression gewichen.

»Sie glauben doch wohl nicht, dass ich mich noch einmal mit Ihnen blicken lasse! Das letzte Mal hat mir genug Ärger eingebracht. Hätte ich nur meinen Mund gehalten.«

Sommerkorn und Barbara wechselten einen kurzen Blick.

»Du hast uns von deinem Verdacht erzählt, dass Leander und seine Kumpel zwei andere Jungen, Selim und Benjamin, schikaniert haben.«

Viktoria reagierte nicht.

»Die beiden haben das bestätigt. Und vielleicht hilft es dir zu wissen, dass sich Thorsten Ehlers und Sven Radlowski, zwei von Leanders Freunden, in Haft befinden und dass gegen sie bereits Anklage erhoben wurde. Thorsten und Sven werden jedenfalls längere Zeit niemanden mehr schikanieren.«

Viktoria drehte sich langsam zu ihnen um.

»Und was ist mit dem Wölfle? Ist der wieder da?«

»Nein. Aber wenn er auftaucht, wird er sofort vernommen und dann vermutlich ebenfalls festgenommen.«

Ein paar Augenblicke schien es, als lauschte Viktoria aufmerksam der Stille, die auf Sommerkorns Worte folgte.

Ihre Miene war reglos, als sie fragte: »Was wollen Sie wissen?«

»Wir möchten dich bitten, uns eine Liste all der Personen anzufertigen, die deiner Meinung nach von der Bande in irgendeiner Weise gemobbt worden sind. Wir müssen mit den Opfern sprechen. Wir sind davon überzeugt, dass sich vielleicht noch ein paar Anklagepunkte hinzuaddieren lassen.« Das ist nur die halbe Wahrheit, dachte Sommerkorn. Wir sind immer noch auf der Suche nach einem Mörder – oder einer Mörderin.

Er betrachtete Viktoria forschend. Auf den ersten Blick hatte sie keine Ähnlichkeit mit der Frau auf dem Radarfoto, ihr Haar war zwar lang, aber doch irgendwie völlig anders, sie trug keinen Pony und außerdem sah es auf dem Foto so aus, als sei die Frau viel kleiner als Viktoria, die mindestens 1,75 m maß. Viktoria schied als Verdächtige eher aus. Selbst wenn es ihr gelungen sein sollte, sich an jenem Abend aus der Wohnung zu schleichen, dann stellte sich immer noch die Frage: Mit welchem Auto war sie gefahren? Ihre Eltern fuhren einen älteren Mercedes, und der Wagen auf dem Foto war eben nun mal ein Toyota. Das Mädchen hatte noch keinen Führerschein, also kam ein Leihwagen auch nicht in Frage.

Viktoria zögerte nur ein paar Sekunden, dann begann sie etwas auf einen Spiralblock zu schreiben. Sie hielt abrupt inne und schrieb dann noch einen Namen dazu, riss die Seite ab und reichte sie Sommerkorn.

»Danke.« Sommerkorn überflog die Namen, die in einer rundlichen Schrift beinahe wie gemalt aussahen. Fünf Namen hatte Viktoria notiert. Beim letzten stutzte Sommerkorn.

»Dieser Thomas. War das nicht der Junge, von dem du das letzte Mal sagtest, er sei auch mit Leander und den anderen zusammen gewesen?«

Viktoria stieß ein Lachen aus, das bitter klang. »Ja, zunächst schon. Aber dann … Wenn Sie mich fragen, haben die den doch nur ausgenutzt. Der kennt sich irre gut mit Computern aus. Und dann, nachdem das mit diesem Video auf YouTube war, haben sie ihn fallen lassen, von heute auf morgen.«

»Was war denn das für ein Video?«

»Wollen Sie's sehen?« Viktoria zog den Laptop, der auf dem Schreibtisch stand, zu sich heran und klappte ihn auf. Ein paar Tastenschläge später lief ein Kurzfilm vor ihnen ab, dessen Botschaft nicht eindeutiger hätte sein können.

Barbara seufzte. »Eine ziemliche Gemeinheit. Dieser Thomas ist schwul, und jemand hat dieses Filmchen zusammengeschnitten, damit jeder Bescheid weiß.«

»Thomas ist ungefähr so schwul wie eine mathematische Formel. Wenn Sie mich fragen, hat der sich weder für Jungs noch für Mädels interessiert. Der hatte ganz andere Sachen im Kopf. Er war lange Zeit unser Primus. Ein Außenseiter, ein richtiger MOF, auf dem alle mehr oder weniger herumgehackt haben.« Sie seufzte und schloss den Laptop wieder. »Auf jeden Fall war er nach diesem Video auf unserer Schule abgestempelt. Mir hat der voll leidgetan. Und dann ist er ja auch weg, auf eine andere Schule.«

»Und auf welche Schule geht er jetzt?«

»Keine Ahnung.«

Sommerkorn stand auf. Legte die Liste vor Viktoria hin. »Wenn Sie bitte noch bei jedem den Nachnamen vermerken.«

»Oh? Klar doch … Hab ich voll verpennt.«

Wieder beugte Viktoria sich über das Blatt und malte mit ihren runden Kringeln die Nachnamen dazu. Dann reichte sie Sommerkorn den Zettel. Sie wirkt erleichtert, fast entspannt, dachte Sommerkorn.

»Ich bin ehrlich froh, dass die jetzt endlich von der Bildfläche verschwunden sind«, sagte sie.

Sommerkorn und Barbara verabschiedeten sich von Viktoria und ihrer Mutter, die sie zur Tür begleitete. Erst auf der Treppe blickte Sommerkorn noch einmal auf den Zettel. Las die Nachnamen. Und erstarrte.

☺

ER will, dass ich in die Ziegelgrube komme. »Wir müssen reden«, sagt ER. »In Ruhe.« Vielleicht wollen sie sich mit mir versöhnen.

*

Sommerkorn scrollte durch die Pfade, tat ein paar Tastenschläge, machte einen Doppelklick mit der Maus.

»Hier«, sagte er.

»Aber … Was bedeutet das denn?« Barbara stotterte. Sie konnte ihren Blick nicht von dem Foto auf dem Bildschirm abwenden.

›Thomas Kreutzberg‹ stand auf dem Grabstein. Das war alles. Kein Datum, kein Sinnspruch, nur der Name.

»Und du glaubst, dass dieser Thomas Kreutzberg der Junge ist, der zu Leanders Bande gehört hat?«

Sommerkorn antwortete nicht gleich. Seine Augen verharrten auf der Schrift, glitten dann über den grauen Stein, das kleine Bäumchen, das mit Glaskugeln behängt war, über den Kranz aus Kiefernzapfen, der an den Stein gelehnt stand.

»Ja«, sagte Sommerkorn schließlich. »Thomas Kreutzberg, das kann kein Zufall sein.«

»Noch ein Toter, der in Zusammenhang mit Leanders Tod, vielleicht auch mit Matthias' Verschwinden steht.«

Zehn Minuten später hatten Sommerkorn und Barbara erfahren, dass der Junge im Oktober von einer Autobahnbrücke im Argental gesprungen war. Den Fall hatte die Kripo Ravensburg bearbeitet und ihn als Selbstmord zu den Akten gelegt. Einzig die Tatsache, wie der Junge von Friedrichshafen ins Argental gekommen war, hatte die Beamten eine Weile irritiert, doch war man abschließend der Meinung gewesen, er sei per Anhalter gefahren.

»Wir müssen mit den Eltern dieses Jungen reden.«

»Mit der Mutter. Sie heißt anders als der Junge. Warte mal, wo steht das nochmal ... Hier: Imhoff. Sie ist allein erziehend.«

»Wo wohnt sie?«

»Hier in Friedrichshafen. Hofener Straße.«

Fünf Minuten später saßen Sommerkorn und Barbara wieder im Wagen, der Zettel mit der Adresse von Thomas' Mutter klemmte unter der Sonnenblende. Sie fuhren unter der Bahnlinie durch, am Kreisverkehr mit der roten Nadel bogen sie in die Eugenstraße ein. Vor dem Haus in der Hofener Straße hielten sie.

»Ich habe ein komisches Gefühl«, sagte Barbara.

»Ich auch«, sagte Sommerkorn.

Erst in diesem Moment fiel Sommerkorn ein, dass er noch jemanden kannte, der in diesem Haus wohnte.

»Das ist doch … Eriks…«, Sommerkorn räusperte sich. »Die Frau, mit der Erik was hatte, wohnt auch hier.«

»Ach nee.«

»Doch.«

Fünf Minuten später mussten sie feststellen, dass niemand auf ihr Klingeln reagierte. Wiederum zwei Minuten später ging die Haustür auf, und eine Frau mit kurzen hellblonden Stoppelhaaren, die Sommerkorn sofort als Stella Siebert erkannte, kam heraus. Sie trug eine große Sporttasche. Sie schien ihn nicht wiederzuerkennen, sie hatten sich ja auch nur kurz auf Eriks Trauerfeier gesehen. Sommerkorn zögerte einen Moment.

»Entschuldigen Sie. Wir möchten zu Frau Imhoff. Wissen Sie zufällig, ob sie da ist?«

Stella Siebert zuckte die Achseln, hievte die Tasche über ihre Schulter und lächelte. »Keine Ahnung.«

Sommerkorn bedankte sich und sah ihr hinterher, wie sie mit ihrer Sporttasche um die Ecke bog. Das war also die Frau, mit der Erik Paula betrogen hatte.

☺

»Wem hast du davon erzählt?«, will ER wissen.

»Niemandem.«

»Ich glaube dir nicht. Was ist mit Vicky, dieser Bitch?«

»Was soll mit ihr sein?«

»Hast du ihr was verraten?«

»Nein.«

»Wieso droht sie uns dann? Was weiß sie?«

»Nichts.«

»Vielleicht müssen wir dein Gedächtnis auffrischen?«

»Wieso? Nein.«
Und dann haben sie meine Hände mit Stacheldraht gefesselt.
»Wenn du einer Menschenseele auch nur ein Wort verrätst, überlegen wir uns was für dich. Vielleicht auch für dein Muttchen.«
»Lasst meine Mutter in Ruhe.«
»Wenn du die Schnauze hältst.«

*

»Kann ich mal deine Toilette benutzen?«, fragte Marie.

»Leider nicht«, erwiderte Eva und lachte, als sie Maries erstaunten Blick sah. »Das sollte ein Scherz sein.«

»Der war gut.« Marie nickte, grinste zurück und ging in die Diele.

»Links«, hörte sie Eva noch sagen, doch da hatte sie schon die nächstbeste Klinke heruntergedrückt. Sie merkte sofort, dass sie sich geirrt hatte. Der Raum lag im Halbdunkel, die Fensterläden waren geschlossen. Und trotz der Kerzen, die auf dem Tisch brannten und den Raum in ein sakrales Licht tauchten, verstand Marie nicht sofort.

Unter dem Fenster stand ein Tisch – oder war es ein Altar? –, über den ein langes weißes Tuch gebreitet war. Darauf rote Lichter, Totenlichter, wie man sie von Friedhöfen kannte. In der Mitte stand das Foto eines Jungen, links und rechts davon je ein Strauß weißer Rosen. Tommy, dachte Marie und näherte sich dem Foto. Das muss Tommy sein. Auf dem Bild kann er höchstens dreizehn sein. Ein blasser Junge mit dunkel gelocktem Haar und einer Brille, der ernst, zu ernst in die Kamera blickt. Marie schluckte. Sie wandte sich ab und schlüpfte so geräuschlos wie möglich aus dem Raum. Das Bad befand sich auf der anderen Seite der Diele. Vorsichtig zog sie die Tür hinter sich zu und setzte sich auf den Wannenrand. Sie fühlte sich elend. Der Anblick dieser Gedenkstätte hatte sie mit voller Wucht an den eigentlichen Grund ihres Besuchs erinnert. Sie war gekommen, um endlich Klarheit zu schaffen. Aber wie würde Eva reagieren, wenn Marie von ihrer Scharade erzählte? Eine Weile dachte sie noch nach, wägte ab, was dafür und was dagegen sprach, bis sie schließlich keinen Vorwand mehr sah, noch länger hier herumzusitzen. Während sie zurück in die Küche ging, überlegte sie fieberhaft, wie sie beginnen sollte, ohne allzu plump und neugierig zu wirken. Wenn sie es recht bedachte, war ihr Eva in den wenigen Tagen, seitdem sie sie das erste Mal auf dem Sprungplatz gesehen hatte, richtig ans Herz gewachsen. Gerade als sie die Küche betrat, klingelte es an der Haustür.

»Bleib sitzen. Ich mach auf«, sagte Marie und warf Eva, die am Esstisch saß, einen kurzen Blick zu.

Eva lächelte flüchtig und nickte.

Auf dem Flur grübelte Marie immer noch. Sie öffnete die Haustür mit Schwung. Als sie die Person, die vor ihr stand, erblickte, trat sie einen halben Schritt zurück.

»Du?«

☺

Manchmal habe ich ein Gefühl, als würde ich nicht mehr lange leben. Heute Morgen, als ich zur Haustür rausging, wehte mir ein Wind entgegen, ein eisiger Wind, dass ich dachte: So ist das Leben. Kalt, beschissen, und es kriecht einem unter den Kragen und in alle Poren. Irgendwo da draußen lauern sie. Ich weiß das, und es ist nur eine Frage der Zeit, bis etwas passiert.

*

»Und wo sind die Kinder?«, war Maries erste Frage. Sie sah Sommerkorn fassungslos an.

»Arlene fährt heute mit Tim ins *Sea Life* nach Konstanz. Sie hat Anna und Leni gefragt, ob sie mitwollen.«

Marie konnte immer noch nicht glauben, dass Sommerkorn vor ihr stand, vor dieser Wohnung. Halb verdeckt hinter ihm stand Barbara.

»Hallo Frau Stern.«

Barbara nickte Marie freundlich zu.

»Was machst du hier?«, fragte Sommerkorn.

»Dasselbe könnte ich dich fragen«, sagte Marie.

»Ich bin dienstlich hier.«

»Ich bin privat hier.«

»Seit wann kennst du Frau Imhoff?«

»Wer ist es denn?« In dem Moment kam Eva um die Ecke. Marie zögerte.

»Es ist ... die Polizei.«

Evas Gesichtsausdruck veränderte sich. Sie verlangsamte ihren Schritt. »Was wollen Sie?«

»Frau Imhoff? Wir müssen Sie dringend sprechen – alleine.«

»Mich? Aber warum denn?«

»Dürfen wir einen Augenblick hereinkommen?«

Sommerkorn und Barbara hielten Eva ihre Dienstausweise hin. Eva sah an den Papieren vorbei in Sommerkorns Gesicht. Marie nahm ihren Rucksack von der Garderobe und legte kurz ihre Hand auf Evas Arm. »Ich geh dann mal.«

Eva nickte mechanisch.

»Wenn ich dir irgendwie helfen kann, ruf mich an.«

Die beiden Beamten traten ein, Marie wandte sich noch einmal um. Dann zog sie die Wohnungstür zu.

☺

Ein Spießrutenlauf. Ich weiß nicht, wie lange ich das noch aushalte. Heute haben sie in Mathe die Tafel aufgeklappt. www.youtube.de stand dort und der Hinweis: »for further details see…«. Alle haben sich gebogen vor Lachen, und der Walser hatte so ein fieses Grinsen im Gesicht. Kann es sein, dass sogar er Bescheid weiß? Und dann musste ich vor an die Tafel. Sie haben ihre dummen Witze gemacht, und dann ist etwas passiert, was ich noch nie erlebt habe: Ich konnte nicht rechnen. Es war alles weg. Meine Finger zitterten, die Kreide kreischte, brach ab. In meinem Kopf Nebel. Jetzt kann der Walser sich freuen. Als ich zurück an den Platz ging, sah ich in seinen Augen die pure Lust blitzen. Und SIE lächelten mir zu. Ich lebe in einem Albtraum.

*

Das Wohnzimmer schien daraus gemauert, aus erstickender, beklemmender Stille. Sie saß in den Steinen, den Wänden, dem Putz. Nicht einmal der Postkartentag vor dem Fenster konnte daran etwas ändern. Sommerkorn betrachtete die Frau, die blass und klein in dem wuchtigen Sessel vor ihm saß, und er spürte das Mitleid wie eine heiße Welle emporschwappen.

»Tommy? Aber Sie wissen doch, was passiert ist. Sie sind doch von der Polizei.« Ihre Stimme war sehr leise und verlor sich im Raum.

»Wir haben die Akte gelesen, die die Kollegen seinerzeit angelegt haben.«

»Die Akte …« Das Flüstern der Frau klang jetzt fassungslos, und Sommerkorn war überzeugt, das Falsche gesagt zu haben.

Die Frau blickte ihn mit großen Augen an, und am liebsten hätte er auf der Stelle kehrtgemacht und sie in Ruhe gelassen. Das alles wieder zu durchleben, indem man darüber spricht. Sommerkorn musste sich überwinden, ihrem Blick standzuhalten.

»Er ist an jenem Abend nicht mehr wiedergekommen. Das ist alles, was ich Ihnen sagen kann. Und dann kamen zwei Polizisten, die mir sagten, dass er tot sei...« Sie verstummte. Dann holte sie tief Luft. Sie schien kaum die Kraft zu haben weiterzusprechen. »Ihre Kollegen haben mir gesagt, dass er von einer Brücke gesprungen sei, und das Verfahren wurde eingestellt.«

Die Stille im Raum wurde immer dröhnender. Barbara rutschte unruhig auf dem Sofa hin und her.

»Aber Sie haben das damals nicht geglaubt. Dass er gesprungen ist.«

Sie wandte den Blick ab und schien endlos verloren in dem großen Sessel. Endlich sagte sie: »Was spielt das denn für eine Rolle? Was ich glaube.«

»Frau Imhoff, ein Junge aus Kressbronn, ein ehemaliger Klassenkamerad von Tommy, ist ermordet worden. Ein zweiter – ebenfalls aus dem Umfeld, in dem sich Ihr Sohn zeitweise bewegt hat – ist verschwunden. Wir haben Grund zu der Annahme, dass der Tod Ihres Sohnes möglicherweise kein Selbstmord war und mit diesen beiden Fällen irgendwie in Verbindung steht.«

Plötzlich schien die Frau aus ihrer Erstarrung zu erwachen, und ihre Stimme klang auf einmal klarer.

»Sie glauben also, dass jemand meinen Sohn ... hinuntergestoßen hat?«

»Das ist zumindest eine Möglichkeit, die wir im Licht dieser neuen Entwicklungen untersuchen.«

Sie blickte auf und sah Sommerkorn jetzt direkt an. Ihre Augen waren ausdruckslos. Dann wiederholte sie tonlos das eine Wort.

»Entwicklungen«, flüsterte sie. »Entwicklungen.«

☺

Mam merkt, dass etwas nicht in Ordnung ist. Beim Essen durchbohrt sie mich mit ihren Blicken, und immer wieder fragt sie. Fragt, fragt, aber wie könnte ich ihr davon erzählen? Was sie getan haben. Und vielleicht noch tun werden. Wenn ich sie verrate … Aber natürlich ist Mam auch nicht blöd. Sie merkt, dass etwas geschehen ist.

*

Als Sommerkorn und Barbara eine halbe Stunde später aus dem Haus kamen, trat Marie hinter dem Fahrradschuppen hervor und ging auf die beiden zu.

»Was wolltet ihr von Eva?«

»Wie gut kennst du sie?«, konterte Sommerkorn.

Marie wich Sommerkorns Blick aus und schwieg verbissen. Dann wiederholte sie die Frage mit anderen Worten: »Was ist mit Eva, warum wolltet ihr sie sprechen?«

Sommerkorn überlegte. Dann gab er sich einen Ruck.

»Wir ermitteln immer noch in dem Mordfall des Jungen, den man auf dem Friedhof gefunden hat.«

»Und was hat *sie* damit zu tun?«

Sommerkorn wand sich unbehaglich unter Maries und Barbaras Blicken. Schließlich war es Barbara, die antwortete: »Sie hatte einen Sohn, der mit dem Mordopfer in dieselbe Klassenstufe ging.«

»Tommy…«

»Ja. Was weißt du über ihn?«

»Nur, dass er tot ist. Menschenskinder, was wollt ihr von der armen Frau?«, brach es aus Marie heraus. Sie fühlte sich in die Defensive gedrängt. Sollte sie Sommerkorn von ihren eigenen Ermittlungen erzählen? Eine bessere Gelegenheit wie diese bot sich vielleicht so schnell nicht wieder. Aber natürlich wollte sie niemanden in die Pfanne hauen, mit irgendwelchen halbausgegorenen Theorien. Eine Weile standen sie so auf der Straße herum.

»Wir sollten uns darüber noch einmal in Ruhe unterhalten. Bist du heute Abend zu Hause?«, fragte Sommerkorn schließlich.

Marie überlegte. Heute am späten Nachmittag hatte sich Helen angekündigt. Die Maries Werke in Augenschein nehmen wollte. Und die Vorstellung, dass Sommerkorn und Zarah Leander sich in ihrem Haus begegnen sollten, behagte ihr ganz und gar nicht. Zudem hatte sie keine Lust auf ein Verhör in Sachen Eva. Andererseits war sie auch neugierig und vielleicht würde Sommerkorn ihr ein wenig mehr erzählen, wenn Barbara nicht dabei war.

»Heute Abend hab ich schon was vor«, log sie. Sollte Sommerkorn sich ruhig fragen, was und mit wem. »Aber morgen Abend geht's.«

»Gut. Passt es dir zwischen sechs und sieben?«

»Denke schon.«

Fünf Minuten nachdem die beiden wieder in ihren Wagen gestiegen und mit einem knappen Winken davongefahren waren, stand Marie immer noch vor Evas und Stellas Haus und dachte nach. Was hatte das alles zu bedeuten? Gab es etwa einen Zusammenhang zwischen dem Mordopfer vom Friedhof und Evas totem Sohn? Marie kramte in ihrem Rucksack, zog den Schlüssel heraus und ging auf den Wagen zu, den sie heute Morgen von der Carsharing-Agentur gemietet hatte. Ich brauche dringend ein eigenes Auto, dachte sie. Dann fiel ihr das undichte Dach ein und der Batzen Geld, den sie für den Fallschirmspringerkurs ausgegeben hatte. Sie stieg ein, legte den ersten Gang ein und fuhr davon.

Im ersten Moment nahm sie die Frau auf dem Fahrrad gar nicht bewusst wahr. Mit der schwarzen Wollmütze und dem dicken grauen Schal, der fast bis zur Nasenspitze reichte. Nur das Fahrrad mit den rosa Blümchen ließ sie aufmerken. Und erst auf den zweiten Blick erkannte sie Eva, die mit starrem Blick in die Pedale trat. Marie erschrak: Eva sah aus, als sei ihr ein Gespenst begegnet, völlig blass und – ja – angsterfüllt. Was sollte sie tun, Eva nachfahren? Sie zum Anhalten bewegen, mit ihr reden? Sie trösten? Marie fühlte sich unendlich hilflos. Wie bei Paula, dachte sie. Dasselbe Gefühl der Ohnmacht. Aber durfte sie sich überhaupt einmischen? Sie kannte Eva doch nicht sonderlich gut. Egal, dachte Marie und gab Gas.

☺

Ihre Fragen werden immer penetranter. Ich antworte ausweichend oder gar nicht, aber ich glaube, sie ahnt, dass es etwas ist, das mit der Schule zu tun hat.

*

»Martin, du nimmst dir die Akte Tommy Kreutzberg vor. Schau sie dir ganz genau an, sprich nochmal mit der Mutter, vielleicht ist da noch was, ein PC, Bücher, CDs, irgendwas … Ein paar Beamte sollen die ehemaligen Mitschüler, die Lehrer, einfach alle befragen, die Tommy kannten. Vielleicht stoßen wir auf etwas, das wir bisher übersehen haben. Und ihr«, Sommerkorn wandte sich an Barbara und Möller, »weitet die Suche nach dem Toyota auf das Umfeld von Tommy Kreutzberg aus. Kontrolliert die Autos aller Personen, mit denen Tommy in den Monaten vor seinem Tod Kontakt hatte. Was für einen Wagen fährt übrigens Tommys Mutter?«

»Auf die Mutter ist kein Wagen zugelassen. Wir haben

aber rausgekriegt, dass sie sich ein Auto mit einer Frau teilt, die im selben Haus lebt wie sie, einer gewissen Stella Siebert«, antwortete Martin Inkat.

»Ach.« Damit hatte Sommerkorn nicht gerechnet.

»Kennst du die?«

»Kennen ist zu viel gesagt.«

»Jedenfalls fahren die beiden einen Polo«, fuhr Inkat fort.

»Wär ja auch zu schön gewesen.« Barbara seufzte.

»Dann nehmt euch noch die Leihwagenfirmen im Raum vor. Wir müssen diese Frau finden.«

»Meinst du, sie ist die Mörderin?«, fragte Inkat.

Sommerkorn zögerte. »Sie könnte die Mörderin sein. Sie könnte Walsers Komplizin sein, vergesst nicht, dass vieles nach wie vor gegen Walser spricht. Sie könnte aber auch«, sagte Sommerkorn und hielt einen Augenblick inne, »gar nichts mit der ganzen Sache zu tun haben. Sie könnte ganz einfach die letzte Person sein – außer dem Mörder natürlich –, die Leander Martìn lebend gesehen hat.«

»Warum hätte sie dann das Nummernschild schwärzen sollen?« Barbara schüttelte ungläubig den Kopf.

»Vielleicht gibt es da noch eine ganz andere Sache, die mit dem Mord gar nichts zu tun hat, sondern mit den Umtrieben dieser Bande …«

☺

Sie hat mich von der Schule genommen, einfach so, ohne Vorankündigung. »Wenn du nicht mit mir reden willst, muss ich eben handeln«, hat sie gesagt. Ab September bin ich weg. Sie hat mich nach Ravensburg verfrachtet. Ich kann es noch gar nicht fassen, dass ich morgen das letzte Mal durch die Gänge gehen, das letzte Mal in diesen Zimmern sitzen werde. Und mich das letzte

Mal von ihnen fertigmachen lassen muss. Vielleicht ist das ja tatsächlich die Lösung. Aus den Augen, aus dem Sinn.

*

Eva fuhr die Eugenstraße entlang. Sie blickte sich nicht um, sah weder nach rechts noch nach links; die Schultern waren hochgezogen, der Rücken gekrümmt, ein Buckel. Nur die Füße bewegten sich, stießen kraftvoll in die Pedale.

Marie zögerte. Was sollte das? Warum fuhr sie Eva hinterher? Sie konnte ihr ja ohnehin nicht helfen, und am Ende würde Eva ihr Mitgefühl als reine Neugierde interpretieren. An der ersten Kreuzung wollte Marie abbiegen, um nach Hause zu fahren – schließlich hatte sie alle Hände voll zu tun –, aber irgendetwas hielt sie davon ab. Sie folgte Eva, obwohl sie unentschlossen war und ein schlechtes Gewissen hatte – eine seltsame Mischung. Als Marie immer noch auf eine günstige Gelegenheit, Eva zu überholen und ein Zeichen zu geben, wartete, wurde ihr bewusst, dass Eva immer weiter stadtauswärts fuhr, durch Windhag und dann am Seewald vorbei. Sie ließ links die *Zeppelin University* hinter sich, als der zähfließende Verkehr sich langsam aufzulösen begann. Marie musste Eva schließlich überholen, um nicht den Zorn der anderen Autofahrer auf sich zu ziehen und ein Hupkonzert auszulösen. In Fischbach hielt sie an einer Bushaltestelle und wartete. Ungeduldig fragte sie sich, ob Eva vielleicht rechts zum *Kaufland* abgebogen war, da tauchte sie wieder in ihrem Rückspiegel auf. Hinter Fischbach dachte sie endgültig, dass Eva sich wohl wirklich einfach Bewegung verschaffen wollte, denn sie bog rechts ab und fuhr zwischen den Feldern einen asphaltierten Weg entlang. Ja, dachte Marie, sie wird eine Runde drehen, um den Kopf freizubekommen. Kein Wunder nach diesem Tag. Marie fuhr rechts ran. Hier, auf diesem Weg war der Verkehrsstrom, in dem sie eben noch mitgeflossen war, abrupt abgebrochen. Außer ihr und Eva weiter vorne war niemand unterwegs. Marie sah Evas Rücken kleiner werden. Wahrscheinlich schlägt sie jetzt gleich einen Bogen zurück nach Friedrichshafen, dachte sie. Doch dort, wo der Weg sich gabelte, sah sie Eva geradeaus weiterfahren auf eine Schranke zu, die den Weg versperrte. Eva stieg vom Rad und durchsuchte eine rote Plastiktüte in ihrem Gepäckträger. Dann schob sie das Rad um die Schranke herum – und verschwand aus Maries Blickfeld.

Was um alles in der Welt tat Eva hier? Marie zögerte, dann fuhr sie kurz an und parkte den Wagen hinter einem Baum. Sie zog ihre Mütze auf, schlüpfte in ihre Jacke und stieg aus.

Die Landschaft hier berührte sie seltsam. Und eigentlich sah sie auch eher aus wie ein Stück Land, das der Mensch sich einmal zunutze gemacht und dann einfach vergessen hatte. Marie lauschte. Nichts. Kein Mensch war zu hören, kein Rascheln zu vernehmen. Hier schien es noch nicht einmal einen Vogel zu geben, der bereit war, diese dumpfe Tristesse ein wenig aufzulockern. Das einzige Geräusch war das leise Rauschen von der Straße. Diese Gegend hier wirkte geradezu abgelöst. Entlang der Stichstraße, die hinter dem Tor ihre Fortsetzung fand, blattlose Erlen. Das vom Winter müde Gras, der tiefe Himmel darüber, der dieselbe Farbe hatte wie Wischwasser. Marie drehte sich langsam einmal um sich selbst, ging dann ein paar Schritte zurück. Überlegte. Vielleicht war Eva doch rechts abgebogen, in den landwirtschaftlichen Weg?

Marie ging auf die Schranke zu, die man leicht umgehen konnte, da kein Zaun das Gelände umschloss. Aber durfte man da überhaupt einfach so rein? Sie sah sich um, konnte jedoch kein Verbotsschild oder einen anderen Hinweis finden. Zögernd ging sie rechts an der Schranke vorbei und blieb nach ein paar Metern stehen. Irgendetwas hier war unheimlich. Wieder blickte sie sich um, taxierte den Holzstoß am Wegrand, die aufgeschichteten Äste, die zu Häufen getürmt waren. Und da sah sie es. Hinter einem Baum auf dem Boden liegend. Evas Fahrrad.

Unwillkürlich tat sie einen Schritt zurück, hielt den Atem an und lauschte. Nichts. Nur das Rauschen des Verkehrs auf der B31. Ansonsten Stille. Was tat Eva hier, auf diesem sonderbaren Gelände, an diesem Ort, der ein Niemandsland zu sein schien. Ganz vorne, an der Straße, hatte ein kleines gelbes Schild gestanden: »Ziegelgrube«. War das das Geheimnis? Eine vergessene Ziegelgrube? Aber warum war Eva hier, in dieser Einöde? Hier fährt man doch nicht hin, um ein wenig frische Luft zu schnappen. Auch wenn man die Einsamkeit liebte, da gab es andere Gegenden, die ansprechender waren. Marie sah den Weg entlang, dorthin, wo er in einer Biegung verschwand. Sie fühlte Unbehagen aufsteigen. Das Gebüsch, die Erlen, das Fahrrad, die dürren Äste am Wegrand, ein paar verrostete Getränkedosen – all das machte zugleich einen armseligen und bedrohlichen Eindruck. Irgendwo kreischte eine Krähe, rau und hämisch. Etwas raschelte, dann ein Knacken im Gebüsch. Marie schrak auf, drehte sich um und rannte, so schnell sie konnte, zum Wagen zurück.

Eine Weile stand sie einfach an ihrem Auto und dachte nach. Im Grunde musste sie sich auf den Heimweg machen, wenn sie Helen Kattus nicht vor ihrer Haustür warten lassen wollte. Sie beschloss, noch zehn Minuten zu bleiben, um zu sehen, ob sich noch etwas täte. Und in der Tat dauerte es keine fünf Minuten, da tauchte Eva wieder auf. Sie setzte sich aufs Rad und fuhr, so schnell sie konnte, davon, in Richtung Friedrichshafen. Erst als sie in das kleine Waldstück einbog, fiel Marie auf, dass die rote Plastiktüte in Evas Fahrradkorb fehlte.

☺

Erik hat mir ein cooles Spiel geschenkt. »Wird dich ein bisschen ablenken von dem, was immer du mit dir rumschleppst.« Und das Spiel macht tatsächlich voll Bock, wenngleich Mam sagt: »Ich will nicht, dass du so einen Mist spielst.«

*

Beide Jungen schwiegen.

»Wie meint ihr das, Tommy war ein Loser?«, wiederholte Sommerkorn seine Frage.

Sven Radlowski antwortete mit einem Achselzucken, das etwas Eckiges an sich hatte. Thorsten Ehlers antwortete, wobei er um größtmögliche Schnoddrigkeit bemüht schien:

»Das, was es heißt, er hatte nix drauf. War'n typisches Opfer.«

»Aber eine Zeit lang war er doch Teil eurer Clique?«

»Tommy hat nie richtig dazugehört«, sagte Sven Radlowski halblaut.

»Warum war er dann überhaupt dabei – eine Zeit lang?«, fragte Sommerkorn.

Die beiden zuckten die Achseln.

»War er auch dabei, als ihr die Dönerbuden in Brand gesteckt habt?«, fragte Barbara.

Ehlers lachte. Es hörte sich an wie das Meckern einer Ziege. »Zuerst schon. Aber mit dem war ja nichts anzufangen. Der hatte die Hosen dermaßen voll ...«

»Und als er nicht mehr mitmachen wollte, habt ihr dieses Video ins Internet gestellt«, sagte Sommerkorn und sah von einem Jungen zum anderen. Sie saßen da wie vom Donner gerührt. Bingo, dachte Sommerkorn.

»Ihr wolltet ihn öffentlich fertigmachen. Damit er auf jeden Fall den Mund hält. Und weil das nicht gereicht hat – vielleicht wollte Tommy ja zur Polizei gehen oder sich sonst jemandem anvertrauen – habt ihr ihn kurzerhand zum Schweigen gebracht. Ein Stoß von einer Brücke, und die Sache war ein für alle Mal erledigt.«

Wieder schwiegen die beiden. Dann brach es aus Sven heraus: »Was? Was wollen Sie uns hier anhängen? Wir haben nichts mit Tommys Tod zu tun! Der war völlig durchgeknallt. Fragen Sie mal die anderen.«

☺

»Hock doch nicht die ganzen Ferien in der Bude rum. Draußen scheint die Sonne, geh zum Baden, fahr Rad, aber verkriech dich doch nicht mit diesem Ballerspiel.« Wie könnte ich ihr erklären, dass ich Angst habe, ihnen zu begegnen? Der stumme Reiter ist bessere Gesellschaft. Während er die Fratzen und Monster mit seinem Speer durchbohrt, stelle ich mir vor, sie tragen ihre Gesichter! Wenn ich sie nur auslöschen könnte, wenn sie einfach vom Erdball verschwinden würden, sich in nichts auflösen würden. Und was ist das Nichts anderes als der Tod?

*

»Thomas Kreutzberg? Eine ganz schreckliche Geschichte.« Der Direktor des Ravensburger Gymnasiums, der Schule, die Tommy zuletzt besucht hatte, erhob sich und schloss die Tür zum Korridor.

»Der Junge war sehr begabt. Das Zeugnis, mit dem er auf unsere Schule wechselte, war herausragend. Aber er hat nicht lange am Unterricht teilgenommen.«

»War er krank?«

Der Direktor seufzte. »Zunächst fehlte er einfach unentschuldigt. Wir haben seine Mutter benachrichtigt, weil er noch nicht volljährig war. Die wusste gar nichts davon. Und eine Weile später kam er in psychiatrische Behandlung. Er muss schwere psychische Probleme gehabt haben. Irgendwann hörten wir dann von dem Suizid. Was mich zutiefst erschüttert hat, aber ehrlich gesagt nicht überrascht. Der Junge hatte völlig den Halt verloren.«

»Sie halten einen Selbstmord also für wahrscheinlich?«

»Das tue ich. Aber sprechen Sie doch mit dem behandelnden Arzt, ich kann Ihnen den Namen geben.«

☺

Heute war ich mit dem Fahrrad im *Kaufland*, Mam hat Spätschicht und sie bat mich, einkaufen zu gehen. Da standen sie plötzlich hinter mir, alle vier. Völlig lautlos haben sie sich angeschlichen. Es war schon spät, neun Uhr, und weit und breit keiner in Sicht. Sie haben mich ans Regal gedrängt und mich gefragt, ob ich glaube, dass eine neue Schule mein Problem löst. »Wenn uns nicht alles täuscht, fährt dein Muttchen immer mit dem Rad zur Arbeit. Und da kommt sie doch immer an diesem Waldstück vorbei, nicht wahr?« Ich wünschte, diese Psychopathen würden einfach verrecken. Wie habe ich mich je mit ihnen einlassen können, wieso habe ich nicht früher gemerkt, was das für welche sind?

*

Der Arzt war groß und ernst und erinnerte Sommerkorn an einen traurigen Hund.

»Thomas Kreutzberg litt an paranoider Schizophrenie. Er bildete sich ein, die Figuren eines Computerspiels seien hinter ihm her und wollten ihn töten.«

»Wie lange war er in Behandlung?«

»Zweieinhalb Wochen in der Jugendpsychiatrie.« Der Arzt blätterte in der Krankenakte. »Er hörte Stimmen, fühlte sich verfolgt, wäre wohl bei sich zu Hause beinahe einmal aus dem Fenster gesprungen. Er bildete sich ein, ein Mann, den er manchmal den *Stummen Reiter* oder auch *The Silent Knight* nannte, sei hinter ihm her.«

»Was sagten Sie gerade?«

»Dass diese Figur …«

»Nein, nein, den Namen.«

»Tommy nannte ihn den *Stummen Reiter* oder *The Silent Knight*.«

☺

Aber jetzt habe ich ja den stummen Reiter. Wenn im Leben nur auch alles so einfach wäre.

*

Diesmal trug Helen Schnürstiefel mit spitzen Absätzen, auf denen sie durch Maries Malerwerkstatt stolzierte.

Klack, klack. Marie wartete ab. Sie war nicht mehr im Geringsten nervös, jedenfalls nicht wegen der Ausstellung, und schon gar nicht wegen dieser Frau. Sie hatte jetzt ganz andere Dinge im Kopf. Sie musste so schnell wie möglich zu Paula. Entsprechend einsilbig waren ihre Antworten auf Helens Fragen zu den Bildern. Als Helen nach einer guten Stunde fertig war – sie hatte alle Bilder fotografiert und eine Kurzbeschreibung samt Nummer auf ein Diktiergerät gesprochen –, konnte Marie es kaum erwarten, sie endlich gehen zu sehen. Am liebsten hätte Marie sie zur Tür hinausgeschoben.

Kaum war Helen in ihr schickes Cabriolet gestiegen

und von dannen gebraust, saß Marie auch schon hinter dem Steuer ihres geliehenen Golfs. Sie war nervös, ihre Hände waren feucht, und sie hielt das Lenkrad so fest umklammert, dass ihre Knöchel weiß hervortraten. Wie Paula wohl reagieren würde? Das letzte Mal am Telefon war sie ihr recht ruhig erschienen, aber das war wahrscheinlich auf die Medikamente zurückzuführen.

Paula saß am Fenster, ein Buch lag auf ihrem Schoß. Sie las nicht, als Marie das Zimmer betrat, sondern blickte nach draußen in den grauen Tag.

»Hallo.« Marie ging zu der Freundin und drückte sie.

»Hallo.« Paula lächelte flüchtig.

Das ist doch schon mal was, dachte Marie. Vielleicht ein Anfang. Marie zog einen Stuhl heran und setzte sich Paula gegenüber.

»Was liest du?«

Paula klappte das Buch zu. Zuckte die Achseln. »Nichts.«

Marie räusperte sich. Sie betrachtete Paula, das blasse, teigige Gesicht, die blondierten Haare, die Paula streng nach hinten gekämmt trug, den dunklen Ansatz, der noch etwas breiter war als beim letzten Besuch.

Es geht ihr immer noch nicht gut, dachte Marie. Und doch habe ich das Gefühl, als sei da ein anderer Ausdruck in ihren Augen. Aber vielleicht bilde ich mir das nur ein.

»Was machen die Kleinen? Wann bringt ihr sie mit?«

Die Frage kam so unerwartet, dass Marie zusammenzuckte. »Morgen, wenn du willst. Heute sind sie mit Arlene und Tim im *Sea Life*.«

»Das wird ihnen gefallen.«

Wieder ein Lächeln, nicht mehr ganz so flüchtig. Marie überlegte, wie sie am besten beginnen sollte.

»Wir haben hier eine Cafeteria. Da können wir uns reinsetzen«, schlug Paula vor.

Marie nickte erleichtert. So viel Initiative von Paulas Seite – war das nicht ein gutes Zeichen?

In der Cafeteria setzten sie sich an einen Tisch am Fenster. Marie nahm einen Schluck von ihrem Kaffee und warf einen Blick auf zwei ältere Frauen am Nebentisch, die konsequent schwiegen.

»Ich habe etwas herausgefunden«, begann sie das Gespräch.

Paula nippte an ihrer Schokolade. »So?«, fragte sie völlig interesselos.

Marie holte tief Luft. Und begann zu erzählen. Sie berichtete von ihrem Plan, wie sie es eingerichtet hatte, Stella kennenzulernen. Wie sie den AFF-Kurs absolviert hatte. Von Ron und Jojo. Von Cheyenne, die gar nicht Eriks Tochter war. Sie ließ kein Detail aus, berichtete sogar von Eva und Sommerkorn, der plötzlich aufgetaucht war. Von Tommy. Und von ihrer Verfolgungsjagd, Eva hinterher. Paula hörte schweigend zu. Nicht ein einziges Mal unterbrach sie Marie, um etwas zu fragen oder einen Kommentar abzugeben. Die ganze Zeit über blickte sie Marie unverwandt an.

»Das Ganze ist so … vielschichtig, ich blicke da gar nicht richtig durch. Was hat sie da gemacht, in dieser Ziegelgrube? Am liebsten würde ich da nochmal hinfahren und mich umsehen …«, sagte Marie und hing noch einen Augenblick diesem Gedanken nach. Dann straffte sie die Schultern, nahm einen Schluck von ihrem Kaffee und fuhr fort: »Du glaubst gar nicht, wie leid mir Eva getan hat. Sie hat doch so Schreckliches erlebt. Sie war auch ziemlich verstört, nach dem Besuch deines Bruders … Aber das Wichtigste dabei ist doch … dass Erik …« Marie verstummte. Paula liefen die Tränen über das Gesicht.

Marie berührte die Freundin sanft am Arm. »Ich dachte, wenn du weißt, dass nicht alles … eine Lüge war …« Marie stockte und suchte nach den richtigen Worten. Da flüsterte Paula – so leise, dass Marie sie kaum verstand: »Kannst du bitte gehen?«

☺

Heute stand es in der Zeitung. In Meckenbeuren hat wieder eine Dönerbude gebrannt. Was ist, wenn ich zur Polizei gehe? Aber vielleicht waren sie es ja auch gar nicht. Dann würde ich uns umsonst in Gefahr bringen.

*

Marie starrte durch die Windschutzscheibe, die Scheibenwischer zogen monoton ihre Bahnen. Sie fror. Sie stellte die Heizung höher und schaltete das Gebläse ein. War es ein Fehler gewesen? Sie war so fest davon überzeugt gewesen, das Richtige zu tun.

In Friedrichshafen stellte sie den Wagen auf den Parkplatz der Carsharing-Agentur. Stieg dann auf ihr Rad. Nichts wie nach Hause, dachte sie. Ich will nur noch in die Badewanne und dann mit einem heißen Tee ins Bett. Am Zebrastreifen in der Friedrichstraße blieb sie stehen. Ein seltsamer Gedanke ging ihr durch den Kopf. Ich spinne doch, schimpfte sie sich selbst, das Detektivspielen hat mir die Sinne verwirrt. Sie schwang sich wieder auf ihren Sattel und kämpfte gegen Wind und Regen an, als ihr klar wurde, dass dieser Gedanke sich nicht ohne weiteres würde verdrängen lassen. Und sie wendete ihr Rad und fuhr in die entgegengesetzte Richtung davon.

☺

Habe immer öfter Zoff mit Mam. Sie will mir das Spielen verbieten. Neulich hat sie so'n Typen angeschleppt, der eine Zugangssperre mit Zeitlimit installiert hat. Ich soll jetzt nur noch drei Stunden pro Tag an den PC. Zum Glück habe ich das Programm gleich wieder unschädlich gemacht.

*

Martin Inkat hielt den Hörer in der Hand, obwohl der Teilnehmer am anderen Ende längst aufgelegt hatte. Das war unglaublich, was der Mann der Friedrichshafener Carsharing-Agentur gerade bestätigt hatte.

Inkat legte auf, nahm den Hörer wieder in die Hand und wählte eine Nummer.

»Hallo Andreas, Martin hier. Ich hab gerade mit der Carsharing-Agentur telefoniert. Und jetzt halt dich fest, wer in der Nacht zum zwanzigsten November einen silbergrauen Toyota Corolla gemietet hat – Eva Imhoff.«

☺

Es gibt jetzt dauernd Zoff, ich soll dies oder jenes machen, nicht nur am PC rumhängen. Ich soll raus, an die Luft. Wenn sie wüsste! Sie zickt dauernd rum und will mir das Spiel jetzt sogar wegnehmen. »Wenn's sein muss, auch den PC verschrotten.« Nächste Woche fängt die Schule wieder an. Ich will da gar nicht hin. Eigentlich will ich in keine Schule mehr, ich habe keinen Bock mehr auf die ganzen Idioten.

*

Es hatte zu regnen begonnen, als zwei Zivilfahrzeuge der Friedrichshafener Kriminalpolizei vor dem Haus in der Hofener Straße hielten. Die Beamten steuerten zielstrebig auf den Eingang des grünen Hauses zu, das etwas zurückgesetzt stand. Kurz darauf verschwanden die vier Männer im Hauseingang. Vor der Wohnungstür im obersten Geschoss nahmen sie Aufstellung. Da auf ihr Klingeln niemand reagierte, öffneten sie Eva Imhoffs Wohnung mit dem Zweitschlüssel, den sie sich beim Hausverwalter besorgt hatten.

Die Durchsuchung der Wohnung dauerte rund zwei Stunden, und als die Beamten keinerlei verwertbares Material sicherstellen konnten, nahmen sie sich mit derselben Akribie Eva Imhoffs Kellerabteil vor, einen Lattenverschlag, der mit einem Vorhängeschloss gesichert war. Die Beamten öffneten es mit einem Bolzenschneider, und erst als sie am Ende ihrer Aktion angelangt waren, konnten sie im hintersten Winkel einen kleinen Karton mit einer roten Echthaarperücke sicherstellen.

☺

Scheiße, erster Schultag. Ich hab keinen Bock mehr. Dieser ganze Müll. Was soll ich damit? In Ravensburg sind sie noch spießiger als in Friedrichshafen. Wenn die von dem Video erfahren …

*

Der Dezemberregen peitschte ihr ins Gesicht während sie in die Pedale trat. Wie schon als Kind, wenn sie weite Strecken mit dem Rad zurücklegen musste, kam auch jetzt der Wind direkt von vorne. Frontalangriff, dachte sie. Aber sie hatte keine Wahl. Wenn es stimmte, was sie vermutete, dann hatte Eva hier etwas Entscheidendes versteckt, und sie durfte keine Zeit verlieren. Wieder drückte sie mit einer Hand die Taste der Wahlwiederholung.

Sie fuhr, so schnell sie konnte, rauschte die Uferpromenade entlang, am *Graf-Zeppelin-Haus* und gleich darauf am Schloss vorbei. Der einzige Vorteil, den dieses Wetter bot, war die Einsamkeit, in der sich sämtliche Wege und Pfade präsentierten. Alles war wie leergefegt, und der Regen prasselte aufs Pflaster. Wie durch einen Schleier sah sie die Anwesen am See vorübergleiten, die Gärten waren kahl und dahinter schimmerten die Lichter in den Fenstern, warm und verheißungsvoll. Als sie den Radweg neben der Bundesstraße erreicht hatte, ließ der Regen etwas nach, und sie nutzte dieses Zugeständnis des Wettergotts und auch die gerade Strecke, die nicht so viel Konzentration erforderte, um noch einmal bei Sommerkorn anzurufen. Aber sie hatte erneut kein Glück.

Die Nässe war inzwischen auch durch ihre Handschuhe gedrungen, und die Ohren taten ihr von der Kälte und vom Fahrtwind weh. Sie hielt kurz an, schlang sich den Schal um den Kopf und setzte ihren Weg mit hämmernden Kopfschmerzen fort. Kann das wahr sein, fragte sie sich wohl zum hundertsten Mal und hätte viel darum gegeben, endlich mit Sommerkorn über ihren Verdacht reden zu können. Auf jeden Fall hätte er ihr den Druck genommen, das Gefühl, sofort etwas unternehmen zu müssen. Vielleicht hätte er ihr aber auch erklärt, wie absurd dieser Verdacht war.

Sie erblickte das Schild, auf dem ›Ziegelgrube‹ stand, und wenig später folgte sie dem schmalen Weg, der sie weiter und weiter wegführte vom ewigen Lindwurm der B31. Der Verkehrslärm, das Zischen der Reifen auf dem Asphalt, all das rückte ferner, verblasste, als sie die Schranke erreichte und vom Rad stieg.

Auf einmal war sie sich nicht mehr sicher, ob es klug gewesen war, allein hierherzukommen. Schließlich war sie schon einmal hier gewesen und war, kurz nachdem sie ein paar Schritte auf das Gelände gewagt hatte, unverrichteter Dinge wieder abgefahren. Weil ihr unheimlich zumute gewesen war. Andererseits, sagte Marie sich und straffte die

Schultern, hatte Eva gesagt, sie wolle noch in die Bücherei und zum Einkaufen und war mit einem Korb voller Bücher aus dem Haus gegangen und kurz darauf mit dem Wagen weggefahren. Wenn sie gelogen hätte und doch hierhergefahren wäre, müsste Marie den Polo hier irgendwo sehen. Aber hier war kein Auto. Eine so günstige Gelegenheit, sich die Sache einmal näher anzusehen, würde so schnell nicht wiederkommen. Marie schob das Rad an der Schranke vorbei, um es hinter dem Holzstoß vor wem auch immer zu verstecken.

Der Regen war wieder stärker geworden und sie zupfte ihren klammen Schal so zurecht, dass die eisigen Tropfen nicht in den Kragen rutschten. Links von ihr wurden die Bäume dichter, schlossen sich zu einem Wald, der schon länger die ordnende Hand eines Försters oder Waldarbeiters zu vermissen schien. Rechts des Weges lag Reisig in Haufen, umwuchert von Gestrüpp. Der Weg verlief in einer leichten Rechtskurve, und das Gelände öffnete sich zu einer baumlosen Ödnis, die einer Mondlandschaft glich. Marie machte halt. Hier sah es nicht gerade danach aus, als würde gleich ein Haus, das Haus, das sie suchte, auftauchen. Im Gegenteil. Der Weg wurde schlechter, und dem Gestrüpp nach zu urteilen, das ein Stück weiter hinten wuchs, war es nicht sehr wahrscheinlich, dass ihn jemand in jüngster Zeit begangen hatte. Also wieder zurück, bis zu der Stelle, wo sich der Holzstapel befand. Denn dort gabelte sich der Weg, und ein Trampelpfad führte daran vorbei nach Westen. Als sie vorhin dort vorbeigekommen war, hatte sie gedacht, der Pfad würde nach ein paar Metern enden. Sie stieg über ihr Rad hinweg und folgte diesem Weg, der sich zwischen fahlgelbem Gras und Gestrüpp durch ein seltsam unregelmäßiges Gelände wand.

Sie blieb einen Moment stehen, lauschte. Ließ den Blick noch einmal schweifen, ob es noch eine andere, eine dritte

Möglichkeit gab. Dann entschloss sie sich, dem Pfad zu folgen. Irgendwo musste Eva doch die Plastiktüte versteckt haben.

Die einzigen Geräusche in dieser Einöde waren das unendliche Rauschen des Regens und Maries unstete, hastige Schritte. Wie das letzte Mal auch schon, erschien ihr dieser Ort wie erstarrt, völlig leblos. Der Pfad schlängelte sich tiefer und tiefer ins Dickicht, aber das plattgetretene alte Gras zeigte ihr, dass hier jemand vor nicht allzu langer Zeit gegangen war. Und wenn es nicht Eva gewesen war, wer dann? Wer würde freiwillig in dieser verdammten Ödnis herumkriechen?

Und plötzlich sah sie es, schwach nur, ein Schemen, der durchs Gezweig schimmerte, aber es war kein Zweifel möglich: Dort – einen Steinwurf entfernt – stand ein Haus.

☺

Heute haben sie nach der Schule auf mich gewartet. Alle vier lungerten am Eingang herum und haben auf ihren Handys rumgedrückt. »Willst mal sehen, was wir hier haben?« Aber ich wusste es ja schon. »Wenn es notwendig wird, müssen wir auch deine neuen Mitschüler darüber in Kenntnis setzen, wer genau du bist und was du so machst.« Sie grinsten mich an, und dann sagte ER: »Genauer gesagt, WIE du's machst.« Und dann haben sie sich totgelacht.

*

Sie blieb noch lange sitzen. Sah andere kommen und gehen. Und sah sie doch nicht. Die Frau von der Kaffeeausgabe kam auch. Irgendwann. Ob ihr etwas fehle? Ob sie ihr helfen könne? Paulas Blick tastete sich den Arm der Frau entlang zu ihrem Gesicht. Nein. Sie brauche nichts.

Und dann stand sie auf. Während der letzten halben Stunde hatte sie Maries Worte hin- und hergeschoben. Wie Puzzleteile. Hatte versucht, ihre Bedeutung zu verstehen, ihre wahre Bedeutung. Sie hatte versucht, die Teile zu ordnen. Doch ein Teil war größer und wichtiger als alle anderen. Dass Erik keine Frau neben ihr gehabt hatte. Das hatte Marie ein paarmal gesagt. Er war ein anständiger Kerl, Paula! Marie hatte sich vorgebeugt und nach Paulas Hand gegriffen. Verstehst du das? Und sie, Paula, hatte es verstanden. Aber warum fühlte sie dann nichts? Sie hatte nichts gefühlt als dieses pechschwarze und zähe Nichts. Konnte es sein, dass ihr Kopf nicht mehr richtig funktionierte? Dass tatsächlich etwas kaputtgegangen war, in diesem Kopf? Das hatte sie sich gefragt zwischendurch, während Marie weitergesprochen und weitergesprochen hatte. Sie hatte sich wirklich Mühe gegeben, alles zu verstehen. Aber dann waren immer neue Details hinzugekommen. Und am Schluss war aus ihr wie aus einem Überlaufventil alles wieder herausgeflossen. Doch als Marie gegangen war, hatte sie versucht zu denken. Sich zu erinnern. An alles, was Marie gesagt hatte. Denn etwas war dabei gewesen, was ihr Unbehagen bereitet hatte. Aber was? Sie musste sich erinnern, aber vor allem musste sie verstehen, wo das fehlende Puzzleteil hingehörte.

Es war früher Nachmittag. Der Regen fiel grau und stetig, und Paula begann im Park umherzugehen. Durch die Allee, hin und her, um die Gebäude herum. Der Pilot. Erik hatte ihm Geld geliehen. Das war das eine. Aber da war noch etwas, etwas, das verborgen lag. Und dann war es plötzlich wieder da. Diese Frau, Eva, mit ihrem armen Sohn. Der sich völlig in dieses Spiel hineingesteigert hatte. *The Silent Knight*, das war Eriks ganz großer Coup gewesen, mit diesem Spiel hatten sie Millionen verdient. Und eines Tages war dieser Brief gekommen. Adressiert an die

Firma. Aber Erik hatte ihn nicht ernst genommen. Und Constantin, Eriks erster Mann, auch nicht. Wenn wir auf jeden Spinner hören würden. Der Brief war höflich formuliert gewesen. Aber unmissverständlich. *Sehe mich leider gezwungen, Schritte zu unternehmen, wenn die Produktion dieses Spiels – und aller derartiger Spiele – nicht eingestellt wird*. Konnte das in irgendeinem Zusammenhang stehen? Paula ging immer schneller. Marie war dieser Frau gefolgt, die irgendetwas weggebracht hatte. Und dann fiel Paula auch wieder ein, was Marie gesagt hatte: Dass sie vielleicht noch einmal hinfahren wollte. Und nachsehen. Paula rannte jetzt fast. Ein Telefon. Aber wenn sie jetzt auf die Station käme, um ihr Handy zu holen, müsste sie zur Klangtherapie. Und dafür hatte sie keine Zeit. Ein junger Mann tauchte auf, einer von der Drogenstation, wie sie auf den ersten Blick erkannte. Paula stürzte auf ihn zu.

»Bitte. Kann ich dein Handy kurz benutzen?«

Der Typ zuckte die Achseln, zog ein sehr neues, sehr flaches Sony Ericsson aus der Jackentasche. Reichte es ihr.

»Dürft ihr auf der Depri keine Handys haben?«

Paula nickte abwesend. Tippte Maries Nummer ein. Als niemand abnahm, versuchte sie sich an Maries Handynummer zu erinnern. 0176 … und dann? Marie benutzte das Ding ohnehin kaum. Sie wählte die Nummer ihres Bruders. Die Mobilbox schaltete sich noch vor dem ersten Klingeln ein.

»Scheiße«, sagte Paula und gab dem Mann sein Handy wieder.

»Bitte«, sagte er. Grinste schief. Aber Paula hatte sich bereits umgedreht. Und hielt auf den Ausgang zu.

Es dauerte eine halbe Stunde, bis Paula endlich in einem Taxi saß. Eine weitere halbe Stunde, bis sie vor Maries Haus stand und feststellen musste, dass die Freundin nicht da war. Zehn Minuten später wusste sie, dass auch Sommerkorn nicht zu Hause war. Als sie schließlich in der Polizeidirektion nach ihrem Bruder fragte, erhielt sie die Auskunft, er sei bei einem Einsatz. Paulas Sorge war in der vergangenen Stunde immer mehr angewachsen. Sie hinterließ eine Nachricht für ihren Bruder und setzte sich wieder ins Taxi. Also blieb nur noch eine Möglichkeit. Paula warf einen Blick auf den Zähler, dann öffnete sie ihr Portemonnaie und zählte das Geld. Das würde vielleicht gerade noch reichen.

»Welche Ziegelgrube?«, fragte der Mann.

»*Sie* sind doch der Taxifahrer.«

»Das schon. Aber nicht Gott.«

Er benutzte das Navi, es knackte, und bald wusste er, dass es bei Friedrichshafen nur eine Ziegelgrube gab. Und die war hinter Fischbach.

☺

Ich geh nicht mehr hin. Ich sehe sie schon vor mir. Ihre glotzenden Augen, ihr Tuscheln. Ich geh nicht mehr hin. Mam hat so einen Psychoheini geholt, und abwechselnd drohen sie mir mit Klapsmühle, Heim, blabla, die übliche Leier mit Leben wegwerfen. Als ob es da noch was wegzuwerfen gäbe.

*

Der Junge lag auf dem Boden mit seltsam verrenkten Gliedern und blutverkrusteten Haaren am Hinterkopf. In einer Ecke des Raumes lag die Plastiktüte. Rot. Das musste sie sein. Erst auf den zweiten Blick begriff Marie, dass die Hände des Jungen auf dem Rücken gefesselt waren. In dem Haus war es dämmrig, und als Marie sich über den Jungen beugte, tastete sie mit einer Hand nach ihrem Handy. Mit einer fahrigen Bewegung zog sie es aus ihrer Jackentasche, klappte es auf. Das Licht fiel bläulich auf das Gesicht des Jungen. Es sah wächsern aus, unnatürlich bleich. Marie schluckte. Das alles war ein Albtraum, einer von der Sorte, in denen man versucht zu schreien, aber kein Wort herausbringt. Sie drückte die 110. Wartete. Nichts. Dann erst merkte sie, dass sie keinen Empfang hatte. Also wieder raus und ein Stück gehen, so lange, bis ich telefonieren kann. Sie warf noch einen Blick auf den Jungen. Zögerte. Hatte Angst vor der Berührung. Beugte sich dann doch wieder über ihn und begann, den Stacheldraht zu lösen. Mit Händen, die ihr kaum gehorchten. Fieberhaft tastete sie den Draht ab, stach sich in die Finger, suchte das Ende, konnte nicht genug erkennen in dem dämmrigen Licht, nahm wieder das Handy und drückte eine Taste und versuchte, im bläulichen Schein den Draht zu lösen. Sie spürte, wie kalter Schweiß ihr auf die Stirn trat, wie es unter ihren Armen feucht wurde. Ich finde das verdammte Ende nicht. Dann hörte sie ein Geräusch hinter sich. Und drehte sich um.

*

Das letzte Stück ging Paula zu Fuß. Das Geld hatte genau bis zum Ortsschild Fischbach gereicht. Es ist verrückt, was ich hier tue, dachte sie. Aber wahrscheinlich tut man so was eben, wenn man in der Klapsmühle sitzt. Als sie wenig später das kleine gelbe Schild mit der Aufschrift ›Ziegelgrube‹ entdeckte, begann ihr Herz schneller zu schlagen. Sie bog nach rechts ab, folgte dem kleinen Weg, während das Zischen der Autoreifen in immer weitere Ferne rückte. An einer Abzweigung parkte ein kleiner roter Wagen. Sie zögerte kurz, wusste nicht, welche Richtung sie einschlagen sollte, ging dann aber geradeaus weiter. Wahrscheinlich bin ich völlig falsch, dachte sie.

Und wahrscheinlich sitzt Marie jetzt irgendwo in einem gemütlichen Café, oder sie macht einen Stadtbummel, um ihre undankbare Freundin zu vergessen. Das schlechte Gewissen meldete sich, aber nicht zu stark. Das lag wahrscheinlich an den Medikamenten, die sie nahm. Flüchtig kam ihr der Gedanke, dass die Wirkung sicher bald nachließe. Würde sie dann einen Anfall bekommen? Unwillkürlich grinste Paula. Ja, dachte sie, ich bin verrückt. Vollkommen durchgedreht. Ich tue Dinge, die absolut nicht nachvollziehbar sind. Sie sah schon den Zeitungsartikel vor sich: Eine kleine Meldung im Lokalteil – die Polizei bittet um Hinweise. *Eine Patientin des PLK* – ach, Entschuldigung, so hieß das ja nicht mehr –, also *eine Patientin der Zentren für Psychiatrie Südwürttemberg wird vermisst. Die Frau ist circa 1,70 m groß, hat blondgefärbtes ungepflegtes Haar. Bekleidet ist sie mit einem dunkelbraunen Mantel von Prada und passenden Sneakers, ebenfalls von Prada. Zuletzt gesehen wurde die Frau auf dem Gelände der Weißenau, als sie unsinnige Telefonate von einem Handy aus führte. Die Frau ist suizidgefährdet, stellt aber keine Gefahr für die Öffentlichkeit dar. Hinweise bitte an die nächste* … blablabla. Paula konnte ein nervöses Kichern nicht unterdrücken.

Vor der Schranke blieb sie stehen. Davon hatte Marie doch gesprochen. Ja, sie war ganz sicher. Sie blickte sich um, und als sie niemanden entdeckte, ging sie seitlich an der Schranke vorbei. Sie blieb stehen. Wenn sie nur besser zugehört hätte, genauer auf Maries Beschreibung geachtet hätte. Der Hauptweg verlief geradeaus. Sie setzte sich wieder in Bewegung und folgte der Kurve, die der Weg machte. Es regnete immer noch, und Paula hatte ihre Augen zusammengekniffen. Sie fühlte sich völlig orientierungslos. Wenn sie wenigstens ihr verdammtes Handy dabeigehabt hätte. Aber das lag ja auf ihrem Nachttisch in der Klinik. Ihre

Schuhe waren inzwischen völlig durchnässt, und ihre Ohren begannen allmählich zu schmerzen. Sie hatte schon immer schnell Ohrenschmerzen bekommen, wenn sie mit nassen Haaren unterwegs war.

Nach zehn Minuten merkte sie, dass sie im Kreis gegangen war. Hier war die Schranke und dort der Holzstoß. Hinter dem, wie sie jetzt bemerkte, ein schmaler Trampelpfad vorbeiführte. Und jetzt sah sie auch das Rad, das im Gebüsch hinter dem Holzstoß lag. Gehörte das nicht Marie? Hastig lief sie hin und betrachtete es aus der Nähe. Ja, dachte sie mit einer Mischung aus Erleichterung und Unbehagen, dann kann Marie also nicht mehr weit sein. Irgendwo hier musste sie stecken. Aber etwas hielt Paula davon ab, laut herumzuschreien. Sie stolperte weiter den Pfad entlang, vorbei an Haufen von abgestorbenen Zweigen. An blattlosen Bäumen vorüber, zwischen Büschen hindurch. Dann endete der Pfad, abrupt. Sie blieb eine Weile ratlos stehen. Blickte sich um, ganz langsam, versuchte eine Richtung zu erkennen, niedergetrampeltes Gras, irgendetwas. Aber da war nichts. Irgendwo hier musste Marie doch sein. Sie tat noch ein paar unentschlossene Schritte, ging vorüber an einem umgestürzten Baum. Fühlte plötzlich eine merkwürdige Schwäche in den Beinen. Dachte daran, dass es auf der Station jetzt sicher bald Abendessen gab. Und daran, dass sie Hunger hatte. Vielleicht war das ja auch gar nicht Maries Rad, das da im Gebüsch lag. Und wie käme sie jetzt zurück in ihr Irrenhaus? Das waren doch bestimmt fünfundzwanzig Kilometer Fußmarsch? In durchweichten Schuhen. Sie wollte gerade ummkehren, als sie etwas Rötlich-Braunes durchs Gebüsch schimmern sah. War das etwa ein Haus? Sie ging ein Stück weiter und erblickte ein kleines Ziegelgebäude, eine Tür aus rohem Holz, die so aussah, als habe jemand mit wenig Talent oder Lust sie zusammengezimmert. Und auf einmal hatte Paula das Gefühl, als müsste sie jedes Geräusch vermeiden. Sie blickte sich um. Tastete vorsichtig die kleine Lichtung ab, auf der das Haus stand. Ein verrostetes Gerät, eine ehemals blaue Tonne. Alte Autoreifen. Ein giftiger Ort, dachte sie plötzlich. Ihre Beklemmung wurde stärker. Am liebsten hätte sie auf dem Absatz kehrtgemacht und wäre fortgerannt. So schnell sie konnte. Doch dann sah sie das Fenster an der Schmalseite des Gebäudes. Und fast zeitgleich hörte sie ein Geräusch. Das eindeutig aus dem Inneren des Gebäudes kam. Sie spürte, wie die Angst sie zu lähmen drohte. Hörte dem Donnern ihres eigenen Herzschlags zu. Bevor sie sich dem Fenster näherte. Im ersten Moment sah sie nichts. Nur Schatten hinter einer schmutzigen Scheibe. Doch dann bemerkte sie die Gestalt auf dem Boden. Und dann erblickte sie eine Frau, die sich über eine andere Frau beugte, die ebenfalls dort lag. Die Frau auf dem Boden war Marie.

Einen Moment lang stand sie völlig still, wie gelähmt. Starrte auf den Rücken der Frau, auf die groben Maschen ihrer dunklen Strickjacke. Auf Marie, deren Augen geschlossen waren. Und das war der Moment, in dem die Frau sich umdrehte.

Paula fuhr zurück, taumelte. Drehte sich um und rannte weg. Stieß gegen die blaue Tonne, die mit einem dumpfen blechernen Widerhall umkippte. Sie hatte nur einen Gedanken, weg, fort, Hilfe holen, irgendwie. Doch da hörte sie bereits ein Geräusch hinter sich, schwere Schritte. Die Frau. Sie wagte nicht, sich umzudrehen, aus Angst, das Gleichgewicht zu verlieren. Und so rannte sie einfach weiter, blind, brach durchs Unterholz. Als sich der Wald wieder lichtete und sie zu einer Stelle kam, wo der Pfad auf den Weg stieß, wandte sie sich in der Kurve um, konnte aber niemanden mehr entdecken. Auch die Schritte waren verstummt. Sie wurde langsamer. Drehte sich noch einmal um, im Gehen. Die Frau war fort. Verschwunden. Paula atmete auf. Jetzt nichts wie raus hier. Ihre Lungen brannten, ihr Atem ging stoßweise. Und außer einem überwältigenden Schwächegefühl in den Beinen fühlte sie eine nackte, alles verschlingende Angst. Sie sah einen dicken Stock auf dem Boden liegen. Hob ihn auf. Vorsichtshalber. Dann beschleunigte sie ihre Schritte, verfiel wieder in einen leichten Trab. Und während sie lief, tasteten ihre Augen das Gebüsch ab, links und rechts des Weges. Sie ist tatsächlich wieder zurückgelaufen, dachte Paula, als sie endlich wieder am Holzstoß ankam, dort, wo Maries Fahrrad im Gebüsch lag. Mit dem sie jetzt Hilfe holen wollte. Sie steuerte auf das Rad zu, in der einen Hand hielt sie immer noch den Stock. Gerade als sie sich über das Rad beugen wollte, sah sie aus dem Augenwinkel eine Bewegung, ein Schemen nur. Sie machte einen Satz nach links und holte reflexartig mit dem Knüppel aus. Der Knüppel schwang durch die Luft. Und verfehlte die Frau knapp. Und dann bemerkte Paula, dass die Frau ein Messer in der Hand hielt, und dass die Hand verbunden war. Schreien, dachte Paula, vielleicht hört mich ja einer. Doch dann sah sie das kleine Sträßchen vor sich, über das sie gekommen war, dieses einsame kleine Sträßchen, das zu dieser Einöde führte. Das war ihr erster Gedanke. Ihr zweiter entstand sehr langsam, und hatte seinen Ursprung in Maries regloser Gestalt, die hilflos auf dem Boden lag. Und diese Frau, über sie gebeugt. Was hatte sie Marie angetan? Und auf einmal brach sich dieser Gedanke Bahn, wuchs an, schwoll an und Paula begann zu schreien, zu brüllen, schwang ihren Knüppel in einer rasenden, gestaltlosen Wut, die sich gegen ihr ganzes Leben richtete. Sie sah, wie die Frau mit dem Messer zurückwich, für einen Wimpernschlag. Doch dann veränderte sich der Gesichtsausdruck der Frau, sie tat einen Schritt auf Paula zu. Der Knüppel traf auf Widerstand, Paula strauchelte und in dem Bemühen, nicht zu fallen, fiel der Knüppel. Paula sah, wie auch die Frau einen Schritt zur Seite tat, um nicht zu fallen. Und dann rannte Paula los, auf das Tor zu, hinaus auf das Sträßchen. Im ersten Moment hörte sie nichts außer dem Keuchen ihres eigenen Atems, ihren eigenen Schritten, die auf dem Asphalt knallten. Die Rockschöße ihres Mantels flatterten, und sie hätte ihn gerne ausgezogen. Aber sie durfte jetzt nicht langsamer werden. Sie lief vorüber an dem roten Wagen, hörte kurz darauf eine Autotür zuschlagen. Sie wandte sich um, fiel fast. Schemenhaft erkannte sie eine Gestalt hinter dem Steuer. Und dann heulte auch schon der Motor auf. Noch fünfzig Meter bis zur Bundesstraße, das würde sie doch schaffen. Das Motorengeräusch kam näher, rasend schnell, noch ein paar Meter, dann hätte die Frau sie erreicht. Würde sie sie über den Haufen fahren, einfach so? Mit einem Satz sprang Paula zur Seite. Lief schräg über die Wiese in Richtung Straße. Sie konnte bereits die Abgase riechen, noch ein paar Meter, dann war sie in Sicherheit. Aber auch die Frau fuhr nun über die Wiese. Paulas Lungen schmerzten inzwischen so, dass sie kaum mehr Luft bekam, aber sie rannte und rannte. Doch das Geräusch kam immer näher. Es konnte doch nicht sein, dass sie hier, auf einer Wiese bei Immenstaad, überfahren werden sollte, das konnte doch einfach nicht sein. Und gerade, als sie glaubte, dass es nun kein Entkommen mehr geben konnte, tat es hinter ihr einen Schlag. Die Frau war in eine Bodenwelle gefahren. Und in dieser Sekunde erreichte Paula die Bundesstraße und rannte mit hoch erhobenen Armen auf die Autos zu.

*

Im ersten Moment glaubte Sommerkorn eine Erscheinung zu sehen: Eine krähenhafte Gestalt, in einen weiten dunklen Mantel gehüllt, flatterte am Straßenrand auf und ab. Aber das eigentlich Bemerkenswerte an dieser Gestalt war, dass man, wenn man es nicht besser gewusst hätte, beinahe hätte glauben können, dass es seine Schwester Paula war, die dort auf- und abhüpfte. Im zweiten Moment machte der Fahrer vor ihnen eine Vollbremsung und lenkte den Wagen rechts ran. Barbara, die am Steuer saß, tat es ihm gleich, und so hielten am Ende fünf Wagen hintereinander. Und im dritten Moment bestätigte sich der erste Eindruck: Es war Paula.

Sie war sehr blass und stammelte wirres Zeug, das Sommerkorn und Barbara aber sofort richtig deuteten. Die beiden Beamten im Fahrzeug hinter ihnen machten sich an die Verfolgung des roten Wagens, der inzwischen die B31 in Richtung Hagnau entlangraste. Sommerkorn, Barbara und Paula fuhren den Weg entlang; ein Krankenwagen sowie ein Notarzt waren unterwegs.

Matthias Wölfle und Marie lebten, als Sommerkorn und Barbara das Haus betraten, doch sie waren nicht bei Bewusstsein. Eine Computertomographie ergab später, dass Marie eine starke Gehirnerschütterung erlitten hatte, vermutlich verursacht durch einen Schlag auf den Hinterkopf mit einem stumpfen Gegenstand. Der Junge war stark dehydriert und vollkommen entkräftet. Möglicherweise war er durch Drogen ruhiggestellt worden.

Eva Imhoff, die nach einer Verfolgungsjagd hinter Überlingen durch eine Polizeisperre gerast und dabei von der Straße abgekommen war und sich mehrfach überschlagen hatte, wurde schwer verletzt geborgen. In der roten Plastiktüte, die in dem Haus in der Ziegelgrube sichergestellt wurde, befand sich das Tagebuch von Eva Imhoffs Sohn

Tommy, ein Fläschchen mit K.-o.-Tropfen sowie eine Liste mit sechs Namen: Georg Walser, Leander Martìn, Matthias Wölfle, Sven Radlowski, Thorsten Ehlers – und Erik Brandauer.

*

Sommerkorn saß am Fenster und schien auf das Ticken der Regentropfen zu lauschen.

»Du hättest mit mir darüber sprechen müssen.« Sommerkorn wirkte noch immer fassungslos.

Marie antwortete nicht gleich. Unter ihrem Kopfverband juckte es, im Zimmer war es warm. Sie schwitzte. Schließlich sagte sie:

»Hinterher ist man immer schlauer.«

Sommerkorn nickte, und Marie fand, dass er weise aussah und komisch, wie er so dasaß, ernst und aufmerksam. Auch ein wenig spießig. Ja, dachte sie, warum fiel ihr das erst jetzt auf. Er war – wenn auch nur ein kleines bisschen – definitiv spießig. Sie wandte ihren Blick ab und sah aus dem Fenster.

»Ich kann immer noch nicht fassen, dass sie Erik getötet hat. So was passiert doch nicht im realen Leben. Und vor allem nicht Erik.«

Sommerkorn atmete tief durch. »Wenn's bloß so wäre ...«

»Aber sie kann doch Erik nicht die Schuld dafür geben, dass der Junge so aus der Bahn geworfen wurde.«

Sommerkorn zuckte mit den Achseln. »Jedenfalls trifft die Jungs um Leander Martìn eine größere Schuld an Tommys Absturz.«

»Ach ja?«

»Sie haben ihn systematisch fertiggemacht. Zunächst über Cyber-Mobbing, wie das heute unter den jungen Leuten üblich ist. Und auch darüber hinaus ...«

Marie schüttelte den Kopf, fast unmerklich. Sie fühlte sich elend. Fragte sich, wie es möglich war, dass manche Menschen so etwas taten. Und was das überhaupt für eine Welt war, in der sie lebten.

»Und was war mit diesem Lehrer? Wie kam es, dass ihr zunächst ihn verdächtigt habt?«

»Frau Imhoff hatte einen gründlichen Plan. Nach Tommys Tod muss sie das Tagebuch gefunden haben. Darin beschreibt der Junge chronologisch, wie Leander und seine Gruppe ihn schikaniert haben. So, dass er sich am Schluss völlig zurückzog, nur noch vor dem PC saß und *The Silent Knight*, dieses Egoshooter-Spiel, das Eriks Firma entwickelt hatte, spielte. Auch Walser, der Mathelehrer, hat dazu beigetragen, den Jungen in die Isolation zu treiben. Er muss ihn regelmäßig vor der Klasse vorgeführt haben. Frau Imhoff wollte, dass keiner an Walsers Schuld zweifeln konnte: Sie hat sich Walser zunächst in seiner Stammkneipe genähert, sich an ihn herangetastet, mit einer roten Perücke und einer recht freizügigen Aufmachung. Sie hat sich mit ihm verabredet – alles mündlich, es gibt keine Aufzeichnungen, noch nicht einmal Telefonate – und ihm Instruktionen für ein Treffen im Hotel gegeben. Was er alles besorgen sollte, so'n Sexkram, und wie er sie empfangen sollte. Na ja. Gleichzeitig hat sie übers Schüler-VZ Kontakt zu Leander aufgenommen. Mit einem Foto von einem jungen Mädchen, das sie aus dem Internet heruntergeladen hat.«

»Aber …«, Marie stutzte. »Leander war doch ziemlich clever. Er wäre doch nicht zu einem anonymen Date gegangen. Da kann doch sonst wer dahinterstecken …«

»Ins Schüler-VZ kommt man nur auf Einladung eines anderen Schülers rein. Eva hatte sich ganz einfach mit Tommys Account Zutritt verschafft und sich selbst eingeladen. Ihr Profil war ziemlich glaubwürdig, sehr ausgefeilt. Sie hat schließlich Leander die gleichen Instruktionen verpasst wie Walser, gleiches Datum, gleiche Uhrzeit, gleicher Ort. Deswegen hat sie auch Leanders Laptop und sein Handy im See verschwinden lassen. Sie wollte keine Spuren hinterlassen. Bei ihrem ersten Treffen mit Walser hat sie eine seiner Zigarettenkippen mitgenommen. Später hat sie diese aufs Nachbargrab geworfen, in der Annahme, dass wir die Spuren auswerten würden. Das war an jenem Abend, an dem sie Leander unter dem Vorwand, ihm etwas über »die schwule Sau, euren Mathelehrer« zu verraten, auf den Betriebsparkplatz der *ZF* bestellte. Mit ihm auf dem Beifahrersitz fuhr sie zum Friedhof, immer noch mit der Aussicht auf eine Enthüllung, dann betäubte sie ihn mit K.-o.-Tropfen und erstickte ihn schließlich. Später hat sie Leander Haare ausgerissen und diese an einem Montagmittag – der Tag, an dem Frau Walser immer zum Einkaufen fährt – in Walsers Wagen deponiert, zusammen mit den zwei Gay-Videos. Sie hat einfach den Moment abgewartet, in dem die Frau den Einkaufswagen zurück zum Laden schob. Eva Imhoff muss die Frau wochenlang beobachtet haben ... Wie du weißt, konnten wir sie ja nur ganz kurz vernehmen. Es geht ihr noch ziemlich schlecht, wenngleich sie außer Lebensgefahr ist.«

Sommerkorn verstummte, und auch Marie hing ihren Gedanken nach. Das einzige Geräusch im Raum war das Trippeln der Regentropfen am Fenster.

»Und Erik? Das verstehe ich immer noch nicht. Wie hat sie das gemacht?«

»Dazu hat sie noch keine Aussage gemacht. Wie gesagt: Es geht ihr noch zu schlecht. Jedenfalls haben wir noch einmal all diejenigen befragt, die bei Eriks letztem Sprung im Flugzeug saßen. Klar ist lediglich, dass Eva und Erik die Letzten waren, die gesprungen sind. Inwieweit Eva Imhoff Erik beim Aussteigen ›geholfen‹ hat, haben wir noch zu klären. Immerhin muss zu dem Zeitpunkt die Wirkung der Haschkekse schon eingesetzt haben.«

»Und der Junge – Matthias Wölfle –, wird er überleben?«

Sommerkorn seufzte. Zuckte die Achseln. »Er liegt immer noch im Koma. Die Ärzte können nichts sagen.«

»Aber wie hat sie es geschafft, den Jungen in die Ziegelgrube zu locken?«

»Sie hat ihm die gleiche Enthüllungsstory wie Leander in Aussicht gestellt. Nur diesmal mit der Andeutung, dass Walser für Leanders Tod verantwortlich sei. Nach der Episode in dem Hotel waren die Schüler natürlich überzeugt von Walsers Homosexualität. Ein schwuler Lehrer – das passte nicht in ihr Weltbild. Als selbsternannte Moralwächter fühlten sich natürlich beide – sowohl Leander als auch Matthias – berufen, da einzugreifen. An einem Freitagabend, als der Junge auf dem Weg zum Katamaran nach Konstanz war, hat sie ihn an der Anlegestelle abgepasst und ihm gesagt, sie müsse ihm dringend etwas zeigen. Sie habe eindeutige Beweise, dass Walser etwas mit Leanders Tod zu tun habe. Sie hat sich als Tommys Mutter zu erkennen gegeben und Matthias erzählt, dass Tommy Selbstmord begangen habe aufgrund von sexueller Nötigung durch seinen ehemaligen Lehrer. Auch Leander sei ein solches Opfer und sie wisse, dass Leander in der Ziegelgrube seinen Laptop versteckt habe, auf dem Beweismaterial gespeichert sei. Eva Imhoff ist davon ausgegangen, dass der Junge die Ziegelgrube aufsuchen würde, um nachzusehen. Und so war es dann auch. Sie erwartete ihn dort bereits und setzte ihn mit einem Schlag auf den Hinterkopf außer Gefecht.«

»Das ist ja … unglaublich.« Marie schluckte laut.

»Unglaublich und doch ziemlich banal. Kurz zuvor, an jenem Abend, rief der Junge mich sogar an. Doch als ich zum vereinbarten Treffpunkt kam, war er weg. Ich gehe davon aus, dass er das Material holen wollte, um mir die entsprechenden Beweise vorzulegen. Genau wissen wir das aber nicht, denn Eva Imhoffs Aussage ist lückenhaft.«

»Was wird jetzt aus ihr?«

»Aus Frau Imhoff?«

»Ja. Ist sie zurechnungsfähig?«

»Das wird ein Psychologe feststellen müssen. Zuerst aber muss sie wieder gesund werden. Das dürfte dauern ...«

Marie lächelte traurig. Da kam ihr ein Gedanke: »Was war eigentlich in der roten Plastiktüte? Die habt ihr doch sicher gefunden.«

Sommerkorn nickte. »Das Tagebuch ihres Sohnes. Nach unserem Besuch bei ihr in der Wohnung wollte sie es wegschaffen.«

Marie starrte vor sich hin und nickte langsam. Nach einer Weile fragte sie: »Aber Leander Martìn ... Wie ist es möglich, dass ein intelligenter Mensch wie er so ein Weltbild entwickelt?«

Sommerkorn zuckte die Achseln und lächelte schwach. »Wenn wir das wüssten, wüssten wir, wie die Welt funktioniert.« Er blickte nachdenklich auf, runzelte die Stirn, schüttelte leicht den Kopf. »Man denkt ja immer zuerst ans Elternhaus. Aber da macht man es sich ein bisschen einfach. Allerdings ließ der Vater bei einem Gespräch durchaus Tendenzen erkennen, die in diese Richtung gehen.«

Marie schluckte. Das alles war so unvorstellbar. Wie konnten Menschen solche Gedanken haben? Wie konnten sie so etwas tun?

»Was ich nicht verstehe, ist, wie Eva Leander zu dem Grab geschleppt haben soll.«

»Sie hat ihm vor Ort die Tropfen verabreicht.«

»Auf dem Friedhof?«, fragte Marie überrascht.

Sommerkorn seufzte. Setzte sich auf seinem Stuhl zurecht. Beugte sich nach vorne, den Kopf in die Hände gestützt: »Ja, ich weiß. Irgendwie schwer vorstellbar. Natürlich war das ein Risiko. Aber die ganze Sache war ja so ein Irrsinn. Auf jeden Fall war Frau Imhoff auf jede Situation vorbereitet. Sie hatte Bier und Cola mit K.-o.-Tropfen präpariert sowie drei verschiedene Sorten Bonbons. Was davon Leander konsumiert hat, ist noch unklar. Sie hat dazu nichts gesagt.« Sommerkorn schwieg kurz, dann fügte er hinzu: »Man denkt, Leander muss doch misstrauisch gewesen sein. Warum trinkt er dann ihr Bier oder isst ihre Bonbons? Aber mit so was rechnet man nicht. So was passiert einem nicht, denkt man …« Dann verstummte er, und eine Weile blieb es ganz still in dem Raum.

Nach wenigen Minuten ging die Tür auf und die Nachtschwester kam herein, maß Fieber und Blutdruck. Mit einem Seitenblick auf Sommerkorn sagte sie zu Marie: »Sie sollten bald schlafen. Sie brauchen Ruhe.« Dann verließ sie das Zimmer wieder.

Sommerkorn erhob sich.

»Und Paula?«, fragte Marie.

Sommerkorn lächelte. »Sie sagt, du hast ein Loch im Dach. Warum sagst du nichts, wenn du Hilfe brauchst?«

»Kennst du dich denn aus, mit Dächern, meine ich?«

»Ich kann es mir wenigstens mal ansehen.«

»Na ja«, sagte Marie. »Ja.« Dann sah sie an ihm vorbei, schluckte. Der Schreck saß ihr noch immer in den Gliedern. Wenn sie an all das dachte, was geschehen war. »Paula … Sie hat mich … gerettet. Das muss man sich mal vorstellen.«

»Sie hat dich gerettet. Und du hast sie gerettet.«

»Aber sie war so … ablehnend. Als ich bei ihr war in der Weißenau.«

»Spontanheilung. Würd ich mal sagen.«
»Hm?« Marie sah ihn verständnislos an.
»Sie wird entlassen, morgen schon.«

☺

Ich träume jetzt jede Nacht. Von jener anderen Welt, die aussieht wie die des stummen Reiters. Wenn ich mittags aufwache, ist es schwarz um mich. Wenn ich zu Bett gehe, ist es schwarz. Schwarz ist die Farbe, die alles bestimmt. Schwarz ist die Welt dahinter, die eigentliche Welt. Es geht nur darum, zu überleben. Es gibt nur den, der verschlingt, und die, die verschlungen werden. Ich will nicht verschlungen werden. Oder doch?

Epilog

Es war ein strahlend blauer Tag, und das kleine Boot bewegte sich langsam immer weiter auf den See hinaus. Die typischen Bodenseewellen, bei Seglern und Surfern gleichermaßen unbeliebt, klatschten unregelmäßig an die Bordwand. Sommerkorn hatte seine liebe Mühe mit dem Rudern. Er schwitzte. Außerdem hatte er seine Sonnenbrille vergessen und die Ohren taten ihm weh vom Wind. Aber was tat man nicht alles für eine Schwester, die unter die Lebenden zurückgekehrt war. Um einem Toten den letzten Gruß zu entbieten. Er blinzelte in die Sonne. Was für eine Idee! Und auch nicht ganz hasenrein. Und das sollte ihn ja eigentlich schon interessieren als Beamten. In Deutschland herrschte nun einmal Friedhofszwang für Urnen. Und daran sollte sich auch Paula halten. Die aber mal wieder den etwas anderen Weg gewählt hatte: den Umweg über die Oase der Ewigkeit. Wie sie davon erfahren hatte, wollte er lieber gar nicht wissen. Auf jeden Fall hatte sie sich Eriks Überreste vom deutschen Krematorium als Postpaket in die Schweiz senden lassen. Und wieder zurück nach Hause.

Ein wenig Wasser spritzte ihm ins Gesicht, und Anna kicherte. Eigentlich hatte Sommerkorn die Kinder nicht mitnehmen wollen. Aber Paula hatte darauf bestanden. Sie hielt nichts davon, die Kinder fernzuhalten. Der Tod gehörte zum Leben. Und da Eriks Yacht längst an den Meistbietenden versteigert worden war, kam es, dass sie in dieser Nussschale auf den See hinausruderten. Dass *er* ruderte. Wenn es nach ihm gegangen wäre, hätten sie Erik von einem Schiff der Weißen Flotte aus ins Wasser streuen sollen, das wäre Sommerkorn passender erschienen. Irgendwie. Aber Paula hatte nichts davon hören wollen. Sie werde doch mit der Asche ihres Mannes nicht auf ein Kursschiff steigen und sie mal eben zwischen Kressbronn und Langenargen ins Wasser kippen. Nein. Und da er Paula kannte und wusste, dass er sie ohnehin nicht von einem einmal gefassten Entschluss abbringen konnte, hatte er sich halt dreingeschickt. Zumal er überhaupt froh war, dass sie wieder Entschlüsse fasste. So selbstverständlich war das alles nicht, nein.

Zehn Minuten später hatten sie eine Stelle erreicht, die ungefähr gleich weit von der Lindauer Insel wie vom Schachener Uferstück entfernt war. Paula machte ein Zeichen mit der Hand. »Hier«, sagte sie, griff in ihre Tasche, holte die Urne heraus.

Und streute die Asche über den See.

Dank

Danken möchte ich vor allem meiner Mutter, Marlis Jonuleit. Das hat ja schon Tradition (ist aber aktueller denn je!).

Mein besonderer Dank gilt zum einen Andreas Piesch vom Zentrum für Psychiatrie Südwürttemberg, der all meine Fragen zur Sache geduldig und fachkundig beantwortet hat; zum anderen Dr. Ingo Asshauer, der mir trotz seiner knapp bemessenen Zeit einen Einblick in die Routine einer Aufnahmestation gegeben hat.

Weiterhin danke ich Michael Urich, der einem IT-Muffel wie mir in Sachen »Manipulation von Hompages« und »gehijackten Rechnern« beratend zur Seite gestanden hat.

Eine wertvolle Erfahrung auf dem Weg zu diesem Buch war ein Fallschirmspringer-Kurs, der mich das Fürchten gelehrt hat. Und so danke ich den *skydive nuggets* aus Leutkirch für die vier Sprünge, die ich absolviert habe und die mir so viel Stoff zum Schreiben geliefert haben! Ansonsten Hochachtung vor diesen harten Burschen und Mädels, die sich aus Flugzeugen stürzen und im freien Fall nach unten rasen. (Ich möchte es nie wieder tun!)

Kjell Eriksson im dtv

»Spannend und behutsam erzählte Ann-Lindell-Krimis
mit Stil und Intelligenz.«
Literaturportal Schwedenkrimi

Nachtschwalbe
Kriminalroman
Übers. v. Paul Berf
ISBN 978-3-423-21081-2

In der Nacht zum 10. Mai wird die Fußgängerzone von Uppsala verwüstet. Ein junger Mann liegt tot in einer Buchhandlung. Was ist passiert? Ali, ein fünfzehnjähriger Junge aus dem Iran, glaubt den Mörder zu kennen…

Die grausamen Sterne der Nacht
Kriminalroman
Übers. v. Paul Berf
ISBN 978-3-423-21149-9

Zwei Morde in Uppsala ohne erkennbares Motiv. Ein verschwundener Petrarca-Forscher. Ann Lindell und ihre Kollegen tappen im Dunkeln. Da kommt der Hinweis, der Fall erinnere an eine berühmte Schachpartie.

Rot wie Schnee
Kriminalroman
Übers. v. Sigrid Engeler
ISBN 978-3-423-21180-2

Ein Mann wird mit durchschnittener Kehle im Fluss gefunden. Die Ermittlungen führen Ann Lindell und ihr Team in die Sümpfe der internationalen Drogenkriminalität und in das trendige Restaurant »Dakar«, in dem jeder verdächtig zu sein scheint.

Schwarze Lügen, rotes Blut
Kriminalroman
Übers. v. Gisela Kosubek
ISBN 978-3-423-21253-3

Ausgerechnet Anders Brant, der neue Mann in Ann Lindells Leben, ist Hauptverdächtiger in dem Mord an einem Obdachlosen und seitdem wie vom Erdboden verschluckt. Während Ann verzweifelt nach Erklärungen sucht, geschehen weitere Morde.